나만의
은신처에서 누리는
행복

나만의 은신처에서 누리는 행복

1판 1쇄 발행 | 2020년 12월 15일

지은이 | 박영진
발행인 | 이선우
펴낸곳 | 도서출판 선우미디어
　　　　등록 | 1997. 8. 7 제305-2014-000020호
　　　　130-100 서울시 동대문구 장한로12길 40, 101동 203호
　　　　☎ 2272-3351, 3352 팩스: 2272-5540
　　　　sunwoome@hanmail.net
　　　　Printed in Korea ⓒ 2020. 박영진

값 13,000원

ISBN 978-89-5658-653-3 03810

※ 본 사업은 대전문화재단, 대전광역시로부터 사업비 일부를 지원받았습니다.

나만의
은신처에서 누리는
행복

박영진 수필집

선우미디어 sunwoomedia

책장을 열면서

정초 중국 우한에서 발생한 코로나바이러스가 한 해 동안 온 세상을 공포의 도가니로 몰아넣었습니다.

전 세계 확진자 수는 11월말 6천2백만 명을 넘었고, 사망자는 146만여 명에 이른다고 합니다. 우리나라에서도 확진자가 3만3천 명이 넘었으며, 사망자도 523명이라는 보도를 접했습니다. 보기 드문 무서운 재앙입니다.

이런 때 나만의 안식처에서 행복을 누린다는 것은 송구스런 일이기도 합니다. 그러나 하나님의 은총 속에서 많은 분들의 도움으로 오늘까지 살아온 것을 깊이 감사드리지 않을 수 없습니다.

학교에서 퇴직한 후에도 새로운 환경에서 강의를 할 수 있는 공간과 글을 쓸 수 있는 시간이 주어진 것은 커다란 축복입니다. 그동안 보고 듣고 느낀 것을 틈틈이 기록해 두었다가 책으로 엮었습니다.

오늘도 제 뒤에는 건강한 모습으로 기도해 주시는 어머니와 가족을 위해 헌신하는 사랑스런 아내가 있습니다. 그리고 저를 응원하는 자녀들과 재롱떠는 손주들 속에 묻혀 시간 가는 줄 모르고 행복하게 살고 있습니다.

남아 있는 볕이 사라질 때까지 자신을 성찰하면서 감사의 마음을 글에 담아보겠습니다.

이 책이 출판될 수 있도록 도와주신 분들과 예쁘게 꾸며주신 선우미디어 이선우 대표님 그리고 직원 여러분에게 깊이 감사드립니다.

2020년 12월에
오량산을 바라보며
박 영 진

차례

chapter

1

씨앗을
고르면서

빵과 커피

　갓 구워낸 노릇노릇한 과자와 빵은 빛깔도 좋지만, 냄새도 고소해 입안에서 군침을 돌게 한다. 이때 향기로운 커피 한 잔을 곁들이면 말 그대로 금상첨화다. 찬 기운을 가진 밀가루 음식과 따뜻한 커피가 조화를 이루면서 맛과 함께 분위기를 더하니, 빵과 커피는 궁합이 잘 맞는 먹거리임에 틀림이 없다.

　하루 세끼도 제대로 먹고살기 힘들었던 어린 시절에 빵이나 과자는 우리 형제들에겐 아주 특별한 음식이었다. 그런데 서울 이모님 댁에 놀러 가면 아이들은 키가 커야 한다고 아침밥 대용식으로 토스트를 자주 만들어 주셨던 기억이 있다. 커다란 팬에 기름을 두르고, 얇게 썬 식빵을 알맞게 구워내어 달걀부침을 얹고 잼까지 그 위에 얹었다. 그리고는 모락모락 김이 오르는 따끈한 우유를 커다란 컵에 가득 따라 함께 내어놓았다. 이런 식탁은 보기만 해도 침이 꿀꺽 넘어가지만, 따뜻한 토스트와 우유를 먹고 나면 금세 키가 쑥쑥 자라면서 힘이 절로 솟는 것만 같았다. 그래서 방학을 손꼽아 기다리던 나와 동생은 종업식 다음 날부터 이모님 댁에 가자고 어머니에게 매달리곤 했었다.

이러한 추억으로 나는 빵을 동경하게 되었다. 밥보다도 빵을 더 좋아하는 나에게, 밀가루 음식이 몸에 좋지 않은 이유를 자세히 들려주는 친구들도 있다.

수입한 밀은 유통과정에서 장기간 보관하려면 방부제를 사용해야 하고, 해충의 피해를 막으려고 농약을 많이 뿌린다. 밀가루가 우리 몸 안으로 들어오면 인슐린 분비를 자극하여 당분 지수를 높이고, 피하지방으로 쌓여 비만의 원인이 된다. 또 밀가루에 들어 있는 글루텐이란 성분은 우리 몸속에서 완전히 분해되지 못하고 펩타이드라는 물질이 쌓인다. 우리 몸의 면역체계는 이 펩타이드 성분을 외부침입자로 오인해서 항체를 생산하여 인체조직에 손상을 가져오게 된다. 게다가 과자나 빵을 만들 때 들어가는 설탕과 소금 등 여러 종류의 첨가물은 우리의 건강을 해친다면서 조금만 먹으란다.

대학생이 되고 친구들을 따라 음악 감상실에 드나들면서 커피를 처음 마셨다. 저학년 때에는 음악에 빠져 낭만적인 캠퍼스 생활과 무지갯빛 내일을 꿈꾸면서 달콤한 커피를 마셨으나, 고학년이 되면서 불확실한 우리의 미래와 암울한 시대상에 울분을 토하면서 쓰디쓴 커피잔을 마구 비웠다. 찻잔 속에 든 진한 커피가 눈처럼 하얀 크림을 만나면 서서히 연한 갈색으로 바뀌면서, 커피의 향과 함께 나의 눈과 코를 자극한다. 커피를 처음 접했을 때는 얼굴을 찡그리면서 한 잔을 간신히 비웠으나, 나도 모르는 사이에 두 잔에서 석 잔으로 늘었다. 그리고 직장생활을 시작하면서부터 동료들과 자리를 같이할 땐 늘 커피를 가운데 두고 둘러앉았으며, 자판기가 사무실에 놓이자 절친 관계로 발전했다.

건강을 생각해서 원두커피를 마시라고 권하는 사람도 많지만, 나는 부드러우면서 달콤한 커피믹스의 유혹에서 지금까지 헤어나질 못하고 있다. 봄바람이 옷깃을 파고들 때 마시는 따뜻한 커피는 사랑을 부르고, 무더운 여름날 땀으로 젖은 몸에 얼음을 띄운 냉커피는 피로를 몰아내는 마력을 지녔다. 외투 깃을 여미는 가을바람에 흩날리는 낙엽을 바라보면서 친구와 함께 마시는 커피는 우정을 돈독하게 만들고, 눈보라와 칼바람을 헤치고 돌아와 따뜻한 난로 곁에서 커피잔을 비우면 얼어붙었던 마음마저 녹여준다.

커피를 즐기는 나에게 카페인 함량이 높아서 건강에 좋지 않다고 걱정을 하면서 밤에 잠은 잘 자느냐고 묻기도 한다. 또, 커피보다도 커피크림이 몸에 좋지 않다며 건강을 생각해야 한다고 조언도 한다. 크림의 주성분인 야자유가 식물성 포화지방산이어서 쉽게 산화되지 않고, 중성지방과 해로운 콜레스테롤의 수치를 높인다는 것이다. 그래서 우리 몸에 고지혈증과 심근경색, 동맥경화, 고혈압, 당뇨와 같은 질병을 초래하는 것이 모두 다 나쁜 콜레스테롤 때문이라고 걱정해 주는 친구들이 많다.

그러고 보면 내가 좋아하는 밀가루로 만든 빵이나 카페인의 함량이 높은 커피 그리고 커피 크림이 몸에 좋지 않은 것만은 틀림없는 것 같다. 환상적인 궁합이라고 생각해서 즐겨 먹고 있는 빵과 자주 마시던 커피가 결국은 나의 건강을 해치는 먹거리라는 것이다. 그런데 어떤 사람을 진심으로 사랑하게 되면 그 사람의 단점이나 허물은 전혀 보이지 않는 시각장애인이 되고, 좋지 않다는 소리도 들리지 않는 청각장애인이 되고 만다. 여러 사람이 빵과 커피가 몸에 해롭다고 수없이 일러주어도 여전히 즐겨 먹고 마시는 것을 보면 나는 빵과 커피를 정말 사랑하는가 보다.

(수필예술 제41권, 2020년 6월)

씨앗을 고르면서

따뜻한 봄바람이 볼을 스치면서 정원에 자리 잡은 영산홍꽃 촉이 고개를 내밀기 시작했다. 농사철이 되었다는 신호이기에 나는 옥천에 있는 밭을 둘러보았다. 작은 밭뙈기를 장만하여 소일거리로 시작한 농사일도 손에 잡은 지 여러 해가 지났다. 그렇지만 집에서 차를 몰고 한 시간여 달려가야 하는 거리이기에 농사철에도 자주 가지는 못한다.

이른 비가 내리고 얼어붙었던 땅이 풀리면 농부들은 밭에 나가서 거름을 편 뒤에 흙을 갈아엎고 땅을 고른다. 그리고 밭고랑에 앉아 씨앗을 뿌리고 흙을 덮으면서 싹이 트기를 바란다. 비가 내리지 않으면 밭에 물을 뿌려 주면서 새싹이 나오기를 기다린다. 딱딱한 껍질을 깨고 나온 어린싹이 자라는 것을 바라보는 농부의 얼굴엔 기쁨이 돌고 손길은 바빠진다. 해충이 달려들면 농약을 살포하고, 성장하는 것을 살펴 가면서 비료를 뿌리며 작물을 기른다.

농작물보다도 더 무섭게 자라는 것이 잡초다. 여름철로 접어들면 농부들은 '풀과의 전쟁'을 치른다. 풀을 뽑아내고 돌아서면 다시 무성하게 자라는 것이 잡초다. 어쩌면 그리도 생명력이 강하고 번식력이 뛰어난지 알 수 없다. 뙤약볕 아래서 김을 매면 온몸에 비 오듯 땀이 흐르고, 입에서 내뿜는 숨소리는 점점 거칠어만 간다.

장마철로 접어들면 쏟아지는 장대비에 밭둑이 무너져 내리거나 땀 흘려 가꾼 농작물이 물에 잠겨 피해를 보지나 않을까 마음을 졸인다.

가을철이 되면 농부는 공들여 가꾼 농작물과 열매 맺은 과일나무를 돌아보면서 수확할 때까지 무사하기를 간절히 기도한다. 태풍이라도 몰아쳐서 다 자란 작물이 쓰러지거나 낙과가 생길까 보아 하늘을 바라보며 또 마음을 졸인다. 그렇지만 들판에 누렇게 익은 벼를 거두어들이거나 밭에서 자란 농작물을 수확하는 날이면 집집마다 함지박 같은 웃음이 넘쳐나면서 늦도록 어린아이까지도 발걸음을 동동 거린다.

'농사는 팔 할이 하늘이 짓는 것'이라고 이야기하지만, 농부는 꽃샘추위가 시샘을 부리는 이른 봄부터 가을걷이를 마칠 때까지 부지런히 논밭을 드나든다. 풍년이 들어 작황이 좋으면 감사하면서도 자식처럼 길러낸 농산물이 제값을 받지 못할까 봐 노심초사하고, 흉년이 들어 소출이 적으면 농사를 잘못 지은 자신을 탓하면서 안타까워하는 것이 농부의 마음이다.

이렇듯 고생을 감내하면서도 농부는 겨우내 봄이 오기를 손꼽아 기다리는 까닭은 무엇일까. 그것은 농부가 심는 씨앗이 바로 생명이고 희망이기 때문이다. 아이를 기르는 어머니의 심정이 바로 농작물을 가꾸는 농부의 마음과 다르지 않다고 나는 생각한다. 아기를 낳아서 기르는 어머니는 아이가 성장하여 제 몫을 다하기까지 어려운 일을 얼마나 많이 참고 견디면서 애를 태우는가. 배 속에 아기가 들어서면 어머니는 열 달 동안 먹을 것을 가려가면서 스스로 몸가짐을 조심한다. 아기가 태어나면 젖을 먹여 기르며 대소변을 받아내고, 기저귀를 갈아 채우면서 아기의 곁을 떠나지 않는다.

한여름의 무더위와 겨울철의 추위를 참아가면서 하루하루를 온전히 아이 양육에만 정성을 다한다. 아기가 옹알이를 시작하면 말동무가 되어주고, 걸음마를 떼면 아이의 뒤를 따라다니면서 길동무 노릇을 한다. 놀이터로 아이와 함께 뛰어가면서 차 조심 사람 조심을 당부하고, 어린이집과 유치원에 다니는 동안에는 이마를 맞대고 앉아 소꿉장난과 색칠 공부를 같이 한다. 아이가 성장하여 학교에 다니면 자녀의 꿈을 이룰 수 있도록 격려하고 기도하는 사람이 바로 어머니이다.

자녀를 기르는 일은 헌신과 희생만 있을 뿐이다. 장성한 자녀에게 어머니가 바라는 것도 출세나 부귀와 공명을 누리라는 것이 아니다. 자녀들이 선 자리에서 맡은 일에 소임을 다하면서 사회의 구성원으로서 올바르게 살아가기만을 바랄 뿐이다.

자녀를 기르는 어머니의 마음이나, 농부가 씨앗을 심고 가꾸는 일은 바로 희망을 심고 생명을 기르는 일이다.

양지바른 베란다에 앉아 봉투 속에 든 씨앗을 골라가면서 나는 어머니를 닮은 농부의 마음을 헤아려 본다.

(금강일보 2019. 03. 25.)

잘 보이는 것이 좋은 것만은 아니다

　몇 달 전부터 사물이 또렷하게 보이지 않는다. 노안이 왔는지도 모르겠다고 생각했지만, 원시(遠視)와는 달리 저만큼 떨어져 있는 물체를 알아보기가 힘들다. 가까이 다가가야 형체를 분간할 수 있고, 말을 붙이며 접근해서 목소리까지 확인해야만 상대방이 누구인지가 분명해졌다.

　병원에 가서 진찰을 받으니 두 눈이 모두 백내장이라며 수술을 받으면 잘 볼 수 있다고 한다. 어렵지 않은 수술이라기에 서둘러 예약했다. 대수롭지 않게 생각했으나, 수술 날짜가 다가올수록 조금씩 긴장이 더해졌다. 아내는 당사자인 나보다도 더 많이 걱정한다. 수술하는 날 병원으로 가서 간호사의 안내를 받으며 몇 가지 검사를 마친 뒤에 수술복을 입고 수술대 위에 누웠다. 마취한 눈동자 위에서 밝은 레이저 광선이 빛을 발하는 동안 점안액을 붓는지 눈 속으로 연신 액체가 흘러들었다. 부분 마취를 하고 눈을 부릅뜬 채 동공 안으로 들어오는 이물질을 받아들이는 어려움 때문인지 10분 남짓 걸린다는 짧은 수술 시간이 무척이나 길고도 지루했다.

수술을 집도한 의사가 "고생하셨어요. 잘 됐습니다."라고 건네는 한 마디에 두 손을 움켜쥐고 이를 악문 채 염려하던 마음이 사라지면서 이내 안도의 한숨이 나왔다. 간호사의 이야기와는 달리 조심해야 한다는 아내의 당부는 엄포용이라고 생각했다. 수술한 눈을 플라스틱 안대로 가리고 한쪽 눈으로 사물을 바라보니 원근이나 초점이 잘 맞지 않았다. 당분간 운전도 하지 말라고 한다. 일주일 동안 얼굴은 물수건으로 가볍게 닦고, 세수나 샤워를 해서도 안 되며, 염색이나 사우나 시설 이용은 한 달 정도 지나야 한단다.

이튿날 병원에 가서 소독한 뒤에 안대를 떼어냈다. 수술한 눈에 비친 세상은 말 그대로 '신천지'였다. 정말로 다른 세상이 눈앞에 펼쳐졌다. 일반 텔레비전 모니터에 익숙했던 눈이 고화질 HD 텔레비전 화면을 바라보면서 놀라던 때의 느낌이었다. 모니터에 나타난 자연 풍광의 천연색이 영롱하고 선명하면서 무척 아름다웠다. 비 오는 날 운전석에 앉아서 자동차 와이퍼를 움직이면, 유리창을 통해 차창 밖의 모습이 선명하게 바뀌는 것과도 같았다. 밝고 환한 주변 풍경이 마냥 신기했다. 나의 얼굴에도 미소가 자리 잡으면서 주름살이 펴지는 것을 느꼈다.

그런데 한 여름철에 씻지 못하고 지내는 것은 여간 불편한 일이 아니다. 땀이 흐르지 않도록 에어컨을 켜둔 채 선풍기를 끌어안고 생활했다. 책을 읽거나 신문도 볼 수 없어서 커다란 글씨만 훑어보고는 누웠다 앉았다 하면서 텔레비전 채널만 마구 돌렸다. 마침 국회에서 장관 후보자들의 청문회가 있었는데 여·야 의원들끼리 서로 공방을 주고받으면서 설전하는 광경을 생중계했다. 채널마다 모두 비슷한 내용으로 후보자의 정책이나 철학보다는 개인의 신상을 털기에 바빴다.

아직은 샤워하지 않는 것이 좋겠다는 아내의 이야기를 뒤로하고 욕실로 들어갔다. 얼굴에 물이 닿지 않도록 머리에 비닐봉지를 뒤집어쓰고 시각장애인 체험이라고 생각하며 더듬더듬 몸을 씻기 시작했다. 며칠 전까지만 해도 매일 사용하던 샤워기를 찾아 물의 양과 온도를 조절하는 일이 그렇게 서툴고 어려울 줄은 미처 몰랐다. 앞을 볼 수 없는 사람들은 목욕수건에 비누칠하고 몸을 닦는 일도 쉽지 않다는 것을 깨닫고는 측은한 마음이 들었다.

이어서 다른 쪽 눈도 마저 수술했다. 이튿날 안대를 떼어내면서 간호사가 어떠냐고 묻는다. "안 선생이 어제보다도 훨씬 예뻐 보여요." 하고 말했더니 고맙단다. 밖으로 나오니 시야에 들어오는 사물이 얼마나 아름다운지 말로 표현하기 어려웠다. 에메랄드빛의 푸른 하늘, 비가 내린 뒤에나 볼 수 있었던 산뜻한 가로수 잎사귀, 그 아래를 씩씩하게 걸어가는 늠름한 젊은이들, 짧은 치마를 입고 쭉쭉 뻗은 다리맵시를 자랑하며 활보하는 아가씨들, 거리를 질주하는 깨끗한 자동차, '눈은 마음의 창'이라는 말처럼 밝고 가벼운 나의 마음을 눈을 통해서 읽을 수 있었다.

자동차에 올라 계기판을 바라보니 유리 위로 먼지가 뽀얗게 뒤덮인 것이 눈에 들어왔다. 집에 돌아와서 약 봉투를 꺼내어 책상 위에 올려놓았다. 여러 날 청소를 하지 않은 것처럼 책상 위 컴퓨터 모니터와 자판기에도 먼지가 뽀얗게 앉은 것이 보였다. 핸드폰을 꺼내니 액정 위에는 뒤엉킨 손자국으로 지저분했다.

문득 잘 보이는 것이 좋은 일인 것만은 아닌 것 같다는 생각이 들었다. 그러면서 몇 년 전에 어머님이 백내장 수술을 하신 뒤로는 방바닥에 떨어진 머리카락을 자주 손으로 주워 쓰레기통에 버리면서 평소보다 말씀도 더 많이 하신다고 볼멘소리를 하던 지난날 아내의 이야기가 떠올랐다.

안방으로 들어갔다. 아내가 손을 잡으며 잘 보이느냐고 묻는다. 아내의 얼굴이 선명하게 눈에 들어왔다. 평소에는 예쁘다고 생각했는데 바라볼수록 그렇지 않았다. 곱던 피부는 어디로 갔는지 전혀 다른 사람인 것만 같다. 어떻게 보이느냐는 아내의 물음에 미소를 띠며 당신이 다른 사람으로 보인다고 말했다. 아내는 무슨 이야기인지 모르면서 빙그레 웃는다. 눈가에는 잔주름으로 골이 깊게 파이고, 얼굴 전체에 여드름 자국과 기미, 죽은 깨 그리고 검버섯이 피어 있었다. 자세히 바라볼수록 손톱자국, 검은 점이 하나하나 눈에 들어오기 시작했다.

그러고 보니 잘 보이는 것이 좋은 것만은 아닌가 보다.

(그린에세이 제41호, 2020년 9·10월호)

아내의 심기가 불편했던 하루

아침나절, 무심코 내가 던진 한마디가 종일 아내의 마음을 상하게 했고, 가족 모두의 하루를 몽땅 망가뜨릴 줄은 몰랐다.

"내 가방도 좀 갖다 주지 그래요." 아내가 볼멘소리를 했다.

가정 예배를 드리는 시간이 되어 내 성경책만 들고 거실로 나오는 나를 바라보면서 주방에서 설거지하던 아내가 하는 이야기였다. 그리고는 젖은 손을 닦으며, 방으로 들어가서 성경 책가방을 갖고 나오면서 시계를 쳐다본다.

미처 아내의 책가방을 생각하지 못한 것이 나는 미안했다. 평소에 자상하고 친절하지 못한 성품을 지닌 나는 다른 사람에 대한 배려심도 그리 넉넉지 못한 편이다.

우리가 초등학교에 다니던 시절에도 요즈음 이야기하는 소위 '짱'이라고 부르는 우두머리가 있었다. 우리의 짱인 Y는 또래들보다 나이가 한 살 위였다. 덩치가 커서, 운동장 조회 시간에 줄을 서면 우리보다 머리 크기 하나만큼 위로 솟았다. 그래서 누구든지 Y에게는 감히 덤빌 엄두도 내지 못했으며, 자연스럽게 그는 우리 학급에서 대장 노릇을 했다. 그 당시에는 집에서 학교까지 거리가 먼 동네의 아이들은 십 리가 넘는 길을 걸어 다녀야 했다. 그래서 등·하교 길엔 동네 아이들이 함께 모여서 떼를 지어 다녔다.

Y는 등·하교를 하면서 책가방을 자기가 들지 않고, 다른 아이들에게 자신의 가방을 들게 시켰다. 그러다가 선생님에게 발각이 되어 크게 꾸중을 들은 적이 있다. 그때 선생님은 "공부를 못하는 녀석들이 남에게 가방을 들고 다니게 시키는 것"이라시면서 "책가방은 꼭 자기가 들고 다녀야 한다."는 말씀도 덧붙이셨다. 그래서 나는 자신의 책가방은 자기가 들고 다녀야 하는 것으로 알았고, 남에게 책가방을 들게 시키는 일은 비열한 행동이라고 생각했다.

가정 예배가 끝나고 초등학교 시절에 있었던 일을 상기하면서 "공부 못하는 사람이 남에게 가방 심부름시키는 거야." 하고 농담 삼아서 한마디를 덧붙였는데 이 말이 그만 아내의 심기를 불편하게 만들고 말았다. "그래요. 그래서 나는 공부를 못했어요." 하고 발끈하니까 집안 분위기가 갑작스럽게 냉랭하게 변했다.

가정 예배가 끝난 뒤에 아이들은 모두 외출하고, 나는 아내에게 미안한 마음이 들어서 공부방으로 들어갔다. 방에 갇힌 채 나오지도 못하고 책을 읽다가 컴퓨터에 붙어앉아 이리저리 돌아다녔다. 모처럼의 휴일이어서 가족들과 즐겁게 지내려던 것이 그만 아내의 마음을 언짢게 만들고, 아이들까지 밖으로 몰아냈으니 나도 속이 상했다.

오전 내내 주방을 들락거리던 아내가 점심상을 차려놓고는 혼자

밥을 먹으라면서 안방으로 들어가더니 피곤하다고 자리를 펴고 누웠다. 밥맛이 없어서 자기는 점심을 먹지 않겠다는 것이다. 아내에게 미안한 마음이 든 나는 밥을 억지로 반 그릇 정도 먹고는 이내 자리를 떴다.

밥상을 치우러 나온 아내가 "조금 먹을 것이면 미리 덜어서 먹든지, 먹다가 남기면 어떻게 하느냐."면서 잔소리를 덧붙였다. 나는 슬그머니 부아가 일었으나 대꾸하면 언성이 높아질 것 같아서 못 들은 척 컴퓨터 앞에 다시 앉았다.

한동안 시간이 흐른 뒤에 아내가 소리를 지르면서 옥상으로 뛰어 올라간다. 걱정스러운 마음에 쫓아가 보니 빗방울이 떨어지고 있었다. 아내는 빨랫줄에 널어두었던 옷가지들을 걷으면서 "비가 오는 소리도 못 들었느냐?"라고 쏘아붙인다. 방에서 컴퓨터에 매달려 있다 보니 빗방울이 떨어지는 소리를 듣지 못했기에 아내의 투정이 내 마음을 더욱 불편하게 만들었다.

빨래를 걷어서 방에다 넌 뒤에 부엌으로 들어간 아내는 한동안 무엇을 하는지 쿵쿵거리면서 기름 냄새를 피웠다. 그리고는 공부방으로 부침개를 들고 들어오면서 먹으란다. 자기는 점심도 먹지 않았는데, 미안한 마음이 들어서 그랬는지 남편을 위해 간식을 준비한 듯 했다. 나를 생각해 주는 아내의 마음씨가 고맙고, 그녀의 마음을 불편하게 만들었던 나의 언행이 부끄럽기도 했다. 섭섭했던 마음이 눈 녹듯 사라지면서 당신이 먼저 먹으면 나도 먹겠다며 아내의 옷자락을 붙잡았다. 그러자 아내는 부엌일을 끝내고 오겠다면서 방을 나갔다.

저녁에 아이들이 돌아오자 낮 동안에 있었던 이야기를 들려주자 온 식구가 한바탕 웃었다. 아내의 얼굴에서도 미소가 돌았고, 나도 미안한 마음에 아내의 손을 꼭 잡아 주었다. 낮 동안에 일어났던 일을 되돌아보면서 초등학교 시절에 함께 뛰놀던 친구들을 떠올려 보았다. 우리의 짱이었던 Y를 포함해서 유명(幽明)을 달리한 친구들을 헤아리기에는 다섯 손가락으로도 부족했다.

오늘은 나의 말실수로 아내의 심기가 불편했고, 아이들과 나 자신도 견디기 힘든 하루였으나, 아내의 슬기로 저녁에는 말끔히 갠 하루였다.

(금강일보 2018. 07. 03.)

지금은 비주얼(visual) 시대

　업무를 보러 은행에 가거나 병원에서 순서를 기다릴 때는 무료하다. 그래서 나는 대기실 서가에 꽂힌 책을 펼친다. 대부분 여성 잡지나 패션 잡지인데 읽을 기사보다는 부담 없이 즐길 수 있는 사진이나 광고가 더 많다. 요즈음 잡지는 읽는 책이 아니라 볼거리로 제작하는 것 같다.

　'디자인은 마술(魔術)'이라고, 상품에 머무는 시선을 유혹해서 구매하고 싶은 충동을 불러일으키는 재주를 맘껏 펼치고 있다. 그래서인지 제품은 품질도 좋아야 하지만 시각적으로 만나는 디자인이 훨씬 더 중요하다고 강조하는 것을 그냥 흘려버릴 수 없게 되었다. 요즈음은 비주얼(visual)이 대세라고 이야기하는 사람들의 말에 공감하게 된다.

　잡지 속에서 만나는 화장품회사의 아름다운 모델을 보면서 자기가 쓰고 있는 제품을 바꾸고 싶은 충동을 느끼는 것은 당연한 일이다. 배가 출출할 때 먹음직스러운 패스트푸드나 스낵식품 사진을 만나면 군침이 돌면서 입맛을 다시게 되는 경우도 허다하다. 또 디자인이 마음에 드는 자동차를 보면 배기량이나 연비를 따지지 않는다. 날렵하고 시원한 스타일에 감동되어 액셀러레이터를 밟으며 도심을 질주하고 싶은 충동을 느끼는 것은 본능의 발로일 것이다. 그래서 요사이는 가수들도 가창력으로 승부를 겨루기보다는 외모에 더욱 신경을 쓴다는 말에 고개를 끄덕이게 된다.

딸아이의 결혼식을 마치고 고마운 직장 동료들에게 건넬 답례품을 고심하다가 간단하게 먹을 수 있는 떡과 음료수가 좋겠다는 생각이 들었다. 아내와 상의하고 집 가까이에 있는 재래시장을 함께 찾아갔다. 시장 안에는 단골이라고 생각하는 떡집이 있는데 종류도 다양하고 맛도 우리 입에 맞았다. 주인의 권유에 따라 요사이 많이 팔린다는 호박떡을 주문하면서 특별히 맛있게 해달라고 당부했다. 직원들이 아침 10시쯤 먹을 수 있도록 캔 음료와 함께 보내 달라는 부탁을 곁들였다.

시간에 맞추어 배달된 김이 모락모락 피어오르는 따끈한 떡은 아침식사를 거른 채 출근하는 동료들에게는 요긴한 먹을거리가 되었나 보다. 여기저기서 잘 먹었다는 인사를 받고 보니 떡집 주인의 말을 듣길 잘했다는 마음이 들었다. 집에 돌아와서 아내에게 직원들이 흐뭇하게 여겼다는 이야기를 건네면서 시장에 가면 주인에게 고맙다는 인사를 빠뜨리지 말아 달라고 일러두었다.

신혼여행에서 돌아온 딸아이가 자기도 회사에 답례품을 해야 한다며 걱정하기에 아내가 호박떡을 권했단다. 브랜드가 있는 가맹점에 가서 주문하겠다는 아이에게 아버지가 맛있다는 인사를 많이 받고 좋아했다는 말까지 덧붙이면서 아내는 호박떡 주문을 종용했다. 고심하던 딸아이가 마지못해 승낙하면서 포장을 예쁘게 잘해야 한다고 당부하고는 시간에 늦지 않게 보내 달라며 주문량과 배달장소를 알려주고 자기 신혼집으로 갔다.

딸아이가 출근하던 날 아침에 떡을 받았다는 전화를 받고 아내는 기뻐하면서 맛있게 잘 먹었다는 이야기를 듣고 싶어 했다. 그런데 딸아이가 포장이 너무 후줄근해서 보기에도 허접스러웠다고 제 엄마에게 불평하더란다. 자기는 가맹점에서 예쁘고 맛깔스럽게 생긴 떡을 골라서 보기 좋은 상자에 담아 선물하고 싶었는데, 엄마 이야기를 들었다가 스타일을 구겼다는 것이었다. 배달된 떡은 스티로폼 용기에 담고 비닐로 싼 것이 영 촌스러워서 동료들에게 부끄러웠다며 엄마가 책임지라고 하더란다. 엄마는 떡이 맛이 있지 않으냐고 반문하니까 '보기에 좋은 떡이 먹기에도 좋은 것'이라면서 시각적 아름다움이 미각도 자극한다며 전화를 끊더란다.

우리가 성장하던 어려운 시절에는 질보다 양을 중요하게 생각했었다. 그러다가 경제적으로 성장한 다음에는 품질이 우수한 제품이 소비자들의 선택을 받았다. 그런데 요즈음은 품질 못지않게 시각적인 아름다움까지 중요하게 생각하는 시대가 된 것이다. 그래서인지 국내 어느 자동차회사에서는 신차 개발을 위해서 디자인 담당 부사장을 해외에서 영입했다는 것이다. 그 후로 출고되는 새로운 자동차의 매출 점유율이 부쩍 증가하고 있다는 기사를 신문에서 읽은 일이 있다.

그러고 보면 제품의 디자인은 우리들의 오감에 영향을 줄 뿐만 아니라 상품 선택에도 중요한 요인으로 작용한다는 것을 알게 되었다. 지금은 눈에 보이는 비주얼(visual)이 대세인 시대가 되었다.

빨래하기

 욕실 문을 가만히 밀고 살그머니 고개를 뺀 채 거실의 동정을 살핀다. 어머니는 안방에서 텔레비전을 시청하고 계셨다. 대야에 담긴 빨래를 들고 도둑고양이처럼 살금살금 계단을 통해 옥상으로 올라간다. 빨래하는 날이면 어머니에게 들킬까 보아 여간 신경 쓰이는 것이 아니다.

 나는 외아들로 삼 남매의 맏이다. 어릴 때부터 어머니에게서 '남자는 부엌에 드나드는 것이 아니라'는 말을 들으며 자랐다. 어머니가 출타하셨을 때는 여동생들이 밥상을 차려 내왔다. 부엌에 들어가지 못했던 내가 할 수 있는 유일한 요리는 군대 생활하면서 익힌 라면 끓이는 것이다. 그 대신 나는 청소를 담당해야 했다. 겨울방학이 되어도 따끈한 아랫목에 누워 게으름을 피울 수가 없었다. 이불을 개고 방 청소를 마친 뒤에 세수해야만 어머니께서 아침밥을 주셨다. 그렇게 자라서인지 결혼한 뒤에도 전업주부인 아내를 제쳐두고 이불을 개고 방과 마루를 비로 쓴 뒤에 걸레질하는 것은 내 몫이었다.

텔레비전에서 「먹방」에 이어 「쿡방」이 유행한 지도 꽤 오래되었다. 「먹방」은 '먹는 방송'의 줄임말이고, 「쿡방」도 '쿡(cook)'과 '방송'의 합성어로 요리방송이다. 이런 프로그램에서는 출연자들이 요리사와 함께 음식을 만들고 시식하면서 토크쇼를 진행한다. 음식 관련 프로그램이 메인 코너로 자리 잡고 '셰프테이너'라는 용어까지 등장하면서 요리가 인기 있는 방송 소재로 부상했다. 요리장인 셰프는 주름지고 높은 흰 색깔의 모자에 눈같이 하얀 위생복을 입고 맛깔스러운 요리와 함께 재미있는 이야기로 우리의 눈과 귀를 모으고 입맛을 다시게 만든다. 그런 영향인지 요즈음은 요리학원에 등록하는 남자들도 많다고 한다. 친구들과 이야기를 나누다 보면 밥상을 차리거나 세탁기를 돌리는 사람들도 부쩍 늘었다.

일요일이면 결혼해 나간 아이들이 예배를 마치고 가끔 집에 들러서 점심을 먹고 가곤 한다. 그런 날이면 전날 저녁부터 아내가 부엌에 머무는 시간이 길어진다. 집으로 돌아가는 아이들 양손에 국거리나 반찬을 가득 싸서 들려 보내기 위해서다. 늦도록 찬거리를 만든 아내는 잠자리에 들면 끙끙 앓는 소리를 낸다. 부엌일이 힘에 부치지만 고마워하는 아이들을 보면 뿌듯함을 느끼기에 차마 그만둘 수가 없단다.

어느 날인가 늦은 시간에 혼자 주방을 벗어나지 못한 아내를 보면서 욕실에 들어갔다. 샤워를 마친 뒤에 보니 아내가 빨래하고 미처 널지 못한 세탁물이 놓여있었다. 나는 벗은 속옷과 양말을 던져 놓기가 미안했다. 모처럼 큰마음 먹고 욕실에 있는 깔방석에 앉아서 속옷과 양말을 빨기 시작했다. 비누칠을 하고 두 손으로 비비자 하얀 거품이 뭉게뭉게 피어오르면서 보드랍게 손끝을 간질인다. 아내가 애쓰는 것이 안쓰럽기도 했지만, 평소에 빨래하는 시간이 오래 걸리고 물도 엄청나게 사용하는 것을 못마땅하게 생각하던 차였다.

아내가 빨아 놓은 빨래와 내가 빤 세탁물을 세면기에 담아 옥상으로 올라가 빨랫줄에 널었다. 시원한 밤바람에 나부끼는 것을 보니 내 마음도 날아갈 듯 가벼웠다. 욕실에 있던 시간이 길어진 것을 보고 아내가 "왜 이렇게 늦었냐?"라고 묻기에 사실대로 이야기했다. 그러자 금방 아내의 낯빛이 바뀌면서 "누가 당신보고 빨래해 달라고 했느냐?" 하면서 목소리가 커졌다. 고맙다는 이야기를 들을 줄 알았는데 아내가 정색하는 바람에 더 아무 말도 못했다.

주방에서 음식을 만드는 것은 기술을 필요로 하는 어려운 일이다. 그러나 작은 손빨래는 숙련해야 하는 일도 아니다. 다음 날에도 욕실에 들어가 샤워를 마치고 내가 벗은 속옷과 양말을 빨기 시작했다. 아내가 욕실 문을 노크하더니 "어머니가 아시면 어쩌려고 그러느냐?"라면서 그냥 놔두라고 성화다. "알았다."라고 대답을 하고는 빨래를 마치고 건조대에 널고 내려오자 아내는 얼굴을 찡그리면서 다음부터는 절대 빨래하지 말라고 당부한다. 속옷과 양말을 빠는 것은 어려운 일이 아니라고 이야기해도 나중에 자기가 먼저 죽으면 그때 하란다. 아마 남편을 생각해서가 아니라 어머니에게 들킬까 보아 걱정하는 마음이 큰 것 같았다.

며칠 동안 빨래를 하지 않다가 다시 속옷과 양말을 빨아 널었다.

이튿날 어머니께서 "요즈음 네가 빨래를 해다가 너는구나!" 하시는 말씀을 듣고는 더듬거리면서 대답을 얼버무리고 말았다. "빨래를 왼쪽으로 짜는 사람은 우리 집에서 너밖에 없으니까 네가 빨래를 하는 줄 알았다."라고 어머니께서 말씀하셨다. 어머니 모르게 하려던 일을 그만 들키고 말았으니 난감했다. 그 뒤로 아내는 별다른 이야기를 하지 않았고, 나는 빨래의 가짓수와 양을 조금씩 늘려나갔다.

어느 날인가는 입다가 더러워진 반바지와 티셔츠까지 빨았는데도 아내는 아무 말이 없었다. 어머니가 눈치 채신 것을 아내가 알았는지 아니면 더는 말릴 수가 없다고 생각해서 포기했는지 모를 일이다. 그래서 샤워를 마치면 자연스럽게 내가 벗은 속옷을 빨아서 건조대에 널고 있다.

이제는 남자가 요리하거나 개숫물에 손을 담그거나 빨래하는 것을 보아도 어색하지 않은 시대가 되었다. 또 여자도 남자들만 하던 일에 거리낌 없이 도전하는 것을 쉽게 볼 수 있다. 이런 일을 보면 생활환경과 조건이 많이 바뀐 게 사실인 모양이다.

(문예바다 제17권, 2017년 겨울호)

가지치기

　남녘으로부터 훈풍을 따라 꽃소식이 올라오고 있다. 양지쪽에 앉
으니 따사로운 햇살이 아랫목처럼 포근하다. 주말을 이용해서 울안
에 있는 나무들을 손질하기로 마음먹었다. 담장을 따라 늘어선 네
그루의 감나무와 대추나무 그리고 주목 밑으로 화단 주변을 둘러싼
영산홍과 회양목이 뒤엉켜있다. 감나무가 너무 크고 무성하게 우거
져서 소독하거나 감을 딸 때마다 힘들어하는 나를 지켜보았던 아내
가 올해는 꼭 가지치기해야 한다고 당부한다.

　가을이면 탐스러운 열매가 주렁주렁 열리는 가지를 잘라내면 그만
큼 수확하는 양이 적을 것이라는 생각이 들어 그동안 아내의 제안에
손사래를 치곤 했었다. 그러다가 아내의 성화에 못 이겨 조경하는
친구에게 가지치기를 부탁했다. 약속한 대로 토요일 아침 이른 시간
에 집으로 왔다. 아내는 마실 것을 내오면서 "저 양반 말은 듣지 말고
잘라 달라."고 당부한다. 친구는 웃으면서 "원래 본인 것은 아까워서
못 자르는 법이에요. 걱정하지 마세요."라고 말한다. 올해는 많이 따

먹지 못하겠지만, 후년에는 감이 제법 열릴 것이라면서 내 얼굴을 바라보면서 안심시켰다.

차를 마신 뒤에 친구는 가져온 사다리를 나무에 걸쳐 놓더니 날다람쥐처럼 올라가 옆구리에 찬 혁대에서 톱을 꺼내어 감나무 가지를 자르기 시작했다. 나는 멀찍이 떨어져서 바라보았다. 시간이 흐르면서 나무를 자르는 모습을 바라볼수록 안타깝기 그지없었다. 가지를 쳐내는 것이 아니라 감나무 중동을 마구 자르는 것이었다. 처음에는 그러려니 했는데 이리저리 옮겨 다니면서 굵다란 몸통을 마구 쓰러트린다. "너무 많이 자르는 것이 아니냐?"라는 내 염려에 키가 크면 감을 따기가 힘들다면서 감나무는 옆으로 자라도록 길러야 한다. "그렇지만 굵은 중동을 마구 자르면 어떻게 하냐?"는 내 볼멘소리에 곁가지에서 새순이 뻗어나가면서 감이 열리는 것이라고 일러 주었다.

바닥으로 떨어뜨리는 감나무를 끌어다가 한쪽 구석에서 톱으로 자르며 뒷심부름을 하는 나는 말도 못하고 혼자서 속만 태웠다. 우리 집에서 제일 크고 늠름하게 생긴 대접감인 납작감(반시·盤柿) 나무를 손질하고 내려오는 친구는 승전보를 안고 돌아오는 장수처럼 의기양양해 보였다. 감나무를 보기 좋게 이발한 것이 아니라 볼썽사납게 잘라내고 몸통만 남겨두었다. 마치 시야를 가리는 가지들을 모두 잘라버린 도로 위의 가로수처럼 내 눈에는 흉물스럽게 보였다. 친구는 나를 바라보면서 지금은 마음이 아프지만 후년이면 자기에게 고마움을 느낄 것이라면서 이번에는 단감나무로 올라갔다.

우리 집에서 딴 단감은 한 입 베어 물고 씹을수록 입속에서 단물이 솟아나오며 아삭거리는 식감을 갖고 있다. 그래서 우리 식구 모두다 애지중지하는 나무다. 그런데 이 나무에 올라가자마자 재빠르게 굵은 중동을 쳐내는 손놀림이 피도 눈물도 없이 형장에서 칼춤을 추는 망나니처럼 느껴졌다. 두 그루를 손질하고 나니 아내가 과일을 내왔다. 친구는 자랑스럽게 이제 몇 년 동안은 손을 대지 않아도 된다고 큰소리를 치면서 으스댄다. 나는 속이 몹시 아렸다. 친구는 이어 월하시(月下柿)와 대봉시(大峯柿)까지 자르고 나무에서 내려와 허리에 찬 벨트를 풀었다.

그동안 서로서로 손을 마주 잡고 사이좋게 지내던 감나무들이 마치 싸우고 난 뒤에 토라져서 서로 등을 돌린 아이들처럼 사이가 벌어졌다. 손질을 마친 정원은 나무 중동 위에 드문드문 몇 개의 가지만 파란 하늘에 걸려 있는 것이 마치 볼썽사나운 가로수처럼 보였다. 여름철이면 나뭇잎이 울창해서 시원했던 우리 집이 올봄부터는 햇살 가득한 정원을 갖게 될 것만 같다.

돌이켜 보면 내가 걸어온 길도 감나무를 잘라내듯이 커다란 중동을 자르고, 많은 가지를 쳐내면서 살아왔다. 어린 시절에는 장래에 하고 싶은 일들이 밤하늘에 수놓은 별처럼 많기도 했었다. 운전기사, 선장, 기관사, 군인, 과학자, 정치가, 공무원, 은행원, 교사……. 그러나 점점 커가면서 하나 둘씩 잘려 나갔다. 고등학교에 들어가서는 인문계열과 자연계열을 두고 고민을 하다가 자연계열을 잘라냈다. 그리고 대학으로 진학할 때는 국어국문학과를 남겨두고는 모두 베어

버렸다. 선택의 갈림길에 섰을 때마다 많은 아픔과 갈등과 번민이 있었지만, 결과를 놓고 보면 그래도 가지치기를 잘했다는 생각이다.

대학을 다니는 동안에도 진로를 두고 썼다가 지우기를 수없이 되풀이하면서 가지를 쳐내야 했다. 신문기자, PD, 회사원, 공무원, 출판업, 교사…. 그러다가 교수님의 조언으로 교직을 선택하면서 다른 것을 과감하게 끊어냈다.

학교에서 삼십오 년 동안 학생들과 생활하다가 정년퇴직을 하고 돌아보니 내가 헤쳐 나온 길이 모두 주변 어른이나 선생님의 조언에 따라 가지치기를 한 결과였으니 생각할수록 감사할 따름이다.

(송화강 324기, 2018년 10월)

『장수의 비밀』 촬영기

정초에 가족이 모였을 때, 아이들이 할머니를 모시고 해외여행을 다녀오자고 했다. 할머니 연세가 많아 앞으로는 비행기를 타고 나들이하기가 어려울 것이니 가족이 함께 가까운 곳에 가서 쉬었다가 오자는 딸아이의 제안에 모두 손뼉을 치며 좋아했다.

그 뒤로 딸과 아들 내외가 주선해서 7월 8일부터 11일까지 어머니를 모시고, 우리 내외, 딸과 사위와 외손녀, 아들과 며느리 모두 여덟 식구가 북해도에 다녀오기로 예약했다. 인원은 8명이지만 4대가 함께 하는 여행으로 2살 아기부터 90세 노인까지 상당히 걱정되는 팀이 꾸려졌다.

그런데 걱정되는 것은 EBS 교육방송국에서 『장수의 비밀』 프로그램을 촬영하자는 제안을 받아 놓은 상태였다. 우리는 2015년에 어머니를 모시고 지역신문사에서 주최하는 「백제 역사 유적지구 자동차 투어」에 다녀왔었다. 그때 어머니 연세가 89세여서 우리가 최고령 가족으로 신문에 소개되었다. 그해 겨울, 신문사 기자를 통해서 EBS

교육방송국 『장수의 비밀』 프로그램을 맡은 작가를 소개받았다. 그때 어머니의 생활을 취재해서 방영하고 싶다는 프로듀서에게 구두로 승낙해 놓은 상태였다. 6월에 접어들면서 EBS 프로듀서에게서 연락이 왔다. 7월 초에 촬영하고 싶단다. 가족여행이 7월 8일부터 11일까지 계획되어 있어서 다음에 촬영하자고 말했더니 프로듀서가 7월 3일부터 6일까지 촬영계획을 세워 놓았단다. 여행 준비도 있어서 어렵다는 아내의 이야기는 밀려나고, 7월 3일부터 프로듀서와 작가 그리고 조연출이 내려와서 숙소를 정하고 촬영에 들어갔다.

촬영 첫날은 우리 가족이 교회에서 예배를 마치고 가까운 친척들과 식당에서 점심을 함께하기로 예약을 해 두었던 날이다. 방송국 촬영팀은 식당까지 따라와서 식사하면서 이야기 나누는 모습을 카메라에 담았다.

둘째 날은 아침부터 종일 비가 내렸다. 촬영팀은 어머니가 밖에서 활동하시는 것이 어려우니까 계획을 바꾸어 집 안에서 일하시는 모습을 찍고 싶단다. 평소 어머니는 약밥이나 식혜를 가끔 만들고, 밀가루부침개도 잘 부치셨다. 무더운 여름날 땀을 뻘뻘 흘리고 집에 들어왔을 때 밥알이 잘 삭은 우리 엄마표 식혜를 냉장고 속에서 꺼내 마시면 가슴속까지 서늘해지곤 했었다. 그리고 긴 겨울밤 출출한 시간에 따뜻한 약밥 한 덩어리는 요긴한 간식거리가 되곤 했다. 어쩌다가 질척질척 비가 내리는 날에 기름 냄새를 풍기며 부쳐내는 부침개는 집안 식구들을 식탁으로 몰려들게 하는 먹거리였다.

술을 전혀 마시지 않는 우리 식구는 약밥이나 식혜와 부침개 같은 간식을 즐겨 해 먹는다. 이 날은 어머니께서 약밥과 식혜를 만드시고, 아내는 어머니의 조수가 되어 특식을 만들어 이웃들과 함께 나누며 즐겁게 지냈다. 촬영팀은 어머니와 아내의 뒤를 따라다니면서 식혜와 약밥 만드는 것을 촬영하면서 이웃에 나누어 주는 장면까지도 빠뜨리지 않고 촬영하였다.

셋째 날은 비가 그쳤다. 계획대로 옥천에 있는 밭에 가서 어머니가 밭농사 짓는 것을 촬영하기로 했다. 집에서 밭까지는 자동차로 달려 50분이 걸리는 비교적 먼 거리이다. 촬영팀은 우리 차에 동승하여 밭으로 가서 어머니가 땀 흘리며 일하는 모습과 농작물을 거두고 기뻐하시는 모습을 촬영하면서 어머니를 격려하고 위로했다. 저녁에는 집에 돌아와 밭에서 거둔 오이와 채소로 저녁식사를 준비해서 촬영팀과 함께 식사했다. 그리고는 늦은 시간까지 집 주변의 모습과 어머니가 틈틈이 마당을 쓸고 집안을 정리하시는 모습까지 카메라에 담고 떠났다.

8일은 우리 가족이 인천공항에서 아침 10시에 비행기로 출국하는 날이다. 새벽 3시 30분에 대전 청사 터미널에서 고속버스를 타고 인천공항으로 들어가는 길에 PD에게서 전화가 왔다. 벌써 공항에 도착했단다. EBS 촬영 팀은 뒤늦게 도착한 우리가 출국 수속을 마치고 공항 출국장을 빠져나가면서 손을 흔드는 장면을 끝으로 모든 촬영을 마쳤다.

TV 프로그램을 촬영하는 동안 어머니도 힘이 드셨을 테지만, 모든 과정을 준비하는 아내가 더 어렵고 정신없었을 것이다. 촬영을 위해 음식 만드는 재료를 준비해야 했고, 식사 때가 되면 오가는 사람들에게 음식을 제공하는 일이 여간 버거운 일이 아니었을 것이다. 게다가 사흘간 집안 곳곳을 헤집고 다니는 방송국 카메라를 따라다니면서 어머니의 심부름을 한다는 일이 그리 쉬운 일은 아니었을 텐데도 말 없이 뒷바라지해 준 아내가 무척 고맙다.

사흘 동안 어머니의 살아가는 모습이 교육방송국 촬영팀에 의해 제작되어 지난 7월 20일 EBS 교육방송『장수의 비밀』프로그램에서 전국으로 방영되었다. 이렇게 해서 우리 가족은 제149회「준숙 할머니의 아흔 번째 여름나기」라는 제목으로 30분간 전파를 타는 영광을 누렸다.

겨울 끝자락의 산길을 걸으며

겨울도 끝자락에 접어들었다. 입춘(立春)이 지나면 차가운 북풍이 걷히고, 동풍이 불어와 얼었던 강물이 녹기 시작했다. 입춘이 지난 지도 벌써 열흘이 넘었다. 우수(雨水)·경칩(驚蟄)이면 대동강 물도 풀린다는데, 눈이 비로 바뀌면서 땅이 녹고 따뜻한 봄비가 내리기 시작한다는 절기상 우수가 내일이다.

점심을 먹고, 겨우내 움츠렸던 몸을 풀 겸 가까운 도솔산에 올랐다. 해발 207m의 도솔산은 야트막하여 등산한다기보다는 가볍게 산책할 수 있는 뒷동산이다. 집에서 출발해 정상에 올랐다가 내원사 쪽으로 내려오며 약수터에서 약수를 한 모금 마시고 집에 도착하면 한 시간 정도 걸린다.

봄기운이 그리운지 산에 오르는 사람들이 제법 많다. 애완견을 데리고 나온 여학생. 아이들을 밀고 끌면서 함께 오르는 젊은 부부. 정상에 올라 이야기를 나누며 박장대소하는 아주머니들. 등산복을 갖추어 입고 스틱을 든 채 다정하게 걷는 노인들. 산악자전거를 타고 산길을 누비는 MTB 동호인들도 눈에 띄었고, 나처럼 혼자서 올라온 사람도 여럿이다.

정상에 올라 사방을 돌아보면, 동쪽으로 서대전의 구시가지가 보이고, 서쪽으로는 도안 신도시가 개발되면서 넓은 벌판이 닭장 같은 아파트로 채워지고 있다. 북쪽으로는 갑천을 따라 둔산 지역이 한눈에 들어오고, 남쪽으로는 가수원을 지나 벌곡 쪽으로 이어지는 길이 보인다.

정상에 오르느라 힘들었는지 사람들은 휴식을 취하면서 땀을 닦기도 하고 한동안 쉬었다가 하산한다. 몇몇은 준비해 온 물을 마시며 과일을 나누어 먹기도 한다. 나는 가벼운 스트레칭으로 몸을 푼 뒤에 내리막길로 들어섰다.

겨울산은 오르는 길보다도 내려가는 길을 조심해야 한다. 그늘진 쪽은 아직도 눈이 녹지 않은 채 쌓여 있었고, 녹은 눈이 다시 얼어붙은 곳은 미끄러웠다. 햇볕이 드는 쪽은 땅이 질어서 신발이 푹푹 빠지며 흙이 들러붙지만, 양지바른 곳은 뽀송뽀송한 마른 흙이 걷기에 아주 편했다.

산에서 내려오면서 문득 산길은 우리들의 생애주기와도 닮았다는 생각이다. 눈 덮인 평탄한 길은 마냥 걸어도 좋다. 발걸음을 옮길 때마다 발밑에서 들려오는 눈 밟는 소리가 아름다운 음악이다. 아이들에겐 꿈도 많고 모든 일이 즐겁기만 하다. 호기심 가득 찬 눈으로 바라보면 온 세상이 신비롭고 아름다울 뿐이다. 그래서 눈 덮인 평지를 걷는 것은 부모님의 사랑 속에서 살아가는 청소년기와 같지 않은가.

눈이 녹아 얼어붙은 빙판길은 걷는 사람을 긴장하게 만든다. 조심해서 내려가도 미끄러우므로 비탈진 길에서는 나뭇가지를 붙잡거나 구부린 자세로 천천히 발걸음을 떼어 놓아야 한다. 잘못하면 엉덩방아를 찧거나 미끄러지기 쉽다. 이 길은 학교를 졸업하고 사회에 진출하여 자신의 영역을 구축해 나가는 청·장년기처럼 보인다. 가정을 이루고 살면서 자녀들을 양육하며, 일터에서는 조심스럽게 자신의 입지를 굳혀 나가는 시기이다. 어려움을 겪고 실패를 맛보기도 하지만 얼음판에서 미끄러졌던 것처럼 다시 툭툭 털고 일어나면 된다. 그러면서 가까이에 있는 친구들이나 주변 사람들과 두터운 인맥을 형성하면서 조심조심 앞으로 조금씩 나아가는 시기와 같다.

더 걸어가면 얼었던 땅이 햇살에 녹아 질퍽거리는 진창을 만난다. 운동화에 진흙이 덕지덕지 달라붙으니 발걸음이 느려진다. 이 길은 사업을 하는 사람들은 온갖 고생을 참아가며 기반을 잡아야 하고, 월급쟁이들은 직장에서 생존과 승진에 따르는 어려움과 고난을 견뎌야 하는 인생의 중년기에 해당한다. 신발에 달라붙어 떨어지지 않는 진흙의 무게를 견디듯이 자신의 두 어깨에 짊어진 가정과 사회의 짐을 스스로 감당해야만 한다. 진흙밭이기에 넘어지면 얼음판처럼 다시 툭툭 털고 일어나서 걷기도 쉽지 않다. 그래서 자신에게 주어진 책무를 신중하고 슬기롭게 해결해 가면서 하늘의 섭리를 깨달아가는 지천명(知天命)의 시기라고 말할 수 있다.

진흙 길을 지나면 양지바른 곳에 있는 마른 땅을 만난다. 험한 길을 걸어오면서 신발에 달라붙은 흙을 떨어내고, 옷매무시를 가다듬고는 경쾌하게 발걸음을 떼어놓는다. 산길을 다 내려왔다는 마음에 안도의 숨을 길게 내쉬면서 흥겨운 콧노래를 부르기도 한다. 이 길은 뽀송뽀송한 마른 흙을 밟듯 그동안 활동했던 분야에서 손을 떼는 노년기의 삶과 흡사하다. 자신에게 주어진 일을 마치게 되었기에 이제는 몸도 마음도 가볍기만 하다. 조용히 뒤로 물러서서 자신의 삶을 정리해 나가는 노년기에 해당하는 것 같다.

겨울 끝자락에서의 산행이 마치 우리 생애주기와도 같다는 생각이 들어서 내가 걸어 내려온 길을 다시 돌아보았다.

오래 머물고 싶은 마음

　텔레비전을 켜니 '자녀를 출가시킬 때 집을 사 주겠느냐?'는 문제로 토론을 하고 있었다. 자녀들을 결혼시킬 때 집을 사 준다는 사람도 있었지만, 형편이 넉넉해도 자신들의 힘으로 장만하도록 도와주지 않겠다고 말하는 사람도 있었다. 요즘처럼 젊은이들이 취업하기가 힘들고 경제적으로도 어려워 삼포(연애 · 결혼 · 출산) 세대니, 오포(연애· 결혼· 출산· 인간관계 · 내 집 마련) 세대니 하는 때 부모들이 힘닿는 데까지 도와주는 것이 좋다고 나는 생각한다.

　우리 부부는 결혼하면서 전셋집에서 부모님을 모시고 살았다. 그후로 주택은행에서 이십 년 상환 융자를 받아 집을 장만하고 부금을 꼬박꼬박 갚아가다 보니 많지 않은 봉급으로 생활하기가 빠듯했다. 그래서 훗날 경제적인 여건이 허락된다면 자녀들이 결혼할 때는 집을 사 주는 것이 좋겠다고 생각하고 있었다. 다행스럽게도 두 아이가 학교를 졸업하면서 바로 직장생활을 시작했고, 아내는 아이들이 매달 받아오는 월급을 한 푼도 쓰지 않고 은행에 맡겼다. 암탉이 닭장

속 둥우리에 낳아 놓은 달걀을 하나둘 조심스럽게 꺼내서 바구니 속에 차곡차곡 모으듯이, 아내는 아이들이 내미는 봉급을 적금통장에 넣고 만기가 되면 찾아서 장기저축으로 바꾸었다. 이렇게 마련한 종잣돈으로 작은 아파트를 분양받아서 아이들 살림을 내주었다. 둘째가 신혼여행을 떠나던 날 "이제 부모 노릇 다 했으니 하나님이 데려가신다고 해도 서운할 것 하나도 없다."라고 아내에게 이야기하자 "수고 많이 했다"면서 아내가 오히려 나를 위로했다.

봄·가을로 접어들면 이삿짐을 싣고 다니는 트럭을 자주 만난다. 사업에 성공하거나 경제적으로 여유가 생겨 크고 넓은 거처를 장만해서 옮기기도 하고, 빚에 쪼들려 임시방편으로 머물 곳을 찾아 나서는 사람들도 있다. 게다가 도회지에서는 이사하는 것이 재테크의 수단이 되기도 한다. 아파트를 분양받아 입주했다가 프리미엄을 붙여 넘기고는 평수가 더 큰 집으로 옮긴다는 이야기도 들었고, 도회지 근교에 주택을 지어 살다가 개발이 되면서 재미를 보고는 다른 곳을 찾아 떠난다는 이야기도 심심찮게 떠돈다.

우리 부부가 첫째 아이를 낳아서 기르다가 지금 사는 집으로 옮긴 뒤에 이 집에서 둘째가 태어나서 성장하였다. 또 두 아이가 모두 혼례를 치르고 가정을 이루어서 집을 떠나갔다. 이렇게 우리 식구가 이 집에서 산 지도 사십 년이 가까워 온다. 아이들이 초등학교에 다니던 시절에 왜 우리는 이사 가지 않느냐고 물으면, "물건은 새것이 좋지만, 장맛과 친구는 오래될수록 더 좋은 것이다."라는 속담을 들려주었다. 그러면서 전학 가면 새로운 학교에서 다른 친구들과 다시

사귀어야 하니까 이전의 친구들을 잃게 된다고 설명을 덧붙이면서 불평하는 아이들을 설득하기도 했다. 아내가 아파트로 옮길 생각은 없느냐고 물었을 때 "삼대가 덕을 쌓아야 동쪽 대문에 남향집을 짓고 산다."라는 이야기가 있다는 말로 입을 막았다. 그리고 동네 사람들이 물어보면 부모님과 함께 살기에 어머님의 손때 묻은 살림살이가 많아서 옮길 수 있는 집을 찾기가 쉽지 않다고 얼버무리기도 했다. 어쩌다가 친구들이 물을 때에는 직장이 걸어가면 15분 거리에 있고, 차를 타면 10분도 안 걸리는 곳에 살고 있는데 출퇴근을 생각하면 떠날 수가 있느냐고 반문을 했다. 언젠가 가까이 지내는 제자가 묻기에 서재에 있는 책을 옮기기가 여간 어려운 일이 아니라서 이사 가는 것은 아예 포기한 채 살기로 했다고 고개를 가로저었다.

틀린 말은 아니다. 우리 집은 70평의 대지 위에 지은 아담한 이층 양옥주택이다. 경사지를 절단해서 지었기에 반지하까지 있으니 삼 층인 셈이다. 아래층에 방이 셋, 위층에 둘은 우리 식구가 살고 지하 방 두 칸은 어려운 사람들에게 세를 주기도 했다. 남향집이라 햇살이 잘 들어 겨울에 따뜻하고, 지대가 높아서 많은 비가 쏟아져도 괜찮았으며, 여름철에 창문을 열어두면 시원한 바람이 더위를 몰아내어 서재에 앉아서 책을 읽기에도 안성맞춤이다. 화단에서는 사계절 꽃이 피고, 감나무·대추나무에서는 열매를 수확하는 기쁨과 함께 아침이면 새 떼들이 날아들어 늦잠을 깨우며, 저녁에는 풀벌레 소리를 자장가 삼아 여섯 식구가 편히 잠자리에 드는 안식처이다.

내 친구 K는 어렸을 때 집안이 가난해서 칼국수를 너무 많이 먹었기 때문에 지금 잔치국수는 먹어도 칼국수는 아예 쳐다보지도 않는다고 했다. 아마 나에게도 어렸을 때 이사를 자주 다녀서 오랫동안 한곳에 머물고 싶은 마음이 밑바닥에 깊이 깔려있나 보다.

(그린에세이 제15호, 2016년 5·6월호)

가벼워지는 짐

군자란이 꽃을 피웠다. 해마다 봄이 오면 검붉은 자기 화분 속에서 연두색 여린 잎사귀를 제치고 꽃대를 뽑아올려 소담스러운 꽃송이 선보인다. 군자란이 우리 식구가 된 것은 아들이 초등학교 시절 실습장에서 얻어온 새알만큼 작고 여린 뿌리일 때부터였다. 이제는 크고 넓은 이파리와 두 손으로 붙잡아야 할 만큼 굵은 밑둥치를 드러내며 위용을 자랑하고 있다. 이십 년이 훨씬 넘는 세월을 추운 겨울에는 거실에서 떨며 지내다가 봄이 오면 붉고 노란 꽃을 터트려 우리 식구와 집에 찾아오는 손님들의 시선을 붙들어 두곤 했다.

올해는 꽃대 사이로 늘어선 열여섯 개의 꽃송이가 쌍둥이처럼 똑같아서 하나같이 아름답고 탐스러웠다. 시간이 지나면서 한 송이 두 송이 떨어지는 것을 보면 가슴 한쪽이 매우 시렸다. 정원에 핀 영산홍이나 철쭉처럼 자신의 수(壽)를 다 누리고 시들어진 채 볼품없는 모양으로 떨어지는 것이 아니다. 한창 아름답고 싱싱한 놈이 하나둘 바닥에 뒹구는 것을 보면 요절한 천재처럼 안타까운 마음을 감출 수 없게 만든다. 그래서 거실 찻장 속을 장식하고 있는 예쁜 유리컵을 꺼내 그 속에 담아 식탁에 올려둔 채 꽃잎이 시들 때까지 여러 날을 두고 바라본다. 어느 글에선가 읽은 '인생의 보람은 자신이 젊어지는 짐의 무게에 비례한다.'라는 이야기를 떠올려 보았다. 꽃송이가 떨어지면 그만큼 우리의 사랑이나 관심도 식어갈 것이니 군자란의 보람도 줄어들 것이 틀림없다.

아들의 혼사를 앞두고 지인들에게 청첩장을 보낼 때의 일이다. 천사의 나팔이 그려진 예쁜 청첩장을 접어 봉투에 담으면서 우리는 신이 났다. 큰아이 결혼식에 오셔서 축하해 주신 분들을 중심으로 주소록을 정리하면서 웃어른들에게 먼저 말씀을 드리고 우편물을 발송하기로 했다. 첫째를 보내면서 분에 넘치는 축의금을 건네며 축하해 주신 분들에게 둘째의 혼사를 알리는 것이 오히려 어려움을 끼치는 일은 아닌지 판단하기 어려웠다. 미처 연락을 드리지 못했던 분들을 만났을 때 자신을 쏙 빼놨다고 서운해하던 모습도 떠올랐다. 결혼 소식을 전했으나 연락이 없는 분들도 계셨는데 이런 분들에게는 어떻게 해야 하나 고민이 꼬리를 물고 머릿속을 어지럽혔다.

지난날의 인연을 생각하면서 여기저기 흩어져 계신 분들의 주소를 써 내려가며 얼굴을 하나둘 떠올리면서 몇몇 분은 연락을 하는 것이 오히려 결례될 것 같아 썼다가 지우기를 반복했다. 최근에 활동하기 시작한 동호회 회원들에게는 알리지 않는 것이 예의일 것 같아서 빼기로 했다. 오랫동안 모임을 같이 했지만 근래에 소식이 뜸한 분들에게도 연락을 취하지 않기로 했다. 마침내 라벨 용지에 주소를 출력하고 나니 깊은 터널 속을 벗어난 것처럼 기분이 한없이 상쾌했다. 평소에 우리들의 관·혼·상·제 의식이 바뀌어야 한다고 목소리를 높이기도 했지만, 막상 나 자신 앞에 닥치고 보니 슬그머니 꽁무니를 빼고 관례를 따른 꼴이 되었다.

청첩을 받고 결혼식장에 찾아가면 혼주와 인사를 나눈 뒤에는 식당으로 건너가서 아는 사람들을 찾아 나선다. 오랫동안 얼굴을 볼수 없었던 선·후배나 동료들을 만날 수 있는 자리이기에 예식에 참석하여 신랑·신부를 축하해 주기보다는 낯익은 분들과 모처럼 자리를 같이하고 대화를 나누는 것이 다반사였다. 그리고 장례식장에서도 조문을 마친 뒤에는 지인들과 인사를 나누고, 근황을 물으면서 소식을 교환한다. 특별한 경우가 아니면 장지까지 동행해서 고인의 넋을 기리며 유족들과 슬픔을 함께하거나 위로하는 경우는 드물다. 그냥 예를 갖추는 행위에 지나지 않아 가까이 지내는 분들에게는 미안한 마음이 들 때도 있다.

우체국에 가서 청첩장을 발송하고 난 뒤로 일주일째 접어드니 우편물이 되돌아오기 시작했다. 저녁에 귀가하면 아내가 책상 위에 올려놓은 반송물을 집어 든다. 수취인을 확인하면서 떨어진 군자란 꽃잎을 하나하나 주워 모으던 마음으로 반송된 우편물을 모아 서랍 속에 넣어 둔다. 구순(九旬)을 바라보는 어머님도 손자며느리를 맞는다는 기쁨에 잠을 설치기도 하지만 "요즈음은 이사 가는 사람들이 많기도 하구나." 하며 걱정을 감추지 못하신다. 어느 날인가 붉고 푸른 도장이 여기저기 마구 찍힌 반송된 청첩장을 보면서 아내가 다시 연락을 취해야 하느냐고 묻기에 말없이 고개를 가로저었다.

짊어지는 짐의 무게에 비례해서 인생의 보람을 느낀다는데, 이제 우리의 짐도 점점 가벼워지는 것이 뒷방 노인이 되는 증거라면서 아내의 손을 잡아 주었다.

부끄러운 모습을 발견한 시간

장모님을 요양병원으로 옮긴 지 벌써 4년이 지났다. 처음에 치매 증상이 나타날 때만 해도 간병인의 도움을 받으며 장인어른이 수발 드셨다. 그러다가 장인어른이 돌아가시면서 자녀들이 돌볼 형편이 되지 않아 시설이 좋다고 알려진 시립요양병원으로 모셨다. 장모님을 입원시키고 병문안을 다녀올 때마다 한동안 아내와 처가 식구들은 "착한 우리 어머니가 왜 이런 곳에 계셔야 하냐?"면서 눈물을 멈추지 못했다. 어느 날인가 병원 문을 나서면서 몹시 마음 아파하는 아내에게 미국의 레이건 전 대통령도 10여 년간 알츠하이머병을 앓기도 했다고 위로의 말을 건네며 등을 쓸어주었다.

요양병원에 입원한 노인들은 대부분 치매 환자들이다. 병원에서는 환자들의 재활을 돕기 위해 여러 가지 프로그램을 운영하고 있었지만, 환자들은 좀처럼 증상이 호전되는 것 같지 않았다. 장모님이 처음 입원하실 때만 해도 가족들을 알아보셨고, 기억을 더듬어 가면서 지난날 있었던 일을 하나씩 들추어 새김질하곤 하셨다. 그러나 점점 퇴행하여 요사이는 자녀들에 대한 기억마저도 말끔히 지워버리셨는지 딸들이 "엄마, 내가 누구야?"라고 물어보아도 입을 열지 않으신다. 그동안은 침상에 앉아서 어린 아기처럼 요양보호사들이 건네는 음식을 받아 잡수셨는데, 지금은 병상에 누운 채 호스를 통해 미음을 공급받고 있다. 그러니까 병원을 다녀오는 날이면, 힘이 빠져 휘청거리는 아내의 모습이 바람 따라서 흔들거리는 허수아비처럼 보였다.

한국인터넷진흥원(KISA)에서 발표한 2016년 보고서에 따르면 우리나라 사람들의 평균수명은 81세로 세계 상위권이다. 이는 40년 전보다 29년이나 증가한 수치라고 한다. 이 보고서에서는 30년 후면 120세를 넘어서리라 예측한다.

건강하게 오래 사는 것은 축복이다. 그러나 병석에 누워 가족도 알아보지 못한 채 목숨을 이어가는 삶을 어느 누가 바람직스럽게 생각하겠는가. 의사의 진료를 받기 위해 병원을 찾아가는 횟수가 북유럽 사람들은 일 년에 2.3회인데 비해 우리나라 사람들은 14.2회라는 보고서도 있다. 의료진의 도움과 투약에 의존해서 오래 사는 것은 결코 반길 일이 못 된다.

요양병원에 들어서면 초점 잃은 눈동자와 콧속으로 삽입한 대롱을 매달고 질긴 생명력과 씨름하면서 침상에 미라처럼 누워있는 노인들과 마주하게 된다. 그럴 때마다 노후에는 서녘 하늘을 물들이는 낙조처럼 살아갈 것을 기대하던 나의 꿈도 사라지는 것만 같아 씁쓸하다. 앙상한 팔다리를 가누지도 못하면서 대·소변마저도 다른 사람이 처리해야 하는 어른들, 표정도 없고 핏기도 없는 얼굴에 도움을 받지 않고는 이동할 수 없는 사람들, 모두 다 꺼져가는 모닥불에 사위어 드는 삭정이처럼 을씨년스럽다. 눈에 보이는 것만큼이나 병동의 여닫는 문소리마저도 수용소의 육중한 철문처럼 울림이 깊어 이제는 병원을 찾아가는 발걸음도 썩 내키지 않는다.

우렁이는 제 몸속에다 알을 품고서 부화한다. 어미 몸속에서 깨어난 새끼들은 제 어미의 살을 갉아먹으며 자란다. 어미의 살이 다 없어질 즈음에야 어린 우렁이들은 어미 몸 밖으로 나온다. 마침내 어미 우렁이는 껍질만 남아서 물 위에 둥둥 떠다닌다. 침상에 누워있는 할머니들의 모습이 가진 것을 모두 다 자식들에게 내어주고 빈껍데기만 방죽 위로 떠다니는 우렁이처럼 보였다.

수컷 가시고기는 암컷이 둥지 속에 낳아놓은 알에 정액을 뿌려 수정시킨다. 그리고 부화할 때까지 다른 물고기들이 기웃거리면 달려가서 쫓아내며 보금자리를 지킨다. 먹지도 않고 잠도 안 자면서 알을 보호하다가, 새끼들이 부화하면 다른 물고기에게 먹힐까 봐 노심초사하면서 초병 노릇까지 해낸다. 그러는 동안에 가시고기는 몸뚱이가 부딪쳐서 짓이겨지고 지느러미는 너덜너덜해진다. 휠체어에 몸을 묻은 할아버지들의 등 뒤로는 새끼들을 지키다가 기력이 다해 스러지는 가시고기의 모습이 겹쳐졌다.

우리나라에 치매를 앓는 노인이 68만 명에 이른다고 한다. 치매 환자 곁에서 수발을 들려면 누군가는 생업도 포기해야만 한다. 어려운 가정경제를 꾸려나가려고 부부가 맞벌이하는 집에서 환자를 보살피는 일은 이제 엄두도 낼 수 없는 사회가 되었다. 그래서인지 치매 환자 돌봄센터나 요양기관의 숫자가 점점 늘고 있다. 요양 시설이 증가하는 것은 바람직스러운 일이고, 재활 기관에 위탁해서 전문가들에게 환자를 맡기는 것이 효율적인 치료 방법이라고 나는 생각하고 있었다. 그런데 지난 3월 19일에 KBS 프로그램『강연 100°C』에서 정원복 씨의「어버이 살아실 제」라는 강연을 들으면서 자신이 한없이 초라해지는 모습을 발견하게 되었다.

정 씨는 대구에서 109세 된 어머니를 홀로 모시고 살고 있다. 10여 년 전에 있었던 일이었단다. 퇴근해서 집에 돌아온 아들을 몰라보고서 누구냐고 묻는 어머니에게 정 씨는 크게 충격을 받았다고 한다. 그래서 어머니의 치매 치료를 위해 이야기를 나누며 함께 시간을 보내고, 팔을 낀 채 산책을 다니면서 등산을 시작했단다. 어머니의 증상이 차츰 호전되어가는 것을 깨닫고는 100세가 넘은 노모를 모시고 대구 근교에 있는 산을 찾기 시작하여 한라산까지 다녀왔다고 했다. 객석에 앉아서 정 씨의 강연을 듣던 방청객들은 힘찬 박수를 아끼지 않았다. 아나운서가 정 씨의 어머니인 문대전 어른에게 다가가서 마이크를 건네며 묻는 말에 또박또박 대답하시는 것을 보면서 나의 입에서도 절로 탄성이 나왔다. 요양병원에서도 치료할 수 없는 병을 극진한 사랑으로 호전시킬 수 있었던 아들의 효심에 절로 고개가 숙어졌다.

정원복 씨의 강연을 들으면서, 사랑이란 부모가 자식을 껴안는 내리사랑만이 아니라, 부모를 섬기는 치사랑도 있음을 깨닫는 시간이었다. 미물의 습성에서 유래한 반포지효(反哺之孝)의 뜻처럼 은혜에 보답할 줄 아는 것이 도리이고 사랑이다. 정 씨의 강연은 천륜으로 맺어진 부모와 자식의 관계를 까맣게 잊고, 내리사랑만을 생각해 왔던 내 자신의 부끄러운 모습을 발견한 시간이었다.

(그린에세이 제21호, 2017년 5 · 6월호)

착시현상(錯視現象)

　친구 따라 수영을 배우러 다니던 때의 일이 생각난다. 첫날 수영복과 수영모와 물안경을 준비해서 수영장으로 갔다. 앞에 온 사람들을 따라서 탈의실에서 옷을 벗고 샤워실로 들어가 몸을 씻은 뒤에 수영복을 갖추어 입고 수영장 안으로 들어갔다. 사방을 둘러보니 남녀 모두 수영복 차림으로 활보하는데 처음 접한 광경에 눈을 어디에 두어야 할지 몰랐다. 몸은 한없이 움츠러들면서 따돌림을 당한 외톨이처럼 구석에 혼자 쪼그리고 있었다. 뒤늦게 도착한 친구를 만나고서야 그의 꽁무니를 졸졸 따라가 초급반 라인에 몸을 담갔다.

　음악이 흘러나오자 풀장 안에 있는 강습생들은 물 밖에서 시범을 보이는 강사를 따라 준비체조를 했다. 나도 강사를 따라서 움직였지만 어떤 동작을 어떠한 순서로 하는지 알지 못해서 팔다리가 제멋대로 놀았다. 그런데 주위에 있는 강습생들은 모두 숙달된 조교처럼 일사불란하게 움직이는 것으로 보였다. 풀장의 물빛은 쪽빛 가을 하늘보다도 맑고 푸르렀다. 수영복을 입은 남자들이 물을 차는 모습은 떡 벌어진 가슴에 금메달을 목에 걸고 즐거워하던 박태환 선수처럼 씩씩하고 늠름했다. 돌고래처럼 날렵하게 물살을 가르는 자태가 여자들은 인어공주와도 같았다.

수영강사의 지도를 받으면서 '음—파, 음—파' 숨 쉬는 연습이나 발차기 동작을 열심히 해보지만, 생각처럼 쉽지 않았다. 두 발을 저어도 떠오르는 것이 아니라 물속으로 가라앉고, 숨이 차서 입을 벌리면 연신 입속으로 물이 밀려들어왔다.

두 주가 지나면서 서서히 수영장의 모습이 눈에 들어오기 시작했다. 운동을 시작하기 전, 음악에 맞추어 능숙하게 준비체조를 하는 것으로 보였던 사람들의 동작은 사실 그렇지 못했다. 깨끗하게만 보였던 풀장도 물속에 부유물이 떠다니는 것이 보이기 시작했다. 물안경을 끼고 헤엄을 치면 손에 닿을 듯이 가까이 보이던 벽면은 팔을 뻗어도 쉽게 닿지 않았고, 곁에 서 있는 것처럼 보이는 사람들도 물 밖으로 나와서 보면 저만큼 떨어진 거리에 있었다. 수강생들의 모습은 박태환 선수나 인어공주가 아니라 일상에서 만나는 장삼이사(張三李四)에 지나지 않았다.

많은 사람은 눈에 보이는 것이 전부인 줄로 알고 그대로 믿으려고 한다. 그런데 눈에 띄는 것과 자세히 살펴보면 실제의 모습이 다른 경우가 많다. 우리는 허술하거나 볼품이 없으면 대수롭지 않게 생각하고, 겉으로 드러나는 모양이 아름답고 멋져 보이면 많은 점수를 준다. 그러면서 '겉 볼 안'이라는 말을 입에 달고 다닌다.

우리가 눈으로 보는 물체는 뇌에서 인식한다. 그런데 눈에 비친 사물이 실제 모습과는 다르게 나타나는 경우가 자주 있다. 눈에 맺힌

상을 뇌가 판단하는 과정에서 사물의 밝기·색깔·크기·모양·방향 등에 따라 눈으로 본 것과 객관적인 성질 사이에 차이가 있기 때문이다. 이것을 착시현상(錯視現象)이라고 하는데, 사람들은 물체를 볼 때 그 배경까지 포함해서 눈으로 바라본다. 따라서 배경의 모양이나 색깔 등에 의해서 물체가 혼동되어 달리 보이는 현상을 말한다. 같은 밝기의 색깔이 다르게 느껴지기도 하고, 크기가 같은 데도 더 작거나 오히려 크게 보이기도 한다. 이렇게 배경은 직·간접적으로 사물을 인식하는 데 영향을 미친다. 우리가 살아가면서 다른 사람들을 대할 때 그 배경에 해당하는 것이 선입견이다.

흔히 체형이 마른 사람은 예민하고 성격이 까칠하며, 뚱뚱한 사람은 둔감한 편이지만 인심이 넉넉하다고 생각한다. 키가 큰 사람은 싱겁고, 작은 사람은 야무지다고 생각한다. 농담 잘하고 재치 있는 사람은 가볍고, 근엄한 사람은 신실하다고 여긴다. 공부를 잘하는 사람은 못 하는 일이 없을 것으로 알고, 일을 그르쳐도 인물이 잘생긴 사람은 어쩌다가 실수했을 것이라고 너그럽게 봐준다. 경제적으로 어려운 사람은 혹시나 빈대 붙지는 않을까 꺼리면서, 재력이 있는 사람은 씀씀이가 남다를 것으로 보여 가까이 하려고 한다.

이와 같은 선입견이 어느 틈엔가 나의 머릿속에도 심겨 있었다. 그래서 지금까지 낯선 사람들을 대할 때면 이 기준에 따라서 판단하는 경우가 많았다. 그러다 보니 착시현상의 지배를 벗어나지 못한 채, 우(愚)를 범하며 살아온 것을 요즈음에야 깨닫고는 고치려 노력하고 있다.

(수필예술 제38권, 2017년 6월)

집을 수리하면서

장마가 오기 전에 집수리를 끝내야 한다는 아내의 당부로 6월 중에 공사를 마치기로 건축업자와 계약을 했다. 장마철을 피하려는 것이 아니라 7월 말이면 출산하는 딸아이의 산후조리를 위해 서둘러 집을 고쳐놓고 첫 손녀를 맞이하려는 외할머니의 따뜻한 마음일 것이다. 집을 깨끗하게 단장하고서 가족이 모두 한마음으로 태어날 아기를 손꼽아 기다린다는 것은 생각만 해도 즐거운 일이다.

우리는 30년 넘게 지금 이 집에서 살고 있다. 단독주택은 전기나 수도시설이 고장 나거나 수리할 곳이 생기면 수시로 손을 봐가면서 살아야 한다. 그러면서도 10년 주기로 집 안팎을 대수선하고 있다.

이번에도 거실과 방 5칸을 도배하고 장판을 교체하며, 외부 도색까지 모두 끝내려니 2주일 이상이나 걸린단다. 그래서 단독주택에서 사는 것이 불편하다고 이야기하는 사람들도 있지만, 우리는 아파트에서 살아보질 않았기에 아파트 생활의 편리함이나 장점을 알지 못한다.

지금까지 집을 고칠 때마다 어머니와 아내의 고생이 많았다. 이제는 내가 퇴직하고 집에 있으니까 든든하기만 하단다. 우리는 일꾼들이 작업을 시작하기 전에 살림살이를 모두 밖으로 내어놓았다가 공사가 끝나면 다시 제자리를 찾아 정돈해야 했다. 생각보다 이 일이 여간 힘든 것이 아니었다. 그래서 집을 고치는 것이 이사하기보다 더 어렵다고들 말하는가 보다. 우리 집에는 책이 많으니 다른 집보다도 더 어려울 수밖에 없다. 책 때문에 이사를 못 하는 것은 아니지만, 주변머리가 없는 나에게는 이것도 집을 바꾸지 않고 오랫동안 눌러앉아서 살 수 있는 핑계거리가 되었다.

어머니와 아내랑 셋이서 이불장의 이불이며, 장롱 속에서 옷을 꺼내놓고 커다란 이불보에 싸기 시작했다. 식구는 넷인데 이불과 베개가 많은 이유를 알 수가 없다. 봄·가을에 덮는 얇은 이불과 겨울철 솜이불, 여름 홑이불에 담요까지, 게다가 베개는 열 개씩이나 되었다. 그리고 방석과 돗자리와 카펫은 부피도 크고 무겁기도 해서 옮기기가 버겁다. 옷장에서 옷을 꺼내니 이것도 내 옷인가 싶은 것도 있었고, 기억을 더듬어도 처음 보는 듯한 옷가지들이 한둘이 아니었다. 입지 않는 것은 버리자고 이야기해도 아내는 다 필요한 것이라고 그냥 두어야 한단다.

서재로 건너가서 책상 서랍을 여니 연필과 볼펜, 명함, 서류, CD, 편지, 사진이 곳곳에서 나왔다. 이불과 옷을 버리지 못한다고 아내를 탓하던 내가 그만 머쓱해졌다. 서가에 있는 책들을 묶어서 한쪽으로 옮기고, 액자와 시계를 떼어서 밖으로 내놓았다. 아들녀석이 오래된 책은 버리자고 한다. 나는 "이 녀석아, 피 같은 돈을 주고 산 것들이다. 모두 버려도 책은 안 된다."라고 펄쩍 뛰었다. 책을 묶어 내놓기가 무섭게 서둘러 이층으로 올라가 딸아이의 방을 살펴보았다. 딸이 시집을 가면 친정집 기둥 뿌리도 뽑아간다는데 우리 아이는 남겨둔 것도 많았다.

　살림을 들어내니, 평소에는 좁고 답답했던 방과 거실이 꽤 넓다. 음식을 많이 먹고 활동량이 적은 사람들이 비만이 되고 동맥경화에 걸린다고 한다. 40평이 넘는 우리 집도 구석구석에 쌓아둔 살림살이가 많아서 답답하기만 했었다. 그동안 필요한 물건을 찾다가 어디에 두었는지 몰라서 포기하기도 했고, 없는 줄 알고 다시 사들인 것들도 한둘이 아니다. 짐을 정리하면서 찾지 못해 애태우던 것들이 깊숙한 곳에서 하나둘 튀어나오기도 했고, 소중한 것도 아닌데 깊이 간직해 두었던 낡은 서류뭉치와 생활용품은 이참에 정리할 수 있었다.

　방마다 놓여있는 가구는 그대로 두고 짐만 밖으로 끌어내어 마당에 쌓아두었는데 마당에 커다란 동산이 들어섰다. 적은 월급으로 우리 식구들이 먹고살고, 아이들을 가르치면서 하나둘 사 모은 것들이 정말 많았다. 그래서 우리 집도 부자라는 생각이 들어 "야, 우리 정말 부자다."하고 소리를 지르자 모두 한바탕 웃었다.

　내부 수리가 끝났다. 집을 넓고 여유 있게 쓰는 데 필요한 것들만 골라서 들여놓자고 아내에게 이야기했기에 과감하게 버리기로 했다. 새로 단장한 방과 거실에 꼭 있어야 할 물건들을 골라서 정리하고 나니 마치 신혼집 같았다. 방문을 여는 대로 살림살이가 단정하고 깔끔해서 마음까지도 가벼웠다. 고생한 아내의 밝은 미소를 바라보니 기분까지 상쾌해지는 것이었다.

이렇게 나 자신도 비울 것은 비우고 정리하면서 살았으면 하는 마음까지 든다. 아직도 내 맘 구석구석에는 필요 없는 욕심과, 버려야 할 고루한 생각들이 자리 잡고 있어서 가끔 아이들이나 아내와 언쟁을 벌일 때가 있었지 않았던가.

(금강일보 2018. 08. 27.)

새로운 인연

정년퇴직이 가까워지고 앞으로 어떤 일을 하면서 남은 생을 살아가야 하나 고심할 때의 일이다. 그간 지역 언론에 쓴 칼럼과 여기저기 투고했던 글들을 모아보니 책으로도 묶을 수 있는 분량이었다. 퇴임 기념으로 책을 출판해서 지인들에게 선물하고 싶은 마음이 일었다. 그러나 평소에 문인들과 교류도 없었고, 지역 문단에서조차 활동하지 않았던 나는 대전에서 책을 출간하는 일을 생각하지 못했다. 그동안 교단에서 학생들을 가르치며 서울 타임기획사의 요청으로 대학 입시 참고서를 몇 권 저술한 경력이 있다. 그래서 인연을 맺고 있던 타임기획사 강기원 사장과 상의했더니 좋은 일이라면서 원고를 넘겨달란다.

며칠 후 강 사장이 전화로 책을 1,000부 인쇄하라기에 입을 크게 벌렸더니 값은 큰 차이가 없다고 한다. 그러면서 자기 말을 들으면 오히려 나중에 고맙다는 인사를 할 것이라며 500부를 생각하고 있던 나의 계획을 수정하도록 종용했다. 그러한 과정을 거쳐서 나의 산문

집 『배우며 가르치고 사랑하면서』가 세상에 빛을 보게 되었다. 고슴도치도 제 새끼는 함함하다는데 그간 써 모은 글이 예쁜 옷을 입고 세상에 태어난 나의 첫 산문집을 받고 보니 한없이 소중했다. 그리고 보람 있는 일을 했다는 생각에 마음이 뿌듯했다. 출간된 책을 동료 직원들과 알고 지내던 선·후배와 친척들에게 전하면서 퇴임 인사로 대신했다. 책을 받은 어느 후배는 나에게 작가라고 불러야 하겠다면서 펜을 들고 찾아와 내 책에 사인을 요구한 일도 있다.

글을 쓰고 싶다는 생각은 늘 마음 한구석에 자리 잡고 있었다. 중·고등학교 시절 틈틈이 백일장에 출전한 것이 계기가 되어 국문과로 진학을 했고, 대학 시절에는 신문사 기자로 활동한 것이 모두 글쓰기의 밑거름이 되었다. 청탁을 받아 지역 신문에 글을 쓰기도 했으며, 잡지의 모퉁이나 독자 투고란에 이름을 올리기도 했다.

퇴직한 뒤에는 컴퓨터 자판기를 두드리면서 신춘문예나 『월간 에세이』 그리고 수필잡지를 뒤지면서 등용문을 찾아보니 눈에 띄는 것이 없었다. 어느 날인가 컴퓨터 앞에서 에세이를 클릭해 보니 여러 잡지의 이름이 눈에 들어왔다. 그 가운데 『그린에세이』에 들어가서 살펴보니 작품 5편을 보내면 심사를 통해 등단시킨다는 안내의 글이 눈에 띄었다. 그동안 써 모은 작품 가운데 마음에 드는 것을 골라 『그린에세이』 편집부로 보냈더니 며칠 후에 작품 활동을 열심히 하라면서 나의 작품을 추천하기로 했다는 통지를 받았다. 그렇게 해서 나는 『그린에세이』 제12호를 통해 「색깔에 쌓아둔 성(城)」이란 작품으로 문단에 얼굴을 내밀었다.

서울 동대문구 장안동에 있는 그린에세이 편집부에서 이선우 대표를 만났다. 열심히 써 보라는 격려의 말씀과 동인 활동을 하고 있느냐는 물음에 혼자서 글을 쓰고 있다니까 지역에서 문우들과 교류하는 것이 좋다고 권면해 주었다. 그래서 평소에 안면이 있는 박종천 선생님을 만나 상의했다. 박 선생님은 자신이 참여하고 있는 대전수필문학회에 들어와서 함께 활동하자고 권하기에 대전수필문학회의 회원으로 가입했다. 회의에 참석해 보니 젊은 회원들은 많지 않았고, 대부분 연세가 든 어른들이었다. 수필을 관조(觀照)의 문학이라며 중년 이후의 글이라고 하지만 젊은이들이 눈에 띄지 않는 것이 좀 아쉬웠다.

　남들보다 뒤늦게 등단했기에 나는 수필을 좀 더 공부하고 싶은 마음을 갖고 있었다. 그래서 컴퓨터의 자판기를 두드리면서 유명한 작가들이 활동하는 카페도 드나들었다. 혼자서 글을 읽고 쓰기보다는 함께 모여 합평을 통해 자신의 글을 지도받고 싶었으나 그런 모임을 찾기가 어려웠다. 수필은 자기 삶의 고백이고, 있는 모습을 그대로 드러내는 글이기에 남에게 작품을 보여주는 것은 자신의 알몸을 내보이는 것과 같아 부끄럽기도 할 것이다. 그러나 더 좋은 작품을 쓰기 위해 서로 조언해 주고 격려하는 모임이 있으면 참석하고 싶어서 선배들에게 물었다. 예전에는 합평 모임이 있었으나, 잘못해서 상대방의 마음을 상하게 하는 일이 있은 뒤로는 모이지 않는다는 이야기를 전해 듣고는 안타까운 마음이 들었다.

　등단작품이 실린 『그린에세이』 잡지를 이은봉 시인에게 선물하니 크고 유명한 잡지사에서 추천을 받는 것이 좋다면서 『한국산문』을 소개해 주었다. 『한국산문』에 문의했더니 작품 5편을 보내라기에 새로 쓴 글 가운데 맘에 드는 것을 골라서 보냈다. 『한국산문』에서는 제130호를 통해 「흙의 속삭임」이란 나의 작품을 등단작으로 발표했다. 그렇게 해서 두 번씩이나 등단하는 일이 벌어졌다. 『한국산문』 담당자가 나에게 문화센터에서 강의를 들었으면 좋겠다는 이야기에 수필 강의 3개월 과정에 등록했다. 한국산문문화센터에는 많은 사람이 모여 선생님의 지도를 받으면서 글을 쓰고 합평하는 시간을 가졌다. 나도 등단한 후에 서울로 다니면서 문화센터에서 석 달 동안 매주 수요일 저녁에 공부했다.

점심을 먹고는 이내 KTX로 서울에 올라가 지하철을 타고 가서 공부한 뒤에 되짚어 대전으로 내려오는 것은 말처럼 쉬운 일이 아니었다. 그래도 3개월이면 끝나는 줄 알고 열심히 다녔다. 그런데 그 모임은 연속으로 활동하는 문우들의 공부방이었다. 나는 3개월을 마치고 더는 올라오기가 어렵다고 말씀드렸더니 지도교수님이 지역 문단에서 열심히 글을 쓰라고 격려해 주셨다.

문단의 선배들과 교류하면서 더 좋은 글을 쓰고 싶은 마음이 컸지만, 현실은 그렇지 못했다. 일 년에 서너 번 만나는 모임은 회원들의 친목 모임이었다. 갓 입회한 신입회원으로서는 여전히 서먹서먹하고 말 붙이기가 어려웠다. 글은 혼자서 쓰는 것이고, 노력은 자신의 몫이 틀림없었다. 그렇지만 선배들이 출판한 문집을 건네주면서 덧붙이는 경험담은 나에게 자극제가 되기도 했다.

그러다가 이웃에 사시는 윤승원 전임회장을 만나게 되었고, 강승택 선생님과 육상구 전임회장과도 자리를 함께할 수 있었다. 이분들과 가끔 만나면서 글을 쓰는 데 도움을 받고 있다.

　지난 4월 26일에는 가까운 청주에서 '제19회 수필의 날'을 맞아 수필가들의 전국대회를 열었다. 나는 그린에세이 이선우 대표의 연락을 받고 참석했다. 대전수필문학회 회원이면서 평소에 교단에서 만나 뵌 적이 있는 최중호 선생님은 중앙문단에서 폭넓은 활동을 하고 계셨다. 이번 전국대회에 최 선생님과 동행하면서 문단 활동의 많은 이야기를 들을 수 있었다. 최 선생님은 자신의 승용차로 나와 동행해 주셨고, 1박 2일을 함께 하면서 여러 가지 조언도 아끼지 않으셨다. 그리고 선생님이 공동 저자로 참여한 178명이 쓴 『새로운 수필 쓰기』(문학관)라는 책을 건네주시면서 작품 활동을 열심히 하라고 권면해 주셨다.

　인연이란 정해져 있는 것이 아니라 이렇게 새로운 환경에서 예기치 못하게 나타나 시간이 흐르면서 더욱더 깊게 이어져가는 것인가 보다.

태교여행(胎教旅行)

결혼한 딸아이가 임신하면서 여느 때와는 다르게 행동한다는 이야기가 들렸다. 퇴근하기가 무섭게 태교를 위해서라면서 음악회와 전시회를 찾기도 하고, 요가 모임에도 나가는 등 바삐 뛰어다닌단다.

그런 딸아이를 지켜보면서 "너무 많이 무리하는 것이 아니냐?"고 염려하는 나에게 아내가 요즈음은 다들 그렇게 한다고 했다.

젊은 애들이 유난도 떤다고 생각하던 차에 이번에는 들어보지도 못한 '태교 여행'을 계획하고 있다고 아내가 전해 주었다. 자기들이 좋아서 하는 일이라 말리지도 못하고 속으로만 마땅찮게 생각하고 있었다. 그러던 어느 날 딸아이가 집에 오더니, 양가 부모님과 함께 제주도에 다녀왔으면 좋겠다고 말을 꺼낸다. 경치가 좋은 곳에서 자연을 즐기고 맛있는 음식을 먹으면서, 가족이 소중하다는 것을 뱃속의 아기에게 전해 주고 싶다는 것이다. 유별나다는 생각이 들었지만, 어쩔 수 없이 사돈댁 식구와 만나 제주도에서 2박 3일을 함께 보내기로 했다.

사돈댁과 우리는 서울과 대전에 떨어져 살고 있어서 남이나 다름 없었다. 처음 사돈 식구들을 만난 것은 결혼 이야기가 오고 간 뒤에 상견례 자리에서였다. 두 번째는 결혼식장에서 인사만 나누고 헤어졌다. 그 뒤로는 바깥사돈과 몇 차례 안부전화만 주고받을 뿐, 결혼으로 인연을 맺었는데도 그동안 적조하게 지낸 것이 미안하던 차에 오히려 잘된 일이라는 생각도 들었다. 양가에서 여행에 참석할 수 있는 인원이 모두 여덟이라기에 자동차도 한 대로 돌아다니고, 같은 숙소에서 함께 묵자고 했다. 그래야만 사돈끼리 많은 이야기를 나누면서 더 가까워질 수 있을 것이라는 생각이 들었기 때문이다.

그런데 아내와 딸아이는 사돈끼리라면 어려운 사이니까 숙소도 따로 마련하고, 자동차도 각각 타고 다니자고 한다. 듣고 보니 여행을 다녀온 뒤에 혹시나 관계가 불편해질 수도 있으니 그 의견에 따르기로 했다.

여행 첫날, 10시가 되어 서울에서 출발하는 사돈 식구들과 제주공항에서 합류했다. 사돈 내외분은 공직에서 은퇴하고 두 식구가 홀가분하게 지내셔서인지, 결혼식장에서 뵈었을 때보다 건강해 보였다. 공항을 나서니 빗방울이 떨어지고 바람이 불어서 여행하기에는 불편했다. 모두 이른 시간에 출발해서 아침식사를 제대로 못 했을 것 같아 점심을 든든하게 먹고 비를 피해 시설을 중심으로 관람하기로 했다.

우리 네 식구, 어머니와 아내, 아들과 내가 한 차를 타고, 사돈 내외 그리고 딸과 사위가 함께 타서 두 대의 차량이 앞서거니 뒤서거니

하면서 제주 시내를 벗어나 동쪽으로 한 바퀴 돌았다.

저녁이 되어 숙소에 들어가니 생각 외로 침실과 가재도구가 정갈하고 깔끔하다. 아침에 일어나니 식구들이 잠자리가 편안해서 좋았다며 예약을 맡았던 나를 칭찬하기에 기분이 상당히 좋았다.

정원을 산책하면서 만난 바깥사돈은 벌써 운동을 다녀오는 길이라고 한다. 매일 아침 1시간 30분 정도 걷기 운동을 하면서 건강관리를 한다고 얼굴이 좋아진 비결을 알려주셨다. 식사시간에 만난 안사돈께서는 내 손을 꼭 잡으면서 "며느리를 맞고 처음으로 네 식구가 한방에서 잠을 자며 행복한 밤을 보냈다."라며 고마워하셨다. 아이들이 신혼여행을 다녀와서 시댁에 인사를 드리러 가서는 하룻밤도 머물지 않고 다음 날 출근해야 해서 신혼집이 있는 대전으로 내려온 것이 시부모께서 못내 서운하셨던 것 같다.

딸과 사위가 모두 대전에서 직장에 출근하고, 신접살림을 우리 집 가까운 곳에 차려서 우리 식구와는 비교적 자주 만난다. 자주 만난다는 것은 그만큼 아내에게는 짐이 되는 일일 것이다. '사위는 백년손님'이라는 말이 무색하지 않을 정도로 아내는 일주일에 한두 번 사위가 잘 먹는다는 반찬을 만들고, 딸아이가 좋아하는 것도 만들어서 나른다. '딸을 시집보내면 평생 애프터서비스를 해야 한다.'는 어느 선배의 이야기가 지어낸 말이 아니었다. 여자들은 시집간 뒤에 친정과 가까운 곳에서 살려고 한단다. 그래서 시집간 딸을 '예쁜 도둑'이라고 하는 모양이다. 그래도 여전히 아들보다 딸 낳기를 더 바라는 것을 보면 남아 선호사상이 이젠 옛말이 되고 말았다.

자녀를 많이 낳던 시절에는 사돈의 인연을 맺으면 서로 자녀를 나
누어 갖는다고 이야기를 했지만, 지금은 하나 아니면 둘만 낳으니까
자연스럽게 한 가족으로 편입되는 듯하다. 그래도 집마다 자녀들이
둘 아니면 많아야 셋이다. 안사돈도 그렇게 생각을 하는지 우리 아들
에게 선물을 건네면서 매형과 형제처럼 가까이 지내 달라고 당부를
할 때 내 가슴이 뭉클했다.

  둘째 날도 비를 피해서 코끼리 쇼도 구경하고, 추억의 박물관인
「선녀와 나무꾼」에 입장하여 지난 시절을 회상하면서 즐겁게 지냈
다. 이곳에서는 노년에 접어든 우리 세대가 공감할 수 있는 물건들을
퍽 많이 소장하고 있어서 지난날에 대한 향수를 불러일으켰다.

  비가 그치고 해가 나면서 밖으로 나왔다. 유채 밭과 귤이 주렁주렁
매달린 감귤나무를 보면서 여자들은 탄성을 지르면서 자세를 취하기
에 바빴고, 남자들은 연신 따라다니면서 카메라 플래시를 터트리기
에 정신이 없었다. 저녁에는 식사를 마치고 안사돈이 케이크를 준비
해서 일주일 앞으로 다가온 딸아이의 생일을 축하해 주었다. 여행만
아니라면 생일상을 잘 차려주고 싶었다는 말씀이 시어머니라기보다
는 자상한 친정어머니 같은 사랑이 묻어났다.

  셋째 날은 날씨가 좋아 배편으로 우도에 들어가서 섬 주위를 한
바퀴 돌았다. 우도 해수욕장은 물이 깨끗하고, 모래밭이 아름다워
배를 기다리는 동안 여덟 식구가 백사장을 나란히 걸었다. 여느 해수
욕장과는 달리 모래가 굵은 것이 지압 효과도 있다기에, 모두 양말을
벗고 신발을 두 손에 들고 걷기도 했다. 해변을 걸으면서 생각해 보

니 바닷가에 모래알처럼 수없이 많은 사람 속에서 사돈의 인연을 맺게 된 것도 하나님의 커다란 섭리인 것을 깨닫게 되었다. 사흘 동안 친형제 자매들처럼 지내면서 사돈끼리 소중한 추억을 만들고, 시간 가는 줄 모르게 지낸 것도 남다른 축복이었다.

제주에서 보낸 딸아이의 태교여행은 우리 가족 모두에게 의미가 있는 즐거운 시간이었다. 공항에서 헤어질 때, 안사돈은 우리에게 다가와 5월에 고양에서 열리는 꽃박람회에 꼭 오라며 초대해 주셨다. 그러면서 하룻밤은 자고 가야 한다고 미리 당부하신다. 이야기를 듣는 순간 마음이 무척 따뜻해졌다.

이번 여행은 딸아이의 태중에 있는 아기를 위한 나들이였지만, 사돈 간에 친교를 돈독하게 만드는 여행도 되었다. 더구나 구순을 바라보는 어머님이 동행하셔서 더할 나위 없이 흐뭇했다. 어머님은 어떤 일이 있어도 증손주를 직접 길러주시겠다는 약속까지 하셔서 모두 박수를 치면서 감사를 표하고, 아쉬운 작별인사를 나누었다.

(시와 정신, 2017년 여름호)

함께 살았던 첫 집

　결혼할 때 나는 부모님과 함께 전셋집에서 살고 있었다. 방이 3칸인 작은 전셋집에서 큰방은 부모님이 쓰시고, 작은 방은 서재로 사용하고 우리는 가운뎃방에서 신접살림을 시작했다.

　적은 월급이지만 알뜰하게 저축을 하면서 생활했고, 2년이 지나자 가까이에 새로 지은 단독주택을 사서 옮길 수 있었다. 우리가 사는 집의 전셋돈을 뽑고, 주택을 담보로 주택은행에서 20년 상환 장기 저리로 융자를 받은 것과 그동안 저축한 돈을 모두 모아도 집값으로는 부족했다. 아내는 결혼 때 받은 목걸이와 반지를 내놨다. 그러지 말라고 말렸지만, "패물은 언젠가 다시 장만할 수 있으니 은행에서 대부받는 것보다는 낫지 않느냐."라는 아내의 이야기에 나도 마음을 돌렸다.

　우리 부부는 결혼한 지 2년 만에 내 이름으로 등기를 낸 집을 갖게 되었다. 사업 실패로 셋집을 전전했던 부모님께서도 이사 갈 새집을 수시로 돌아보면서 얼마나 기뻐하셨는지 모른다. 새로 산 우리 집은 대지가 38평, 건평 20평 남짓했다. 전에 세 들어 살던 집과 달리 콘크리트 슬래브 지붕 주택으로 신형으로 방은 3칸이었다. 집 앞 작은 마당에는 앵두나무와 감나무도 한 그루씩 있었다. 야외 계단을 통해서 슬래브 지붕으로 올라가면 온종일 햇볕 가득한 넓은 옥상이었고, 한가운데에는 쇠로 만든 빨래 건조대가 놓여 있었다. 우리는 옥상 한쪽에 항아리를 올려두고 장독대까지 만들었다. 햇볕이 잘 드는 옥상은 젖은 빨래가 쉽게 말라서 좋았고, 장독대에는 볕이 좋아 장맛이 뛰어난 된장, 간장, 고추장 항아리가 다정스러웠다.

주택은행에서 대부받은 집값을 조금이라도 일찍 상환하려는 마음에 아내는 어머니와 상의해서 방 한 칸에 하숙을 쳤다. 하숙생들은 인근에 있는 고등학생들로 시골에서 올라와 공부하는 아이들이다. 그러니까 아내는 자연스럽게 어머니를 도와 하숙집 새댁이 되었다.

어머님은 참 부지런하셨다. 집 근처 가까운 공터에다가 상치, 시금치, 열무, 오이를 심어 찬거리를 만들어 주셨고, 고구마, 콩, 옥수수를 심어 간식거리도 건네주셨다. 그래서 덩치가 큰 먹성 좋은 하숙생들의 식탁을 푸성귀로 가득 채울 수가 있어서 살림에 많은 보탬이 되었다. 어머니는 흙을 좋아하고 일하는 것을 즐기셨다. 그러니까 밭에서 가꾼 농작물은 우리 가족들 식탁에 오르고 또 골목 안에 있는 이웃들과 함께 나누면서 돈독하게 지낼 수 있었다. 그때에는 집 주변에 빈터가 많아서 농사짓기에 수월했는데 이제는 모두 집들이 꽉 들어찬 주택가로 변했다.

우리 집에서는 해마다 늦가을이면 콩을 삶아 절구에 찧어 메주를 만들어 띄우고, 따뜻한 봄이 되면 그 메주로 어머니를 도와 아내가 간장과 된장을 담갔다. 그리고 고추를 빻아서 어머니의 손맛이 깃든 감칠맛 나는 고추장도 담는다. 아무것도 할 줄 모르던 아내도 어깨너머로 익히면서 이제는 제법 장맛을 낼 줄 아는 며느리가 되었다. 어머니는 "장이 맛있어야 집안이 잘된다."면서 햇살을 잘 받을 수 있도록 항아리 뚜껑을 수시로 열어 두고, 날이 궂으면 뛰어 올라가 장독 뚜껑을 닫으며 생활해 오셨다.

그렇게 생활하는 동안에 우리 가족이 간절히 바라던 예쁜 첫딸을 4월에 낳았다. 어머님이 아이 기저귀를 빨아 옥상에 올라가 빨랫줄에 널면서 "좋은 계절에 아이를 낳아 기저귀가 이리 잘 마르니 얼마나 좋으냐!"라면서 즐거워하셨다. 우리가 아이들을 낳아서 기를 때에는 지금처럼 일회용 기저귀가 없었다. 아마 있다고 해도 그것을 사서 쓸 수 있는 형편이 아니었을 것이다. 어머니가 소청을 끊어다가 아기 기저귀를 만들어 주셔서 아내는 소청으로 만든 기저귀를 삶기도 하고 빨아서 사용했다.

우리 집 마당 한쪽 편에는 재래식 화장실이 있고, 실내에는 작은 욕실이 있었다. 겨울철이면 아버지는 온 가족이 따뜻한 물로 씻을 수 있도록 욕실 온수통에 물을 가득 데워 놓으셨고, 연탄을 가는 일은 혼자 도맡아 하셨다. 뒤꼍 연탄아궁이는 통로가 너무 좁아서 사람 하나 겨우 들어갈 정도였지만 아버지는 한 번도 불편해하지 않으셨다. 내 집이라고 항상 고마워하신 것이 감사할 뿐이다. 연탄재를 골목 밖으로 내다 버리는 일도 여간 어려운 일이 아니었다. 한겨울에는 열댓 장씩 나오는 연탄재를 골목을 벗어나 길가에 내놓는 일까지 아버지가 담당해 주셔서 가족들이 따뜻하게 겨울을 지낼 수 있었다.

나는 주말이나 방학을 이용하여 집안 정리를 했다. 여름에는 방충망을 치고 겨울이 오면 창문마다 비닐을 덧대어서 외풍을 차단했다. 내부 페인트가 벗겨지면 페인트를 사다가 칠을 하고, 외부 도색이 벗겨지면 수성페인트를 직접 바르면서 집을 가꾸었기에 우리 집은 언제나 새집이었다.

처음엔 예쁘고 귀여운 딸이, 그다음은 씩씩하고 늠름한 아들이 태어났다. 결혼해서 첫 집을 우리 손으로 장만하고 그곳에서 3대가 함께 살면서 희로애락도 많았지만, 돌이켜보면 온 가족이 함께 할 수 있어서 더 행복한 시절이었다. 대궐 같은 집이 있어도 함께 할 수 있는 가족이 없다면 다복하지 못하겠지만, 작은 집이라도 사랑스러운 가족이 있어서 하루하루가 즐거웠다.

지금 우리 식구들이 사는 집은 대지가 70평에 건평이 40평인 이층집이다. 이 집으로 이사하면서 크고 넓은 집이어서 기뻤지만, 우리가 처음 집을 장만하고 대출금을 갚아 나가면서 온 가족이 함께 흥분했던 감동에는 미치지 못했다. 말없이 나를 응원했던 아버님은 벌써 하늘나라로 가셨다. 착하고 조용했던 딸아이는 결혼한 지 벌써 6년이 되었고, 자상하고 살갑기만 하던 아들은 가정을 꾸려 집을 떠난 지 2년이 지났다. 이렇듯 가족이 뿔뿔이 흩어지고 나니 사람 사는 집 같지 않다.

우리 부부도 노년에 접어들었다. 올해 92세인 어머님은 손주들 재롱 속에 즐겁게 사셨다며 첫 집에서 온 가족이 함께 지내던 시절을 그리워하신다.

이제 아침에 눈을 뜨고 일어나면 어머니와 아내와 나 이렇게 세 식구밖에 없다. 저녁식사를 마치고 각기 자기 방으로 들어간 뒤에 거실의 불을 끄면 집안은 어둠 속의 궁궐처럼 적막하고 쓸쓸하다. 작은 집에서 6식구가 하숙생까지 8식구들이 떠들면서 함께 살던 나의 첫 집이 가끔 그립다.

(수필예술 제39권, 2018년 6월)

색깔에 쌓아둔
성

고귀한 열매를 바라보면서

바닥에 떨어진 하얀 감꽃을 쓸어 모으면서 올가을엔 붉은 홍시가 나무 가득 들어찰 것을 고대한다.

봄바람이 잦아지면 구슬만 한 감 알갱이가 빠지고, 여름철로 접어들면 어린아이 주먹만 한 것이 길바닥에서 뒹군다. 장마통에는 어른 주먹만큼 커다란 것이 바닥에 널브러지고, 가을철에는 떨어져 깨진 감이 전쟁터에서 다친 병사들처럼 보여 애처롭다. 바닥에 떨어진 감을 쓸어 모을 때면 감나무도 뒹구는 자신의 분신들을 차마 볼 수 없기 때문인지 먼 하늘만 바라보고 서 있다. 그러다가 늦가을이면 감나무는 붉은 열매를 훈장처럼 매달고 뺑 둘러선 우리의 탄성을 들으면서 마냥 으스댄다.

딸아이가 결혼하더니 이내 아기가 들어섰다. 우리는 모두 손뼉을 치면서 좋아했지만, 점점 불러오는 배를 안고 숨을 몰아쉬는 모습을 볼 때는 딱하다는 생각이 들었다. 그러나 친정 부모 입장에서는 가문을 잇게 되었다는 사실이 무척 다행스러웠다. 만날 때마다 하루가 다르게 부풀어 오르는 딸아이의 배를 보면서 임신과 출산은 신비로우면서도 성스럽다는 생각을 한다. 평소에는 운동을 전혀 하지 않던 딸아이가 임산부 교실에 등록하여 강의를 듣고, 요가 교실에 다니는 모습이 보기에도 좋았다. 태아가 크면 산모가 힘드니까 지속해서 운동해야 한다는 의사의 지시에 따라 저녁나절이면 묵묵히 운동장을 걷는 모습이 성자처럼 거룩해 보이기도 했다.

평소에는 찾아보기 어려운 임신부(妊娠婦)의 모습이 요즈음은 부쩍 눈에 들어온다. 우리나라 출산율이 낮다고 걱정하는 목소리가 높지만, 배불뚝이가 되어 오리걸음으로 걷는 임신부들이 쉽게 눈에 띄는 것은 아마 우리 내외가 딸아이를 너무 사랑하기 때문인가 보다. 배꼽이 툭 튀어나온 커다란 배를 안고 안전띠를 맨 채 운전대를 잡는 것이 측은하여 하루는 내 차에 태우고 아내와 산부인과에 동행했다. 진료실에서 만난 의사가 초음파검사를 한다며 검사실로 들어오라는 것을 민망해서 대기실에 앉아 기다렸다.

한 달 후, 다시 병원에 동행했을 때는 담당의사가 검사실로 들어오라기에 뿌리치지 못하고 아내를 앞세우고 뒤따라서 들어갔다. 의사는 딸아이의 커다랗고 둥그런 배 위에 젤을 바르고 초음파 탐지기를 올려놓고는 모니터에 나타난 아기의 모습을 보여주었다. 태아가 잘 놀고 머리가 많이 밑으로 내려왔으며 건강 상태도 양호하단다. 그러면서 아직은 출산하기 이르니 집에 있다가 주기적으로 산통이 있으면 연락하고, 통증이 없으면 사흘 후에 출산 준비를 하여 병원으로 나오라고 했다.

사흘이 지나도 전혀 해산의 기미가 보이지 않아 딸아이를 목요일 저녁에야 병원으로 옮겼다. 아내는 아이가 몸을 풀 때까지 병원에서 지내겠다고 선언한다. 아이들이 혼례만 치르면 부모의 책임은 모두 끝나는 줄 알았는데 그렇지 않았다. 시부모님은 서울에 계시고 딸과 사위가 우리 집 가까이에서 살아서, 아내는 수시로 밑반찬을 만들거나 국을 끓여서 딸네 집으로 날랐다. 자기 몸도 약해서 이틀이 멀다고 병원에 다니는 사람이 이제는 해산구완해야 한다고 호언장담하면서 입원실에 함께 들어갔다.

이튿날 핸드폰을 손에 든 채 소식을 기다리는 나도 입이 바짝바짝 말랐다. 뒤늦게 아내한테서 걸려온 전화는 딸아이가 자연분만하려고 노력하니, 촉진제를 투여하면서 기다리자는 의사의 이야기가 있었다는 것이다. 수시로 핸드폰을 누르지만 들려오는 대답은 조금 더 기다려보자고 한다. 중국 사람들은 8이란 숫자를 좋아하니까 8월 8일에 출산하는 것도 괜찮을 것으로 생각했으나, 늦은 밤까지도 소식 없었다. 다음날이 되어서야 의사는 임신부가 그동안 고생을 많이 했고, 아기에게도 어려움이 있을지 모르니 수술하는 것이 좋겠다고 했단다. 이 소식을 전해 들은 딸아이는 자연분만하려던 수고가 모두 물거품이 되었다면서 엉엉 울더라는 아내의 이야기를 전해 듣는 순간 내 눈에서도 눈물이 돌았다.

딸아이는 이틀 동안 먹지도 못하면서 고생한 끝에 제왕절개를 통해 4.0kg의 우량아를 출산했다. 첫 외손주가 태어났다는 소식은 우리의 입을 절로 벌어지게 했다. 몸을 풀기까지 딸아이는 길고도 힘든 시간을 잘 참고 견뎠다. 하나의 생명이 땅에 발을 붙이려면 산모(産母)의 숨은 고통과, 많은 주위 사람들의 헌신적인 뒷바라지가 따라야 한다는 것을 나는 뒤늦게야 깨달았다. 임신과 출산 과정을 지켜보면서 한 생명은 천하를 주고도 바꿀 수 없을 만큼 고귀한 존재라는 사실에 고개를 끄덕이게도 되었다.

우리 식구는 모두 딸아이의 손을 꼭 잡고 위로와 축하를 보내면서 이 세상에 태어난 고귀한 열매가 건강하게 자라기를 두 손 모아 간절히 기도드렸다. 집으로 돌아와 대문 앞에 서니 감나무에 매달린 푸른 감이 유난히 커 보인다. 가을이 오면 모두 실하게 빨간 홍시로 바뀔 것을 기대하면서 감나무를 안아주었다.

색깔에 쌓아둔 성(城)

　크레용 상자의 뚜껑을 열면 똑같은 크기와 모양이지만 얼굴빛이 각기 다른 녀석들이 나란히 누워있다. 아롱이다롱이 아름다운 색깔을 바라보면서 냄새를 맡고 있으면 나도 모르게 크레용 속으로 빠져든다. 순수하고 깨끗한 하양, 상쾌하고 찬란한 느낌을 주는 노랑, 애정과 부드러움을 연상시키는 분홍, 용기와 열정을 나타내는 빨강, 맑고 시원하게 느껴지는 파랑, 성장과 생명을 상징하는 초록, 우아하면서 고귀한 분위기를 연출하는 보라, 세련되고 강한 힘을 느낄 수 있는 검정….

　양치질할 때마다 나는 쾌감을 느끼곤 한다. 치약의 부드러운 몸통을 가볍게 누르면 하얗고 파란 나비들이 사뿐히 칫솔 위에 내려앉고 손을 움직이면 구름이 뭉게뭉게 피어오르듯 서서히 하얀 거품과 함께 입안 가득 퍼지는 페퍼민트 향이 기분까지 좋게 만들기 때문이다. 그런데 어느 날 아침, 세면대 앞에서 새로 꺼낸 치약의 튜브를 누르다가 깜짝 놀랐다. 통통한 튜브를 누르자마자 시커먼 치약이 꼬물꼬

물 기어 나오는 것이었다. 윤기가 흐르는 것으로 보아 치약이 변질된 것은 아니었다. 그래도 미심쩍어서 냄새를 맡아보고, 유통기간이 지나지는 않았는지 확인을 해보았으나 출고된 지 그리 오래되지는 않았다.

그런데 '새하얀 이를 검정 치약으로 닦는다?' 내키지는 않았으나 이것밖에 없으니 별도리가 없었다. 검정 치약으로 뽀얀 이가 까맣게 물들지는 않을까 내심 걱정하면서 천천히 칫솔을 움직였다. 빨간 비누나 샛노란 보디클렌저를 사용해도 흰 거품이 만들어지는 것처럼 입속에 있는 검정 치약에서도 하얗게 거품이 피어올랐다. 서둘러 양치질을 끝낸 후 잇새와 잇몸을 꼼꼼하게 살펴보았으나 검은빛은 남아 있지 않았다. 그러나 전에 양치 후에 느끼던 상쾌한 기분은 느낄 수가 없었다. 치약회사의 상식을 뛰어넘는 아이디어로 까만 치약을 개발했겠으나, 나의 두뇌에 입력된 치약은 하얀색이거나 파랑이어야만 쾌적하게 양치질을 할 수 있을 것 같다.

우리 집 가까이에 대학 캠퍼스가 있다는 것은 축복받은 삶이라고 여긴다. 넓은 캠퍼스가 사계절 내내 좋은 휴식처가 되고, 젊은이들의 활기찬 모습은 바라보기만 해도 절로 힘이 솟는다. 그래서 휴일이면 오후 시간에 가끔 캠퍼스를 산책한다. 잘 가꾸어 놓은 캠퍼스 화단에는 계절마다 하양과 분홍, 빨강과 노랑 등 각양각색의 예쁜 꽃들이 다투어 피면서 지나는 사람들의 눈길을 사로잡는다. 그 사이로 벌과 나비들도 분주히 날아와 꽃잎에 입을 맞추면서 저들끼리 행복한 대화를 나눈다. 그런데 벌과 나비들은 하얀 꽃이든 빨간 꽃이든 편애하지도 차별하지도 않는다. 분주히 이 꽃 저 꽃 날아다니며 골고루 사랑을 나눈다.

대학 캠퍼스에 들어서면 우리가 글로벌시대에 살고 있음을 확연히 느끼게 된다. 이제는 낯선 이방인들이 자주 눈에 띈다. 모두 영어를 사용하기에 어느 나라에서 온 사람들인지 알 수가 없고 피부색도 제각기 다르다. 새까만 피부에 곱슬머리, 검은빛이 도는 얼굴에 검정머리, 하얀 피부에 금발이거나 주황색 얼굴에 노란 머리칼을 휘날리는 젊은이들이 캠퍼스를 활보한다.

그동안 우리는 크레파스의 연한 주황색을 살색이라고 불렀다. 살색은 문자 그대로 살갗의 빛깔을 가리키는 이름이다. 그런데 사람들의 피부색은 지역에 따라 다양하며 흑인, 백인, 황색인으로 구분하지 않던가. 아프리카나 남미 등 열대지역 사람들은 검다고 흑인, 서양사람들은 흰색에 가까워서 백인, 동양인들은 대체로 누런 황색인이다. 그러므로 연주황을 살색이라고 부르는 것은 올바른 명칭일 수 없고, 인종차별을 담고 있는 표현이다. 지금 우리나라에서는 다문화가정이 점차 늘어가고 있어서 이제는 단일민족이라는 말을 사용하지 말아야 하는 시대에 살고 있다. 뒤늦은 감은 있으나 살색이라 지칭하던 크레파스 이름을 연주황이라고 바꾼 것은 다행한 일이다.

이뿐만이 아니다. 과일의 색도 이제는 고정관념을 뛰어넘었다. 속이 빨간 수박, 붉은 토마토, 녹색 키위, 예복은 검정과 흰색 옷, 치약은 희거나 푸른색이어야 한다는 관념도 무너졌다. 속이 샛노란 수박과 키위, 노란 토마토가 과일가게에 수북이 쌓여 있어 손님들을 유혹

한다. 그런데 다양한 피부색을 가진 외국인들과 마주칠 때면 하얀 얼굴의 서양인이나 주황색 동양 사람에게는 친근감이 가지만, 검은 진주빛 젊은이들에게는 왠지 모르게 거리감을 느낀다. 더구나 늦은 시간에 가까운 거리에서 다가올 때면 멀찍이 돌아가기도 한다.

이런 일을 생각해 보면 나는 벌과 나비에게도 배워야 할 게 있다. 아직도 고정관념을 갖고서 색깔에 성(城)을 쌓아둔 채 살아가고 있기 때문이다.

(그린에세이 제12호, 2016년 11 · 12월호)

그리운 어린 시절

입동이 지나고 겨울을 재촉하는 비가 내리면서 감나무에 매달려 있던 나뭇잎들이 몸무게를 견디지 못하고 우수수 떨어진다. 잎이 떨어진 가지 끝에 주렁주렁 매달린 붉은 감은 꽃보다도 매혹적이다. 날이 더 추워지기 전에 감을 따야 한다는 아내의 이야기에 감 따는 전지를 들고 나무에 올랐다.

어렸을 때도 우리 집 뒤란 장독대 곁에 커다란 감나무가 있었다. 그 시절 여름철이면 이른 아침부터 뒤꼍으로 달려가 떨어진 땡감도 주워다가 침을 담가두고는 떫은맛이 우러나기가 무섭게 입에 물고 다녔다. 늦가을로 접어들어 집집마다 감을 따는 날이면 동네 꼬마들은 우르르 몰려다녔다. 어른이 감전지를 들고 나무 위로 올라가면 아이들은 밑에서 서성거린다. 그러다가 감을 따면서 바닥으로 떨어지는 홍시는 재빠른 아이가 주워든다. 그리고는 서로 돌아가면서 한 입씩 베어 먹으며 얼굴 가득 웃음을 뿜어낸다.

감나무 아래 아이들은 하늘을 향해 고개를 젖히고 홍시를 발견하면, 장대를 든 어른을 향해 서로 손가락으로 알려준다. 나무 위에서 아이들이 가리키는 것을 골라 따서 밑으로 내려보내고 형들은 아이들이 한두 개씩 맛을 보게 나눈다. 그리고는 날감을 모두 따 내린다. 이렇게 감을 따는 날이면 잔치마당에 구경꾼 모이듯이 동네 꼬마들로 집 안팎이 떠들썩하다. 우리 집뿐만 아니라 감나무가 있는 집에는 돌아가면서 꼭 같은 행사를 치른다.

우리 집에서는 아버지가 감나무에 올라가 감을 따서 밑으로 내리면 우리는 서로 감전지를 받아 그릇에 담는다. 그리고는 다시 꺼내서 하나, 둘, 셋하고 헤아리다가 잊어버리면 바닥에 쏟아놓고는 다시 주워 담으면서 숫자를 세기 시작한다. 열 개씩 센 뒤에 손가락으로도 꼽을 수 없을 만큼 많은 숫자에 이르면 벙글거리면서 즐거워한다. 나무 위에서 따 내린 감을 동생들은 밑에서 받고, 나는 친구들과 소쿠리에 담아 우물가에서 씻고 계신 어머니에게로 나른다.

아버지가 맨 꼭대기에 달린 감을 까치밥으로 남겨두고 내려오시고, 어머니는 여남은 개씩 아이들 손에 들려주신다. 새의 먹이까지 나무에 남겨두고, 이웃들과 함께 나누면서 감 따는 일은 끝이 난다. 어머니가 한 가지에 감이 너더댓 개씩 달린 예쁜 것을 골라서 안방 달력 위에 걸어 놓으시면, 가을 냄새가 물씬 풍기면서 방 안이 환하게 밝아 온다.

지금 사는 집에도 담을 따라서 감나무가 네 그루 있다. 시멘트로 포장된 골목길은 봄철이면 감꽃이 떨어져 지저분해서 아침저녁으로 비를 들고 쓸어야 한다. 도로 위로 떨어지는 감꽃과 여름내 떨어지는 열매와 가을바람에 흩날리는 잎새를 쓸어 담는 일은 모두 어른들의 몫이다. 아이들은 마당을 쓸 줄도 모르지만, 아예 빗자루를 들 생각도 않는다.

감을 따는 날이 되어도 동네 아이들이 구경 오기는커녕 우리 아이들도 얼씬거리지 않는다. 모두 어디에 갔는지 알 길이 없다. 감을 따면서 즉석에서 깎아 먹을 수 있는 단감도 있지만, 구경꾼들이 없으니 나무 위에 올라가서 감을 따 내리는 나도 도무지 신이 나질 않는다. 어쩌다가 지나가는 어른들이 바라보거나 택배기사가 들르면 잡숴보라고 단감을 작은 봉지에 담아 건넬 뿐이다.

여름내 감나무를 돌보는 일도 쉽지가 않다. 예전에는 감나무를 소독하지 않았으나, 지금은 깍지벌레나 나방 때문에 농약을 뿌리지 않으면 가을에 열매가 시원치 않다. 봄부터 가을까지 힘들여 돌본 감을 따 내리면 먼저 좋은 것으로 골라 이웃집에 돌린다. 수시로 떨어지는 감나무 잎을 쓰느라고 수고한 것에 대해 보답하는 마음과 아울러 수확물을 함께 나누는 즐거움도 곁들였다. 그리고는 가까운 친척들에게 선물로 보낼 것을 골라 상자에 담고 나면 결국 우리가 먹을 것은 좀 시원찮은 것들만 남는다. 아내는 감나무 때문에 남편이 고생한다고 걱정하지만, 한 해를 보내며 우리가 거둔 작물로 함께 즐거움을 나누는 것은 무엇과도 바꿀 수 없는 기쁨이다.

전에는 단감이 귀했다. 그래서 우리 집 감나무에서 딴 단감을 돌릴 땐 자랑스러웠다. 그런데 요즈음은 그렇지 못하다. 시장에 나갔다가 단감 상자에 써 붙인 가격표를 보고서는 놀라서 벌어진 입을 다물지 못했던 일이 있다. 많지 않던 단감을 대량으로 수확하면서 값이 초라해지니까 선물로 전달하는 마음도 예전처럼 유쾌하지가 않다. 우리는 큰맘 먹고 좋은 것으로 골라서 보내지만, 받는 사람으로서는 별것이 아니라는 생각이 들 것 같아 겸연쩍은 것이다.

풍년이 들면 농부들이 가격에 불만을 품고 작물을 갈아엎는다는 보도를 접할 때마다 안타까워했었다. 그런데 탐스럽고 잘 익은 단감을 동전 몇 잎과 바꿀 수 있는 현실을 확인하고 나니 허탈한 마음이 들었다. 그러면서 자식 같은 작물을 갈아엎는 농부들의 심정도 이해할 수 있게 되었다.

귀할 때와는 달리 숫자가 많으면 대접을 못 받는다. 요즈음은 모든 것이 풍요롭기만 하다. 이런 현상을 바라보면서 부유한 것도 좋지만 모든 것이 부족했던 어린 시절이 그리울 때도 있다.

(수필예술 제41권, 2020년 6월)

나만의 은신처에서 누리는 행복

퇴직하고 꼼짝하지 않던 지인이 오피스텔을 얻어 짐을 옮겼다는 이야기를 전해 듣고 새로 마련한 그의 사무실로 찾았다. 전용면적이 열 평이라지만 혼자서 책을 읽거나 글을 쓰면서 친구들을 만나기에도 안성맞춤이라는 생각이 들었다. 아침에 출근했다가 저녁에 퇴근하기를 사십 년 가까이했으니 이제는 집에서 아내와 단둘이 오붓하게 노후를 즐기는 것이 좋지 않으냐고 묻자 빙그레 웃기만 한다.

흔히 은퇴한 뒤에 집에서 삼시 세끼를 먹고 지내는 남자를 '삼식(三食)이'라고 부른단다. 안식구들이 아침·점심·저녁식사를 준비해야 하므로 밉살스러워 붙여준 이름이다. 남편이 직장생활을 할 때는 저녁식사를 집에서 하는 경우도 많지 않아서 여자들은 낮에 자유롭게 밖에 나가서 동창을 만나거나 취미활동을 하면서 여유 있게 지낼 수 있었다. 그런데 퇴직한 남편이 주로 집에서만 맴도니까 모든 활동에 제약을 받기 마련이다. 아침 숟가락을 놓기가 무섭게 점심을 준비해야 하고, 저녁 찬거리를 걱정하다 보면 좀처럼 한가한 시간이 없다.

그리고 방에 누워서 좋아하는 연속극 한 편 마음 편히 볼 수도 없다는 것이다. 또 남편이 이 방 저 방 다니면서 흩어놓은 신문이나 잡지를 따라다니면서 치워야 하고, 간식을 찾을 때마다 먹을 것을 마련하다 보면 어린아이 하나 기르는 것보다 더 힘이 든다. 게다가 종일 집 안에 있는 남편이 잔소리를 늘어놓기도 하고, 반찬 타령을 듣는 것은 여간 신경 쓰이는 일이 아니다.

그래서 퇴직한 남편이 집에 종일 있게 되면서부터 아내의 시집살이가 시작되어서 짜증과 불평이 늘고, 집 안이 평안할 날이 하루도 없게 되었다는 것이다.

매달 모이는 퇴직자의 모임에 나가서 이야기를 나누어 보면 많은 사람이 아침식사를 마치고는 무조건 집을 나온다고 한다. 그리고는 맘에 맞는 친구들과 어울려서 산에 오르거나 수영장이나 헬스장에서 시간을 보낸 뒤에 점심은 가능하면 밖에서 해결한다. 이어서 오후 시간에는 시민대학이나 문화센터에 들러 악기를 배우거나 그림을 그리고, 강의를 들으면서 자신의 취미생활을 하다가 저녁시간에 맞추어 귀가한다고 한다.

이렇듯 밖으로 돌기 시작하는 남자들의 숫자가 점점 늘고 있다. 퇴직자들이 찾는 교양강좌 가운데 가장 인기가 높은 것이 요리강좌라고 한다. 홀로 되었을 때를 대비해서인지 아니면 아내의 간섭에서 벗어나서 먹고 싶은 것을 맘대로 만들어 먹으려는 생각에서인지 개설된 요리강좌마다 수강 신청이 시작되기가 무섭게 마감이 된다.

지난 3공화국 시절 문교부장관, 대한체육회장과 국회부의장을 지낸 소강(小崗) 민관식 선생은 공직에서 퇴임하고 난 뒤에도 매일 아침 식사 후에는 외출복으로 갈아입고 자신의 집 2층에 있는 서재로 출근하셨다는 일화를 전해 들었다. 소강 선생은 배달된 신문을 모두 들고 서재에 올라가서 점심때까지 지내다가 식사를 마치면 오후에는 밖으로 나가서 테니스를 쳤다고 한다.

이 이야기를 들으면서 '바깥양반'이라는 단어가 떠올랐다. 예전에는 아낙네들이 남정네를 가리켜 '바깥양반' '바깥어른'이라고 불렀다. 이것을 보면 남자들은 바깥을 무대로 살아가야 할 운명을 타고 태어난 사람들인가 보다. 젊어서는 가족의 의식주를 해결하기 위해 밖에 나가서 일해야 하고, 나이가 들어서는 가정의 어른으로 울타리 노릇을 해야만 하니까 말이다. 그래서 남자들은 퇴직한 뒤에도 밖에서 활동하는 것이 자신의 생활 리듬을 위해서나 집에서 살림을 맡은 안식구나 식솔들의 정신건강을 위해서도 바람직스러운 일이라고 생각한다.

나도 아침밥을 먹고는 바로 집을 나선다. 퇴직 후에도 여전히 출근할 수 있는 공간이 있어서 행복한 사람이다. 7시 30분이 지나면서 집을 나서면 8시 이전에 연구실에 도착하여 포트에 물을 끓여 커피를 한 잔 마시고 하루의 일과를 시작한다.

나의 사무실에는 커피믹스가 몸에 좋지 않다는 아내의 성화도 없다. 컴퓨터를 켜고 이메일 함을 열어 밤새 찾아온 소식을 점검하며 인터넷 여행을 즐겨도 무슨 컴퓨터를 그렇게 오래 하느냐는 소리도 들리지 않는다. 그러다가 방문객이 있으면 이야기를 나누고 친구들이 찾아오면 찻잔을 기울이면서 담소를 나눈다. 차 심부름을 시킬 사람이 없어도 괜찮다. 눈총을 주는 사람이 없다는 것에서 안도감을 느낀다. 책을 읽고 글을 쓰다가 엎드려서 책상에서 잠을 자기도 한다. 편하게 침대에서 쉬라는 소리도 들리지 않는다. 이렇게 나만의 안식처가 있다는 것이 다행한 일이다.

어쩌다가 휴일에 아내와 언쟁을 하고 나면 미안해서 슬그머니 집을 나와 차를 몰고 사무실에 들러 마음을 달래기도 하고, 스마트 폰을 열어 미안한 마음을 전하면서 사랑한다는 이모티콘을 날리기도 한다. 그리고는 아무 일도 없었다는 듯이 저녁시간에 웃으면서 아내를 만날 수 있는 나만의 은신처가 있어서 행복을 누리고 있다.

(월간에세이, 2016. 01. 20)

엄마가 되는 길

우리 부부는 결혼하고 남매를 낳아서 길렀다. 남녀가 결혼하면 자연스럽게 임신이 되고, 출산한 뒤에는 엄마의 보살핌 속에서 아이들이 어려움 없이 성장하는 것으로 나는 알고 있었다. 나는 우리 아이들의 영·유아기에 기저귀를 한 번도 갈아 본 기억이 없다. 육아는 전업주부인 아내의 몫이었고, 곁에서 어머니가 도와주셨다. 그래서 육아 과정이 힘들어서 아이를 가질 생각이 없다는 젊은이를 만나면 마치 외계에서 온 사람처럼 이상했었다.

결혼하기 전에 어른들이 "너도 장가가서 애 낳고 길러봐라. 그러면 부모 마음을 알 거다."라는 이야기를 들었다. 이 말은 가정을 이루고 아이를 낳아서 기르다 보면 얼마나 힘들고 어려운지 자연스럽게 부모의 헌신적인 사랑을 깨닫게 된다는 의미이리라. 그런데 나는 이른 아침에 출근했다가 밤늦게 퇴근하는 학교생활을 하다 보니 집에서 아이들과 함께할 수 있는 시간이 많지 않았다. 휴일에나 잠시 아이들의 곁에 있었기에 육아 과정을 통해서 부모님의 자식 사랑을 깊이 체득하지는 못했다.

엄마의 품 안에서 젖을 먹던 아이들이 시간이 흐르면서 밥을 먹기 시작했고, 걸음마를 떼어놓더니 어느 날부터는 집 안팎을 이리저리 뛰어다녔다. 유치원생이 되어서는 노래와 율동으로 가족 앞에서 재롱을 떨더니, 초등학교에 들어가면서는 집보다는 밖에서 친구들과 어울려 지내는 시간이 더 많았다. 학교생활과 학원에 쫓겨 중·고등학교 시절에는 얼굴 보기도 힘든 시간을 지나 대학에 진학했다. 대학을 졸업하면서 취업이 결정되어 새벽에 출근했다가 늦은 밤에 퇴근하니 식탁에서 얼굴을 마주 대하기도 힘들어졌다. 그래서 나는 자식은 낳기만 하면 저절로 크는 줄 알았다.

직장에 다니던 딸아이가 혼담이 오가더니 결혼하게 되었다. 사랑스러운 딸을 시집보낼 때는 마치 사위에게 빼앗기는 것만 같아서 눈물이 나더라고 말하는 친구도 있었다. 그런데 결혼식장에서 공손히 인사하며 신부의 손을 건네받는 사위의 태도가 나는 믿음직스러웠다. 잘 길러 주신 딸을 배필로 주셔서 고맙다는 의미로 받아들이면서 그의 등을 쓸어주었다. 그리고 신혼집에서 소꿉장난하듯이 오순도순 살아가는 모습이 대견스러웠다.

결혼하고서도 마냥 귀엽고 어리게만 보이던 딸아이가 어느 날 찾아와서는 아기가 들어섰다는 귀띔을 해 주었다. 만혼이어서 은근히 걱정도 했는데 반가운 소식에 가족들이 기뻐하며 축하했다. 그 후로 길을 가다가 둥그런 배를 내민 채 오리걸음을 걷는 임신부들이 자주 눈에 띄는 것은 아마 딸 생각이 났기 때문인가 보다.

이따금 딸아이가 대문을 밀치고 들어올 때, 윤기가 없고 웃음이 사라진 얼굴을 보이면 배 속의 아기와 함께 사위가 예뻐 보이질 않았다. 시간이 지나면서 동산만큼 부풀어 오른 배를 안고 가쁜 숨을 몰아쉴 때는 딸아이를 시집보낸 것이 잘못된 선택을 한 것은 아닌가 하는 생각이 들기도 했다.

출산예정일이 다가오면서 딸아이가 병원에 입원했다. 두 주간이나 고생하다가 제왕절개수술을 통하여 출산하고 입원실에 누운 모습을 보고서는, 임신과 출산 과정이 가혹할 만큼 길고도 힘들다는 것을 비로소 알게 되었다. 그래서 한 생명을 잉태하여 출산하는 기쁨이 천하를 얻는 것보다도 고귀한 일이라고 말했나 보다.

아내가 해산바라지를 맡으면서 우리는 딸아이와 외손녀랑 함께 지내게 되었다. 산모는 아기에게 젖을 물리고 잠이 들면 요 위에 누인다. 그러다가 깨어나 울면 기저귀를 살펴서 갈아주기도 하고, 칭얼대는 아기를 안고 어르곤 하는데 잠이 들면 또 자리에 뉜다. 얼마간 잠을 자고는 깨어나 또다시 운다. 산모는 다시 젖을 물린다. 산모는 이렇듯 반복적인 일로 한밤중에도 제대로 잠을 못 잔다.

낮에도 아기 곁에 맴돌면서 아기가 울면 군대의 5분 대기조보다도 더 빠르게 아기에게 달려간다. 아기 엄마는 마치 벌 받는 사람처럼 온종일 아기 곁에서 수발을 든다. 하루에도 20개 넘는 기저귀를 갈아준다니…. 육체·정신적으로 매우 힘든 나날을 보내는 딸을 보면서 비로소 알게 되었다. 그러면서 모성애가 조금씩 커지나 보다.

딸아이의 육아과정을 지켜보며, 나를 낳아 길러주신 어머니, 나의 두 아이를 낳고 길러서 가정을 이루게 해 준 아내가 한없이 고마웠다.

이렇듯 힘들고 고된 과정을 통과하는 게 엄마의 길이기에 아이를 낳아서 기르는 일은 득도의 경지에 이르는 길과 같다는 생각을 했다.

(수필예술 제41권, 2020. 06.)

귀여운 악마

 십 년 가까이 집에서 기르던 '발바리' 견종인 소니를 산에 묻고 돌아오니 집안이 허전했다. 만날 때마다 꼬리를 치며 반갑게 달려들던 소니의 모습이 사라진 뒤로는 우리 식구의 대화나 웃음소리도 눈에 띄게 줄었다. 이따금 가족이 모이면 유달리 영특했던 소니의 일화를 꺼내놓는다. 재빠르게 쥐를 잡던 일, 오랜만에 찾아온 친척 아이들을 반기던 모습, 멀리서도 제 집을 잘 찾아오던 기억력… 이제는 모두 다 추억이 되고 말았다. '든 사람은 몰라도 난 사람은 안다.'라는 말처럼 대문 앞에서 우리가 나갈 때 작별 인사를 나누고, 들어올 때는 제일 먼저 반기던 녀석이 자취를 감추었으니 금세 표가 났다. 덩달아 가족의 분위기도 초겨울 날씨처럼 침울하게 변했다.
 가끔 찾아오는 손님들도 주인보다 먼저 뛰어나오던 녀석이 보이질 않으니 소니의 안부를 묻고는 이 땅을 떠난 것을 안타까워했다. 다시 강아지를 기르는 것이 좋겠다는 가족의 의견에 수의사인 사위에게 부탁했다. 서너 달이 지나서야 사위가 생후 두 달이 갓 지난 어린 강아지 한 마리를 안고 왔다. 품종이 '비글'이란다. 짓궂기는 하지만 사람을 잘 따르기 때문에 애완견으로서는 좋을 것이라는 이야기도 덧붙였다. 우리는 둘러앉아서 강아지의 이름을 생각했다. 적당한 이름이 떠오르지 않아 '해피'가 어떠냐고 했더니 아내는 너무 흔한 이름이어서 싫다고 한다. '행복'보다 좋은 것은 없다는 나의 고집에 못 이겨 우리 가족으로 입적한 비글은 '해피'라고 불리게 되었다.

어린 '해피'는 무척 귀여웠다. 낮 동안 거실에서 함께 놀다가 저녁이 되어 청소해 둔 강아지 집으로 데려갔다. 혼자 재우기가 딱했지만, 훈련을 시켜야 할 것 같았다. 그런데 이 녀석이 잠 잘 생각은 않고 어찌나 깨갱거리면서 보채는지 우리도 잠자리에 들 수가 없었다. 먹을 것을 더 주고 환하게 불을 밝혀도 막무가내였다. 우리 식구들만 불편한 것이 아니라 온 동네 사람들이 잠을 설칠 것 같아서 미안했다. 떠나온 어미 품이 그리워서 잠들지 못하는 것 같아 거실에 자리를 깔아주니 그제야 잠이 들었다. 아침에 대문 밖으로 나가니 "강아지를 새로 들여왔느냐?" "어찌 그렇게 울어대느냐?" 하면서 이웃 사람들이 한마디씩 건네기에 "미안하다."고 사죄를 하고서는 얼른 집으로 들어왔다.

해피의 검은 몸에는 황갈색과 하얀 반점이 있고, 잔털은 부드럽고 매끄러웠다. 굵고 짧은 다리에 비해 늘어진 큰 귀와 위로 솟은 꼬리가 인상적이다. 인터넷에서 검색하니 주로 토끼 사냥을 하는 사냥개라고 한다. 비글은 활동량이 많다는 글을 읽고는 저녁식사 후에 어린 해피를 안고 끌면서 학교 운동장으로 갔다. 밤바람이 시원해서 부모를 따라 나온 아이들과 운동하는 젊은이들이 여럿 있었다. 남자보다는 주로 여자들이 많았다. 운동장을 걷는 동안에 아이들이 한두 명씩 우리 주변에 모여들었다. 그리고는 강아지가 예쁘다고 하면서 만져봐도 되느냐고 묻는다. 나는 아이들에게 '해피'를 건네주었다. 아이들은 좋아하며 강아지를 끌어안고 쓰다듬는다. 어떤 녀석들은 뽀뽀도 하고 함께 뒹굴기도 한다. 이렇듯 천진난만하고 귀여운 아이들을 만나면 동화책 속의 주인공처럼 보인다.

며칠 동안 운동을 하다 보니 이제는 '해피'가 운동장의 귀염둥이로 자리 잡았다. 내가 '해피'를 데리고 나타나면 아이들이 우리 쪽으로 모여든다. 나를 기다리는 것이 아니라 '해피'를 만나보기 위해서다. 강아지를 만져보고 싶어 하는 아이들에게 '해피'를 맡기고 운동을 하다가 아이들이 집으로 갈 때 넘겨받기도 한다. 그러면 이번에는 아가씨들이 달려들어 '해피'를 끌어안는다. 아이들보다도 아가씨들이 강아지를 더 귀여워한다. 아마 감성이 풍부하기 때문인가 보다. 운동장에 앉아서 머리를 쓰다듬으며 놀 때, 발로 할퀴거나 입으로 물어도 찡그리지 않고 간지럽다고 자지러지는 소리를 내기도 한다. 강아지를 귀여워하는 모습이 정말 보기에도 좋았다. 작은 동물도 사랑할 줄 아는 따뜻한 마음을 가진 사람이어야 어려운 이웃에게도 살갑게 다가갈 것만 같다. 우리 집 아이들이 장성하고 보니 이렇게 고운 마음씨를 지닌 사람들이 우리 가족이 되었으면 좋겠다는 생각도 해본다.

이제 '해피'는 밤에 보채지도 않고 잠을 잘 잔다. 우리가 마당에 나가면 졸랑졸랑 따라다니면서 치마나 바짓가랑이를 물고 종아리 밑으로 파고든다. 귀여워서 쓰다듬거나 안아주면 떨어지지 않으려고 몸부림을 친다. 그리고는 발걸음을 옮겨놓을 때마다 쫓아다녀서 발에 밟힐까 봐 무척 신경이 쓰이기도 한다. 어쩌다가 발에 채어 넘어지면서 곤두박질을 칠 땐 비명을 질러 우리의 간담을 서늘하게 만들기도 한다. 혼자서 놀 때는 천방지축으로 마당을 뛰어다닌다. 빗자루나 신발을 물어다가 여기저기 던져두기도 하고, 이리저리 돌아다니면서 물건을 마구 흩어놓으면서 어지른다. 화단에 들어가 꽃을 밟아놓기도 하고 집 안 구석구석을 헤집고 파헤쳐서 여간 귀찮은 것이 아니다. 그래도 볼수록 귀엽고 사랑스럽다.

저녁마다 운동장에 빠지지 않고 나가는 것은 '해피' 덕분에 내가 인기 있는 할아버지가 되었기 때문이다. 하루는 어떤 아이가 자전거를 타다가 달려와서는 강아지를 한번 안아 봐도 되느냐기에 건네주었더니 비글이라고 하면서 전에 자기 집에서도 길렀단다. 그러면서 "악마 견이라 힘들지요?" 하고 묻는다. "그래, 귀여운 악마다." 하고 일러 주었더니, "맞아요. 귀여운 악마예요." 하면서 히죽 웃는다. 그리고는 "날마다 운동장에 나와서 귀여운 악마와 친구해도 되겠냐?"고 묻기에 고개를 끄덕였더니 하루도 빠지지 않고 해피를 데리고 운동장을 뛰어다닌다.

우리 집 옥상에는 농장이 있다. 어머님이 흙을 올려 텃밭을 만들고, 채소를 가꾸어 우리 가족과 가까운 친지들에게 무공해 채소를 제공하는 곳이다. 햇살 가득한 옥상에는 봄부터 여름내 열무, 근대,

아욱, 취나물, 상추, 오이, 가지, 고추, 방울토마토 등이 무성하다. 어머니는 아침저녁으로 채소밭에 물을 주고, 틈틈이 벌레를 잡으면서 자식들 돌보듯이 채소를 길러낸다. 그래서인지 우리 집 푸성귀를 먹어 본 사람들은 시장에서 파는 비닐하우스에서 자란 것과는 맛이 다르다고 칭찬을 아끼지 않는다.

이렇게 자랑스러운 어머니의 농장에 하루는 '해피'가 나타나서 모두 다 엉망으로 만들어 버렸다. 잘 자라는 채소를 꺾어놓고 깔아뭉갠 뒤에 상자를 뒤집어서 흙과 거름을 엎어 놓았다. 우리 가족 중에서 '해피'를 가장 사랑하는 사람이 어머님이다. 아침저녁으로 먹이를 주면서 배설물을 치우고, 몸을 닦아주는 분이다. 그런데 어머니가 애지중지하는 농장을 망가뜨렸으니 야단을 맞을 수밖에 없다. 잘못한 것을 알고 있는지 '해피'는 야단을 맞고도 여전히 어머니의 곁을 졸졸 따라다니는 것을 보면 '해피'는 귀여운 악마임이 틀림없다.

(송화강 326기, 2019년 1월)

습관은 제2의 천성

밤늦게 귀가한 아이들이 온종일 더워서 견디기가 힘들었다는 이야기를 흘려들을 수 없어서 늦은 시간이지만 에어컨을 켜고 식구들이 마루에 누웠다. 삼대가 같이 사는 우리 가족이 자리를 함께한 것이 얼마 만인지 모른다.

도란도란 이야기를 나누다 보니 문득 어린 시절 생각이 난다. 으레 이맘때면 마당에 모깃불을 피워 놓고 들마루에 앉아서 저녁을 먹고는 밤하늘에 쏟아지는 우윳빛 은하수와 반짝이는 별을 헤아리면서 동생들과 함께 어머니 곁에 드러눕는다. 그리고는 어머니가 옛날이야기를 시작하면 우리는 장난을 치기도 하면서 어머니의 품속으로 파고든다. 어머니는 덥다고 내치지 않고 부채 바람으로 더위와 함께 달려드는 물것들을 쫓아내면서 이야기를 이어가고 우리는 옛날이야기를 듣다가 그만 잠이 들곤 했다.

거실에 누운 채로 이런저런 이야기를 나누다가 어머니가 먼저 방으로 들어가고, 아내가 일어서면서 각자 자기 방으로 들어가자고 채

근하지만, 아이들은 시원하기에 일어나고 싶지 않은 눈치다. 올해는 우리 아이가 다니는 회사에도 전력 사용에 비상이 걸렸다고 한다. 공지된 지침에 따라 에어컨을 모두 끄고 근무하며, 오전과 오후 시간에 사내 방송이 나오면 전등 스위치도 내리고 선풍기 작동도 멈춘 채 개인별로 지급한 부채를 사용한단다. 그러니 귀찮아서 아예 낮에는 사무실의 전등을 켜지 않기 때문에 에너지 절약으로 인해 시력을 잃을까 봐 더 걱정하는 직원들도 있다고 한다. 예비전력이 200만 Kw 밑으로 내려가서 경계경보가 발령되면 산업체들은 긴급 절전에 들어가고, 공공기관에는 강제 단전 조치까지 예고하면서 블랙 아웃(대정전)을 막기 위해 노력한단다. 그러니 자기 집이라고 해도 에어컨을 틀어 놓은 채 잠을 잘 수는 없는 노릇이다.

가만히 보면 더위나 추위를 체감하는 것이 개인에 따라 다르겠지만, 세대별로도 차이를 보이는 것 같다. 우리나라가 경제적으로 안정된 시기인 1980년대 이후에 태어나서 다복하게 자란 요즈음 젊은이들은 더위와 추위를 견디지 못한다. 짧은 바지와 치마 그리고 배꼽을 가리기도 힘든 민소매 셔츠를 입고도 에어컨을 빵빵하게 틀어 놓는다. 그러면서도 덥다고 냉장고 문을 수없이 여닫으며 빙과류를 입에 물고 다닌다. 그렇지만 샤워를 할 때는 온수를 사용해야만 한다. 겨울에는 내복을 입지도 않은 채 춥다면서 난방기 온도를 한껏 올린다. 기온의 작은 변화에도 민감하게 반응하기 때문인지 한여름에는 더위 먹어서 기운이 없다며 어깨를 축 늘어뜨리고, 겨울철로 접어들면 항상 감기를 달고 산다.

6·25동란 전후에 태어난 우리는 땀이 흐르면 우물에 가서 찬물로 목물을 끼얹고, 나일론으로 만든 입성을 걸친 채 부채질을 하거나 선풍기 한 대를 가운데 두고 온 식구가 여름을 났던 성장기를 거쳤다. 그래서인지 어른이 되어서도 사무실에서는 선풍기를 벗 삼아 지내며 손님이 오시면 그제야 에어컨 스위치를 올린다. 그리고 저녁이면 땀에 젖은 몸을 수돗물로 씻고, 시원한 과일 한쪽으로 무더위를 견딘다. 이러한 나의 생활 습관을 알기에 우리 가족은 웬만해선 에어컨을 켜지 않고 지낸다.

우리 부모님 세대는 더 심해서 무명이나 모시로 만든 옷으로 전신을 가린 채 손에 든 부채 하나로 삼복더위를 견디셨다. 구순을 바라보는 어머님은 지금도 선풍기를 잘 돌리지 않으신다. 덥지 않게 지내시라고 말씀드리면 "우리 집은 나무가 무성해서 얼마나 시원한지 모른다. 가만히 있는데 무엇이 덥냐?"고 반문하면서 손사래를 치신다. 어머님은 저녁식사를 마친 뒤에 샤워하고는 밤바람이 시원한 옥상에 올라가서 누웠다가 잠자리에 들 때야 내려오시곤 한다.

언젠가 텔레비전 앞에서 일본의 유치원 교육 프로그램을 시청하다가 그만 머리카락이 쭈뼛해진 적이 있었다. 쌀쌀한 늦가을에 유치원으로 등교하는 어린아이들이 반바지와 반소매 차림의 유니폼을 입고 통학버스에서 내리면서 모두 오들오들 떨고 있었다. 추위와 더위도 참고 견디는 생활습관을 몸에 익히도록 가르치는 것이 가치 있는 교육이라고 생각해서 유치원 시절부터 훈련을 시키고 있단다. 유치원 선생님의 설명을 들으면서 일본 국민은 정말 무서운 사람들이라는 생각을 하게 되었다. 우리나라 유치원에서 원아들에게 추운 날 참고 견디도록 반바지와 반소매 차림으로 등교하도록 지도한다면 학부모님들은 어떤 반응을 보일까 생각해 보니 고개를 가로젓지 않을 수가 없었다.

이런 일을 보면 더위나 추위에 반응을 보이는 사람들의 태도도 세대별로 다르다는 것을 알 수 있다. 이런 현상은 생활 속에서 길든 습관에 따라 나타나는 것이어서 '습관은 제2의 천성'이라고 일컫나 보다.

내 편 만들기

'아름다운 사람은 머문 자리도 아름답습니다.' '한 걸음 더 가까이' '남자가 흘리지 말아야 할 것은 눈물만은 아닙니다.'

공중화장실 남자 소변기 앞에 서면 이런 스티커가 붙어있는 것을 볼 수 있다. 그런데도 여전히 바닥에는 오줌이 떨어져 있어 지저분하다. 이러한 현상은 우리나라만의 일은 아닌가 보다. 덴마크 공항에서는 화장실의 소변기 안에 파리 그림을 붙여 놓았더니 타일 바닥에 오줌이 떨어지는 일이 줄었다는 글을 읽었다.

그리고 보면 무엇을 하지 말라고 당부하거나 잔소리를 늘어놓는 것은 효과가 작다.

학부모를 만나면 아이가 게임에 빠져서 공부도 하지 않고, 생활을 엉망으로 하고 있다고 탄식하는 분이 많다. 컴퓨터를 끄고 핸드폰을 감추면서 매일 아이와 싸우지만, 소용이 없단다. 짐승은 회초리나 벌을 통해서 행동을 교정할 수도 있으나, 사람은 그렇지 않다. 컴퓨터를 켜지 못하도록 부모가 지키고 앉아 있거나, 핸드폰을 감추어도 소용이 없는 아이들도 있다. 부모 몰래 등·하교 길이나 자율학습 시간을 이용해서 게임방을 드나들 수도 있고, 심하면 수업 시간에 오락실에 앉아 있는 아이도 있다.

아이가 게임에 빠지지 않도록 할 수는 없을까? 방법은 있다. 게임 이외에 아이들이 쉽게 빠져들 수 있는 일, 무엇인가 열중할 수 있는 다른 것을 제공해 주면 된다. 그런데 그것을 찾기란 쉬운 일이 아니다. 그러므로 부모는 자기 자녀가 무엇을 좋아하고 어떤 일에 관심을 기울이는지 주의 깊게 살펴보아야 한다. 사회생활을 하면서 상대방을 내 편으로 만들거나 나의 의견에 따르도록 할 때도, 그가 좋아하는 것을 제공하면서 가까이 다가가는 것이 효과가 크다는 것을 우리는 잘 알고 있다.

우리 아이들이 공부만 잘하는 바보가 되는 것은 환영할 만한 일이 못 된다. 어른이 되어서도 취미활동 없이 무미건조하게 삶을 살아가는 것은 그의 삶이 권태롭기만 할 뿐이다. 공부도 잘해야 하지만 한 번뿐인 인생이니만큼 자기가 좋아하는 일을 틈틈이 하면서 윤택하고 행복한 마음으로 사는 게 성공적인 삶일 것이다.

그래서 학교에서는 일과를 마친 뒤나 방학 기간을 이용하여 '방과 후 프로그램'을 운영하고 있다. '방과 후 프로그램'에서는 교과교육 이외에 예·체능 분야에 속하는 다양한 종류의 활동을 준비해 두고, 학생들의 희망을 받아 운영하고 있다. 그러므로 학부모는 '방과 후 프로그램' 가운데 자녀들이 활동하고 싶어 하는 프로그램이 있는지 먼저 확인해야 한다. 그리고 원하는 프로그램이 없을 때는 개설이

가능한지 상의한 뒤에 아이들이 방과 후 교육 활동에 참여할 수 있도록 유도하는 것이 바람직스럽다.

부모는 자녀와 상의해서 아이들이 하고 싶어 하는 일, 좋아하는 활동에 참여하면서 스스로 재미를 느끼고 보람을 찾을 수 있도록 도와주어야 한다. 특히 예·체능 분야에서 한두 가지 종목을 선택해서 지도한다면 아이가 게임에만 매달리는 일도 줄어들고, 자신의 삶을 풍요롭게 가꿀 수 있을 것이다. 운동장에서 뛰놀기를 좋아하는 아이들은 수영, 테니스, 탁구, 농구, 축구와 같은 운동을 가르쳐서 건강하게 자라도록 이끌어준다. 그러면 운동경기를 통해서 친구들과 협동심을 기르고 지도력도 키워나갈 수 있다. 그리고 음악에 재능이 있는 아이들은 피아노, 기타, 바이올린 같은 악기를 다루면 감성지수를 높이도록 지도한다. 또 집중력이 부족한 아이들은 연극 활동에 참여하거나 도자기를 굽게 하면서 한 가지 일에 몰입할 수 있도록 만든다. 또 그림을 그리거나 서예 활동을 통해서 정서를 함양토록 도와준다.

요즈음은 가족 단위로 여행을 다니거나 봉사활동에 참여하면서 가족의 소중함과 끈끈한 애정을 찾도록 이끌어주는 부모님도 많다. 아울러 현장에서 보고 느낀 것을 카메라에 담아내거나 기록으로 남겨서 자녀들과 함께 추억을 만들기도 한다. 이렇게 생활하다 보면 게임에 빠졌던 아이도 점차 그 횟수를 줄여나갈 수 있을 것이다.

어느 날 우리 집에 두 돌이 된 아기 손님이 찾아왔다. 아직은 말이 서툴고, 의사전달도 잘 안 되는 어린 아기였다. 나는 아이를 안아보고 싶어서 손뼉을 치며 두 팔을 벌려도 좀처럼 내 품에 안기지 않았다. 제 엄마 치맛자락을 잡은 손을 놓지 않고 빙빙 돌기만 한다. 내게는 올 마음이 조금도 없어 보인다. 식구들이 둘러앉아서 과일을 먹을 때, 나는 아기들이 좋아하는 마시멜로를 집어 들고 건네는 시늉을 했다. 그제야 아기는 엄마의 옷자락을 잡았던 손을 놓고는 내게로 다가오더니 과자를 받아들면서 내 무릎 위에 앉았다.

　이런 일을 보면, 다른 사람을 내 편으로 만들거나 내 안으로 끌어들이기 위해서는 유인책이 필요하다. 그것은 상대방이 집중할 수 있고 좋아하는 것을 찾아내어 제공하는 일이다.

아내가 여행을 떠났다

아내가 오늘 아침에 친정 자매들과 함께 여행을 떠났다. 친구들 모임에 참석해서 그 이야기를 했더니 "네가 비로소 해방감을 맛보게 되었구나." 하면서 환호성을 지르고, 손뼉을 치고, 엄지손가락을 치켜세우면서 고개까지 끄덕이는 친구도 있었다. 친구들 이야기가 마누라가 집에 없으면 그렇게 편할 수가 없단다. 돌아올 때까지 잔소리가 사라지고, 자유를 마음껏 누릴 수 있는 혼자만의 금쪽같은 시간을 갖게 된다는 것이다.

아내는 결혼 이후 지금까지 집을 떠나 밖에서 여러 날 묵어 본 일이 없는 여자다. 시집살이 탓인지 성격 때문인지 출타하는 것을 그리 좋아하지 않았다. 부모님을 모시고 삼대가 한집에서 사는 우리 가족이 한 번 움직이려면 여간 어려운 일이 아니다. 우리 가족이 하루나 이틀 가까운 온천이나 휴양지에 다녀오긴 했어도, 지금까지 아내 혼자서 여러 날 집을 비워본 일은 없었다. 그동안 무척 힘들었을 테지만 35년 가까이 아내는 내색하지 않고 잘 살아왔다. 그런 아내가 집

안 행사가 있어서 집을 비우는 것도 아니고, 부부싸움 끝에 화가 나서 불쑥 집을 나서겠다는 것도 아니며, 친정 자매들과 어울려서 놀러 간다는 데도 나는 걱정이 앞섰다.

우리는 지난 11월에 장인어른을 하늘나라로 모셨다. 장인이 병석에 계신 동안 수발들며 간호한 아내의 정성도 극진했지만, 친정아버지를 떠나보내면서 장례를 치르느라 여러 날 슬퍼하고 안타까워하는 딸들의 마음은 남자들과는 사뭇 달랐다. 고인의 유품을 모두 정리한 뒤에 슬퍼하는 처가 자매들을 위로하기 위해서 신년 초에는 부부들이 함께 여행을 다녀오자는 제안이 있었고, 우리 내외도 동의했다. 그런데 갑작스레 내가 신년교례회에 참석해야 할 일이 생기면서 뒤틀어졌다. 그래서 남자들은 집을 지키고 여자들만 다녀오는 것이 좋겠다는 수정안이 나오고, 자기들만 가는 것은 싫다고 손사래를 치는 아내를 형제들이 달래면서 다시 추진했다.

따뜻한 동남아를 비롯한 일본, 중국, 제주도 등 여러 곳이 거론되었으나, 기차를 타고 부산에 가서 3박 4일을 지내는 것이 좋겠다고 자매들이 합의했단다. 그런데 도중에 22일간 이어지는 철도파업으로 기차표를 구하기가 어려워졌고, 아내는 다음 기회로 미루자고 했다. 아내의 기분전환을 위해서도 말이 나왔을 때 추진하고 싶어서 '쇠뿔은 단김에 빼랬다'라면서 기차여행은 KTX보다 넓고 편한 새마을호가 더 좋다고 내가 거들어서 마침내 계획은 진전을 보였다.

자매들끼리 의견을 나누고 머리를 맞댄 끝에 광안리, 남포동, 용두산 공원, 자갈치시장, 국제시장, 영도, 오륙도, 대변항 등을 둘러보면서 해돋이도 감상하기로 계획을 세웠단다. 일정표에 맞추어 열차 표를 구하고 호텔을 예약하는 데에도 어려움이 따랐다. 모처럼 엄마와 이모들의 여행에 덩달아 신이 난 아이들은 인터넷을 뒤져서 숙소와 맛집을 찾아냈다. 그리고 용돈을 건네면서 등을 떠미는 바람에 아내는 자매들과 손을 잡고 자의 반 타의 반으로 여행길에 나섰다.

'든 사람은 몰라도 난 사람은 표가 난다.'고 아내가 없는 자리는 역시 황량했다. 저녁식사를 마치고 텅 빈 방에 들어가니 찬바람이 돌았다. 씻기도 귀찮아서 그냥 이불 밑으로 파고들었다. 생각해 보니 아내가 있었으면 어림도 없는 일이다. 평소 같으면 TV 리모컨을 움켜쥔 채 드라마를 보고 있는 아내와 옥신각신하면서 뉴스 채널을 돌리려고 실랑이를 벌였을 것이다. 그러나 이제는 그럴 필요가 없다. 커피를 마시면서 밤늦도록 뉴스와 해설 채널만 쫓아다니면서 드러누운 채로 연신 과자봉지를 비웠다. 아마 이런 것이 친구들이 말하는 자유를 누리는 시간인가 보다.

숙소에 든 아내가 보내는 것인지 핸드폰 속에서는 끊임없이 '까꿍' 소리가 줄을 이었으나 열어보질 않았다. 그러자 벨이 울리기에 전화를 받으니 아내였다. 여행은 재미있느냐고 묻기도 전에 아내는 저녁은 먹었느냐. 아이들은 퇴근했느냐. 아들 방 보일러 스위치는 켜 놓고, 다른 방은 줄여야 한다. 잘 때 현관문은 꼭 잠그고, 열어 놓은 커튼은 쳐야 하며, 잘 씻으란다. 알았다고 건성건성 대답하고는 끊었다. 아침에 이불 속에서도 아내의 핸드폰은 나를 찾고 있었다. 아침식사는 했느냐. 어머니는 진지를 잡수셨느냐. 아이들은 출근했느냐.

오늘은 강의가 있는 날이니 양복을 입고 넥타이를 매란다. 고마운 말이다. 그리고 보니 아내가 출타하면 해방감을 맛보게 된다는 친구들의 이야기는 모두 다 거짓이었다.

온기가 사라진 방은 썰렁하고 아내의 걱정은 벨 소리를 타고 날아들었다. 아내가 집을 비운 첫날부터 자유가 아니라 불편함만 이어지고 있었다.

(송화강 326기, 2019년 1월)

소꿉장난

어린아이들이 소꿉장난하는 것을 곁에서 지켜보고 있으면 재미있다. 조그만 아이들끼리 서로 나누는 이야기나 행동은 구체적이고 사뭇 진지하다.

한번은 놀이터에서 남자아이가 아빠, 여자아이는 엄마 노릇을 하는 것을 구경했다. 사내녀석이 제법 어른답게 "여보, 밥 줘요."라고 말하자, 계집아이는 "네, 조금만 기다려요." 하면서 작은 판자 위에 밥상을 차리기 시작한다. 어디에서 물을 떠 왔는지 흙을 이겨 지은 밥, 주변에 있는 풀을 뜯어다가 끓인 국, 열매를 따서 만든 반찬을 작은 플라스틱 그릇에 담아낸다. 그리고는 밥상을 조심스럽게 들어서 사내아이 앞에 가져다 놓으며 "잡수세요."라고 말하면서 내조하는 것이었다.

그 후로 아이들이 소꿉질하는 모습을 지켜보는 버릇이 생겼다. 보채는 아기를 재우듯이 자장가를 불러주면서 업은 인형을 토닥거리는 아이도 있었고, 이것저것 앞에 놓고 물건을 사고팔면서 깎아달라고 말하기도 하며, 그러면 안 된다면서 흥정하기도 한다. 그 모습이 마치 가게 주인과 물건을 사는 손님을 닮은 것을 볼 수 있었다. 한번은 세발자전거 뒤에 여자아이를 태운 사내아이가 자동차를 운전하는 시늉을 하면서 어디로 가느냐고 묻는다. "대전역이요." 하니까, "네 알겠습니다."라고 말하면서 입으로 "부웅—"소리를 내면서 힘차게 페달을 밟는 모양에 미소가 절로 나왔다. 덩치만 작았을 뿐이지 언행은 어른들을 그대로 따라가고 있었다.

아이들은 본 대로 들은 대로 표현하는 것을 소꿉놀이를 보면서 새삼 어른들이 함부로 말하거나 행동을 해서는 안 되겠다는 생각을 했다. 아이들은 동무들과 어울려 이렇게 재미있게 놀다가도 제 엄마가 부르는 소리가 들리면 모든 것을 내버려 두고 이내 뛰어가 엄마 품에 안긴다.

우리 식구는 근교에 작은 텃밭을 가꾸고 있다. 봄철이면 뻐꾸기 노랫소리를 들으면서 거름을 내다가 밭이랑을 만들고, 그 위로 각종 채소 씨를 뿌려 두고 이불을 덮어씌우듯이 고운 흙을 덮어 둔다. 그리고는 한 달에 두어 번 주말이면 들러 잡초를 뽑아 가면서 잘 자란 것들을 솎아다가 이웃들과 함께 나누면서 지낸다.

올봄은 예년과 달리 유난히 가뭄이 심했다. 그래서 파종을 한 뒤에 싹을 틔우고 자란 것이 많지 않아서 '가물에 콩 나듯 한다.'라는 말의 의미도 터득할 수 있었다. 워낙 가물어 푸른 잎사귀가 한쪽은 누렇게 말라가면서 제대로 자라질 못했다. 작물이 한참 자라나는 5월과 6월, 두 달 동안에 비다운 비가 내리지 않았으니 어쩔 수 없는 노릇이었다.

그래서 '농사는 팔 할이 하나님이 짓는 것'이라는 이야기를 들으면서 고개를 끄덕일 수밖에 없었다. 우리는 손바닥만 한 작은 밭에 채소를 심어두고는 안타까워서 발을 동동 구르는데, 요긴한 시기에 비 구경을 하지 못한 채 하루하루 하늘만 바라보는 농민들의 속내는 새까만 숯검정이 되었을 것이다.

올해도 예년처럼 5월 중순에 시금치를 뽑아낸 자리에 오이 모를 30포기 사다가 땅을 헤집고 심어두었다. 가뭄이 계속되는 바람에 다 죽었으리라고 체념한 채 두 주일 만에 가보니 그래도 반 이상이 고개를 내밀고 우리를 기다리고 있었다. 목이 타들어 가도 물 한 바가지 떠다 주지 않는 무심한 주인을 몹시 원망했을 것이다. 미안스럽기도 하고 가뭄 끝에 살아남은 것이 고맙기도 해서 모종 주변을 조심스럽게 골을 타고 물을 길어다가 듬뿍듬뿍 부어주었다. 그 후 두 주가 지나서 다시 찾아갔더니 워낙 장마가 심해서인지 오이 넝쿨이 좀처럼 자라지 못한 채 앉은뱅이가 되어 있었다. 안쓰러운 마음에 모종 주변을 더 깊게 구덩이를 파고 물을 길어다 붓고는 넝쿨이 뻗어가기에 알맞게 지주목을 세웠다. 지주목을 세우는 동안에 갑자기 소나기가 쏟아지기 시작했다. 단비였다. 그러나 일을 마치지 못한 채 곁에 있는 농막으로 비를 피할 수밖에 없었다.

농막에서 바라보니 이웃에서 일하던 사람들도 일손을 멈추고 추녀 밑이나 큰 나무 아래로 옮겨서 비를 피하고 있었다. 이를 보면서 우리가 살아가는 모습을 하늘에서 내려다보면 마치 소꿉장난하는 아이들과도 같을 것이라는 생각이 들었다. 또래 친구들과 열심히 놀다가도 엄마가 부르면 손에 쥐고 있던 장난감을 내동댕이치고 엄마의 품에 안기는 어린아이들처럼. 빗방울이 쏟아지자 일손을 멈추고 비를 피하는 사람들처럼. 언젠가 조물주께서 부르실 때 우리는 모든 것을 뒤로하고 그분의 품에 달려가 안길 것이다.

내리사랑

　여자가 출산하면, 산모 못지않게 곁에서 고생하는 사람이 바로 해산구완을 맡은 친정어머니나 시어머니이다. 지금은 산후조리원이나 산모 도우미도 많이 있지만, 우리 부부가 아이를 낳아서 기를 때만 해도 어머니들의 뒷바라지가 전부였다. 그런 경험 때문인지 우리 집사람도 딸아이가 출산하자 해산바라지를 맡겠다고 팔을 걷어붙였다.

　아내는 산후조리원에서 집으로 돌아온 딸아이를 위해 하루에도 너더댓 번씩 미역국을 곁들인 밥상을 차린다. 그리고는 모유 수유에 도움을 주는 먹거리를 찾아 재래시장이나 대형 마트를 뒤지고 다녔다. 어미가 젖을 물리고 나면 어린 것을 꼭 끌어안고 트림을 시킨 뒤에 자리에 누인다. 그리고는 따뜻한 목욕물을 준비해서 아기 몸을 씻기고는 어미가 눈을 붙일 수 있도록 아기를 품에 안고서 잠을 재운다. 어미가 쉬는 동안 아기의 곁을 지키고 있다가 연신 젖는 기저귀를 갈아 채우고, 수시로 쏟아져 나오는 빨래를 하느라 눈코 뜰 새 없이 바쁘게 움직인다.

　하루가 다르게 자라는 아기와 눈을 맞추며 옹알이를 주술사처럼 해석해 내고, 응대하면서 아기에게 언어를 체득시키려고 애를 쓴다. 저녁이면 파김치가 되어 끙끙 앓는 소리를 내면서 옷을 벗지도 못한 채 이불 위에 쓰러져도 마냥 즐거워하며 웃음을 흘리고 다닌다. 그러기를 아기가 두 돌이 가까울 때까지 계속하더니, 그 사이에 딸아이의 뱃속에는 세상 보기를 바라는 동생 녀석이 들어앉았다. 앞으로 아내의 한 손은 큰애에게 매달린 채 지금까지 해오던 일을 반복할 형편이다. 그런데도 잘된 일이라고 좋아하면서 딸아이의 불러오는 배를 대견스럽게 생각한다.

할머니가 되면 손주들을 잘 기르는 특별한 재주가 생기는가 보다. 아내는 손녀딸이 울음보를 터뜨리면 호랑이도 무서워서 도망간다는 곶감을 감추어 두었다가 꺼내서 황소 같은 울음을 뚝 그치게 만든다. 어쩌다가 별다른 간식거리라도 생기면 남몰래 숨겨 두었다가 아이들의 손에 쥐어주며 함박웃음을 터뜨리게 만드는 요술쟁이이기도 하다. 아이가 이따금 꾸중 들을 일을 저지르면 손주의 손을 잡고 먼저 달려가 "다시는 안 그런다고 빌어." "얼른 잘못했다고 말씀드려."라고 미리 설레발을 쳐서 위기를 모면하게 만드는 변호사가 된다.

어른들이 묻는 말에 용케 대답하거나, 가지고 놀던 장난감을 제자리에 가져다 놓기만 해도 손뼉을 치며 "잘했어요."를 연발하면서 반복 학습을 시키는 위대한 교육자다. 할머니의 넓은 등은 칭얼거리는 아이를 업어 조용한 꿈나라로 인도하는 요람이고, 따뜻한 무릎은 옛날이야기를 들려주거나 동화책을 읽어주면서 상상의 나라로 빠져들게 만드는 마법의 성이 된다. 그래서 요즈음에는 손주를 돌보는 할머니 할아버지를 가리키는 '할마' '할빠'라는 신조어까지 생겼나 보다.

자녀들에 대한 할머니들의 마음은 장성한 뒤에도 어렸을 때와 마찬가지로 변함이 없다. 어느 날 밤중에 어머니가 방문을 두드리는 소리에 놀라서 잠을 깼다. 구순을 바라보는 어머니에게 무슨 일이 있는가 싶어서 놀라 방문을 여니, 어머니는 아직도 손자가 퇴근하지 않았다며 전화를 걸어보라고 재촉하신다. 더러 늦은 시간에 귀가해도 새벽한 시를 넘기지 않았으나, 벌써 두 시가 지났으니 걱정되시는가 보다. 몇 차례 시도 끝에 겨우 전화 연결이 되었다. 친구들을 만나서 늦었다며 미리 연락을 드리지 못해 죄송하다면서 지금 집으로 오고 있다는 말에 안도의 한숨이 절로 나왔다. 아들의 늦은 귀가 시간에도 우리 내외는 곯아떨어졌는데 할머니는 잠을 이루지 못하고 계셨다. 평소에도 잠을 설치면서 손자의 귀가를 기다리고, 주무시다가도 일어나 손자가 침대에 누운 것을 확인한 뒤에야 잠자리에 드신다.

이런 일을 보면 '인정(人情)은 흐르는 물과 같아 내리사랑은 있어도 치사랑은 없다.'라는 속담이 불변의 진리임이 틀림없다. 부모의 헌신과 애정, 그 위에는 조부모의 염려와 사랑이 아이들을 수호천사처럼 둘러싸고 있다. 그래서 자녀들에 대한 사랑은 윗물이 아래로 자연스럽게 흘러가듯이 끊어지지 않고 후대로 이어져 내려가기에 '내리사랑'이라고 불렀나 보다. 부모가 자녀를 사랑하는 것보다도 조부모가 손주들을 더 아끼고, 증조부모는 증손들을 더욱 더 끔찍하게 생각하는 것이 인지상정인가 보다.

(수필예술 제38권, 2017년 6월)

도마동 다람쥐 생활

　나는 대전에서 성장하고 활동하다가 노년기를 맞이했다. 지금 사는 도마동에서 외지로 벗어나지 못한 채 유천초등학교를 졸업하고, 중·고등학교와 대학을 이곳에서 다녔다. 그리고 집 가까운 대전대신고등학교에 취직하여 35년 동안 근무하다가 정년퇴직했다. 도마동에서 자라나 직장생활을 하면서 결혼한 뒤 학교 가까운 곳에 집을 장만하여 지금까지 이곳에서 살고 있다. 대전을 벗어나 다른 지역으로 나가보질 못한 채 다람쥐 쳇바퀴 돌듯이 도마동 주변을 맴돌며 일생을 살았는데 돌아보니 그동안 세상은 많이 바뀌었다.

　가끔 친구들이 향우회 모임에 관해서 이야기 나누는 것을 들을 때면 은근히 부러움을 느끼기도 한다. 향우회는 고향을 떠나 외지에 살면서 동향 사람들이 함께 모여 서로 친목을 도모하고, 상부상조하는 모임이다. 향우회원들은 모여 고향의 이야기와 추억담을 쏟아내며 정을 나누고, 어려운 일을 만나면 서로 도와가면서 형제들처럼 살갑게 지내는 것 같아 샘이 나기도 한다.

어렸을 때, 나는 대전시민이 아니라 충청남도 도민이었다. 내가 살던 충청남도 대덕군 유천면 도마리가 1963년 1월 1일 대전시로 편입되어 대전시 도마동이 되는 바람에 나와 우리 가족은 대전시민이 되었다. 그 뒤로 1989년에 대전직할시로 승격되었다가 1995년 대전광역시로 개편되어 지금은 대전광역시 서구 도마동에서 광역 시민으로 살고 있다.

도마동의 지형은 배산임수(背山臨水)의 특징을 가지고 있다. 서쪽으로 솟아있는 연자산(鷰子山, 207m)을 따라 구릉과 평야 지대로 이루어진 농촌 지역으로 땅이 비옥하여 농사가 주업이었다. 동쪽으로 유등천이 있어서 이를 경계로 중구 유천동, 서쪽으로는 서구 도안동, 남쪽으로 복수동과 정림동, 북쪽으로 변동과 접하고 있다.

지금은 도마동과 인근 지역에 학교가 여러 곳이 있지만, 내가 초등학교에 다니던 1950~60년대에는 유천초등학교 한 곳뿐이었다. 그래서 도마동 북쪽으로 내동, 변동, 가장동과 남쪽으로 정림동, 복수동, 사정동, 안영동 지역에 사는 아이들이 먼 거리를 걸어 유천초등학교에서 함께 공부했다. 멀리 떨어진 지역에 사는 아이들이 등하교 때면 늘 뛰어다니기 때문인지 사정동, 안영동, 변동 지역에 사는 아이들이 가을철 운동회 때는 달리기 상을 휩쓸곤 했다.

현재 도마동은 도마1동과 도마2동으로 나누어졌고, 인구도 3만5천 명이나 되는 지역이다. 교육기관은 유천초등학교, 도마초등학교, 삼육초등학교, 도마중학교, 버드내중학교, 삼육중학교, 제일고등학교, 서대전여자고등학교, 배재대학교가 자리 잡고 있다.

도마동 앞을 흐르는 유등천은 금산군 진산면 청정리 산기슭에서 발원하여 금산군 복수면에서 진산천을 받아들이고, 도마동에 이르러 동북 방향으로 흐른다. 그리고 삼천동 유역에서 대전천과 합류하고, 갑천과 만나서 금강으로 흘러간다. 어렸을 때 유등천은 우리의 놀이터였다. 여름철이면 냇가에서 헤엄치고 물고기를 잡았으며, 겨울에는 얼음판에서 썰매를 타고 놀았다.

연자산이라고도 부르는 도솔산(兜率山)이 병풍처럼 둘러싸인 도마동은 작은 부락이 여러 곳이다. 유등천 맞은편의 산 모양이 마치 도마뱀처럼 생겼다고 해서 그 일대를 도마다리라고 부르게 되었다고 한다. 도마다리 외에도 제비네, 수피, 산적골, 송촌, 고랫재, 신촌, 공장 마을과 같은 작은 부락들이 있었고, 아이들이 학교를 오가면서 텃세를 부려 가끔 부락별로 나뉘어 패싸움도 했다.

도마동에는 전통 사찰인 내원사가 있다. 내원사 절 뒤를 감싸고 있는 산은 도솔산으로 봉우리는 두루봉이라고 부른다. 배재대학교 뒤를 감싸고 있는 산은 연자산으로 봉우리는 연자봉, 계곡은 연자골이다.

복수동에 있는 대전대신 중·고등학교 뒷산은 오량가산(五樑家山, 116m)으로 '들보가 다섯 개 있는 커다란 집이 있는 산'이란 뜻인데 모양이 마치 개가 누워서 강아지들에게 젖을 먹이는 형국이라고 한다. 어렸을 때는 오랑캐산이라고 불러서 6·25동란 중에 중공군과 전투가 치열했을 때 적군들의 은거지로 쓰여서 오랑캐산이라고 부르는 줄 알았다. 이런 일을 보면 말과 글자는 차이가 있다는 것을 알 수 있다. 우리는 봄·가을로 접어들면 연자산이나 오량가산에 올라가 전쟁놀이도 하고 놀았으며, 조금 성장하여서는 산에 올라가 나무를 해다가 땔감으로 사용하기도 했다.

유등천의 서쪽은 논농사를 주로 하는 비교적 넓은 들판이었다. 유등천의 수량이 풍부하여 논농사에 안성맞춤이었고, 연자산과 오량가산 쪽은 밭농사가 이루어지는 농업 위주의 시골 마을이었다. 그러다가 1960년대에 한국조폐공사 대전 조폐창, 대전 피혁, 원미섬유, 동방산업과 같은 제조업체들이 들어서면서 인구가 늘고 상권이 형성되면서, 주택이 들어서기 시작했다. 그리고 1980년대에 경남아파트를 건설하면서 단독주택과 아파트가 공존하는 주거 형태를 이루고 있다.

어린 시절을 돌아보면 도마동은 전형적인 농촌 마을이었다. 그런데 지금은 전통시장을 중심으로 한 상업지역과 배재대학교를 비롯한 교육기관을 따라 이루어진 주거지역으로 살아가는데 불편한 것이 없는 안정된 주거공간으로 발전했다.

어머니를 닮은 농부

도회지에 살면서도 농사를 짓거나 농업에 관심을 기울이는 사람들의 숫자가 점점 늘고 있다.

텃밭 가꾸기, 옥상밭 만들기, 베란다 채소 기르기, 도시 양봉을 통해 취미 생활을 즐기며, 여가를 활용하여 친환경 농업으로 손수 좋은 먹거리를 생산하려는 것이다. 가족이나 지인들과 함께 '주말농장'을 만들어 몸과 마음을 건강하게 가꾸고, 행복을 찾는 사람들도 해마다 그 숫자가 증가하고 있단다. 실제로 2015년 8월 통계청 자료에 의하면 충남은 10년 전보다 농업인구가 24% 감소하였지만, 대전은 오히려 44%나 늘었다고 한다. 이를 보면 도시에 사는 사람들이 직장에서 퇴직하거나 현업에서 은퇴한 뒤에 새롭게 농업에 참가하는 도시 농부들이 점차 늘고 있음을 알 수 있다.

퇴직한 뒤의 소일거리를 생각해서 나도 10여 년 전에 지인의 소개로 가까운 옥천(沃川)에 작은 밭을 한 필지 장만해 두었다. 농사를 지어본 경험이 없어서 그동안 밭에 갈 때마다 전적으로 어머니에게 의지할 수밖에 없었다. 그렇지만 집에서 자동차로 한 시간여의 거리여서 밭에 가는 일은 생각처럼 쉽지 않았다. 그래서 밭 가까이에 살고 계신 동네 어른에게 농사를 짓도록 맡겨두고, 한쪽 모퉁이에 우리 가족이 먹을 만큼 열무, 오이, 들깨 등을 심어두고 한 달에 두어 번씩 찾아갔다. 자주 갈 수 없어서 밭에 가는 날이면 풀과 씨름하다보면 기진맥진 파김치가 되어 집에 돌아오곤 했다.

농작물을 기를 수 있는 땅이 있고, 노동력도 있었지만, 농사를 지어 본 경험이 없어서 생각했던 것보다도 힘이 많이 들었다. 그래서 체계적으로 농사짓는 방법을 배우고 싶던 차에 대전농업기술센터에서 운영하는 그린농업대학의 신입생 모집에 관한 소식을 듣고 입학원서를 접수했다. 지원만 하면 모두가 합격하는 것이 아니라 떨어지는 사람도 많다는 담당자의 이야기에 겁이 났다. 이번 기회에 영농교육을 받아서 농업인으로 제2의 인생을 살아야겠다고 다짐하면서 봉사활동 실적까지 덧붙여 서류를 제출하고는 합격하기를 기도했다.

입학시험을 치른 아이들이 합격자 발표날을 손꼽아 기다리듯이 대전농업기술센터 홈페이지를 수시로 드나들었다. 합격한 것을 확인했을 때의 기분은 어른도 어린아이와 다름이 없었다. 합격통지를 받은 날 저녁에는 케이크를 준비해서 가족들과 함께 기쁨을 나누기도 했다.

입학식을 마치고 교실에서 자신을 소개하는 첫 시간에 보니, 공직생활을 하다가 은퇴한 뒤에 농업교육을 받으러 온 사람들이 대부분이었다. 영농교육을 통해 질 좋은 먹거리를 생산하고, 흙과 함께 인생 2막을 보람 있게 보내려는 향학열이 뜨거운 사람들이 모였다. 농업대학 교육과정은 씨앗을 어떻게 뿌리고, 무슨 비료를 주며, 어떤 농약을 살포해서 수확물을 거두어들이는 효율적인 영농기술을 배우는 줄로만 알았다. 그런데 강사마다 한결같이 "농업은 생명이며 농작물을 가꾸는 것은 생명체를 기르는 소중한 작업"이라는 것만 강조했다.

농사꾼은 땅에 씨앗을 뿌리기 전에 흙을 고르고, 온도와 습도를 조절하여 발아를 잘할 수 있는 토양을 마련해야 한다. 그리고 씨앗이 딱딱한 껍데기를 깨고 어린싹이 땅 위로 올라오면, 생명체가 자랄 수 있게 양분과 햇볕이 공급되도록 여건을 만들어 준다. 그러면서 각종 병·해충이 작물의 성장을 방해하지 못하게 제거하며, 잡초를 뽑아 성장하는 데 어려움이 없게 주변 여건을 손질해 준다. 작은 씨앗 하나가 땅을 헤집고 나와서 자라나 꽃을 피우고 열매를 맺기까지 농부들은 여름 내내 돌아보며, 가을이 되어서야 알곡을 거두어들인다. 이렇게 농작물을 가꾸는 행위는 어린아이를 출산해서 기르는 어미의 심정이어야 한다는 것을 비로소 터득하게 되었다.

'농작물은 농부의 발소리를 듣고서 자란다.'라는 말의 의미가 무엇을 뜻하는 것인지 시간이 흐르면서 조금씩 이해할 수 있었다. 그런데 농작물을 가꾸는 일에 깊은 애정을 쏟지 못하는 것을 보면, 아직도 내가 농부가 되기 위해서는 더 큰 노력과 시간을 투자해야만 하나 보다.

(송화강 324기, 2018년 10월)

둘이 한바탕 크게 웃은 사연

집에서 기르는 토니가 며칠째 밖으로 나오질 않는다. 친척에게서 선물로 받은 발바리를 우리 식구로 맞이한 지 십 년 가까이 되었지만, 지금까지 이런 일은 없었다. 제집 속에 몸을 웅크리고 누워서 입구 쪽으로 머리를 내민 채 조는 것인지, 감았던 눈을 잠깐씩 뜨기는 하지만 나무토막처럼 꼼짝하지 않았다. 동물병원에 데려갔더니 수의사 선생님이 커다란 주사를 두 대 놔 주고는 나이가 들어서 그렇다며 지켜보자고 했다.

병원에 다녀온 뒤로도 잘 움직이지 않던 토니가 제집에서 나와 양지바른 곳으로 자리를 옮겼다. 기력이 회복되는가 싶어서 반가웠다. 덩달아 발걸음이 가벼워진 아내가 얼른 고깃국에 밥을 말아 토니의 턱밑에 가져다 놓고 바라보아도 전혀 입질하지 않았다.

다음 날 아침, 선창 밖으로 보이던 작은 섬이 우리의 시야에서 점점 멀어지듯이 토니는 다시 돌아올 수 없는 길을 떠나고야 말았다. 어른들도 서운한 마음을 감출 수 없었지만, 친구처럼 가까이 지내던 아이들은 토니가 불쌍해서 어떻게 하느냐고 눈물을 뚝뚝 떨어뜨렸다. 아마 토니도 우리와 작별하기 서러워서 모두 잠든 시간을 택했나 보다.

서울에 다녀오면서 기차를 타는 바람에 대전역 광장을 지나게 되었다. 많은 사람이 바쁘게 오가는 오후 시간이어서 활기가 넘쳤고, 여기저기서 반갑게 이야기를 나누는 사람들을 보며 생기가 도는 삶의 현장을 만날 수 있었다. 그런데 사람들이 분주하게 움직이고 떠드는 바로 그 곁에 노인들이 앉아있는 벤치는 외딴섬처럼 보였다. 연세가 지긋한 분들이 드문드문 앉아서 오가는 사람들을 물끄러미 바라보거나, 더러는 횃대 위에서 고개를 묻고 있는 닭처럼 졸고 계셨다. 기력 없는 모습이 마치 시든 무청처럼 보였는데 모두 다 할아버지들이고 할머니는 눈에 띄지 않았다. 여자들이 남자들보다 오래 산다는데 할머니들의 모습은 찾기가 힘들었다.

기차에서 내리면서 만난 친구와 커피숍에 들어가 이야기를 나눈 뒤에 밖으로 나오니 땅거미가 깔리는 시각이다. 노인들이 자리를 뜨기 시작했는데 마당에 앉아서 모이를 찾기도 하고 햇볕을 쬐면서 서성이다가 사람들이 다가가면 우르르 달아나는 비둘기 떼같이 삼삼오오 자리를 털고 일어선다. 그런데 여전히 앉은 채 자리를 뜨지 않는 분들의 모습이 하나둘 눈에 들어왔다. 보금자리를 찾아서 날아가는 무리에서 떨어져 갈 곳을 찾지 못하고 나뭇가지에 홀로 자리한 까마귀처럼 쓸쓸해 보이는 모습이 안쓰러웠다. 이런 광경을 바라보면서 저녁시간이 되면 집에서는 내가 돌아오기를 학수고대하는 아내가 있다는 사실이 얼마나 고마운 일인지 몰랐다.

지난가을 어머니가 출타하시던 날, 아내도 집을 비우면서 미안하지만 혼자 저녁식사를 해결하란다. 결혼하면서 아내는 전업주부로 가사를 전담했고 지금도 어머니와 함께 살기에 주방일이 내 차례까지 오지는 않는다. 그래서 나는 남들처럼 밥을 짓거나 반찬을 만들 줄은 몰라도 군대 생활을 하면서 익힌 라면 끓이는 솜씨는 일품이다. 미안해하는 아내에게 걱정하지 말고 라면이나 꺼내놓고 다녀오라며 큰소리를 쳤더니, 냄비에 물까지 부어 두고 식탁에 반찬을 차려놓은 채 집을 비웠다.

모처럼 아내가 없는 방에서 텔레비전을 벗삼아 뒹굴다가 늦은 시간에 식사 준비를 위해 주방으로 들어갔다. 가스관의 중간 밸브를 열고 조절기 손잡이를 180° 돌려서 가스레인지 위에 놓인 냄비에 불을 붙였다. 한참 후에야 물이 끓어서 라면을 넣고 아내가 준비해 둔 달걀까지 풀어 젓가락으로 휘휘 저은 후에 뚜껑을 닫고 기다렸다. 3분이면 펄펄 끓어야 할 라면이 이상스럽게 오늘따라 더뎠다. 김이 올라오면서 다 익은 것 같아 가스 불을 끄고 보니 내가 가스레인지의 손잡이를 잘 못 돌린 채 라면을 끓이고 있었다. 조절기 바닥에는 90° 자리에 불꽃이 두 개, 180°에는 한 개가 그려져 있는데도 나는 관습적으로 화력이 제일 강한 것으로 생각해서 손잡이를 180°로 돌려놓고 라면을 끓인 것이다. 이런 일을 보면서 내가 스스로 식사 문제를 해결하기에는 아직도 한계가 있다는 것을 깨닫게 되었다.

나이가 들면 짐승이나 사람 모두가 어쩔 수 없나 보다. 조용히 자신의 때를 기다리던 토니가 떠오르면서 라면도 제대로 끓이지 못하는 자신을 돌아보니 역 광장에서 마주친 어른들의 모습이 머릿속에서 떠나질 않는다.

밤에 돌아온 아내에게 라면 끓이던 이야기를 들려주면서, 내가 당신보다 하루라도 먼저 세상을 떠나야 한다고 말했더니 걱정하지 말란다. 남들이 싫어하는 삼식이가 되어도 괜찮으니까 건강하게만 살아 있으라고 했다. 그러면서 여자들이 남자보다 칠팔 년은 더 오래 사니까 자기가 내 뒷바라지를 마치고, 몇 년 더 산 뒤에 하늘나라로 가겠다고 말했다. 그리고는 고개를 갸우뚱하면서 또다시 당신에게 혼자 저녁식사를 해결하라고 부탁할 일이 생길까 보아 미리 고도의 전략을 펴는 것은 아니냐기에 둘이서 한바탕 크게 웃었다.

사랑하는 아버님께

아버지께서 우리 다섯 식구의 곁을 떠나신 지도 어느새 열여덟 해가 지났습니다. 처음엔 아버지의 빈자리가 너무 컸으나, 시간이 흐르면서 조금씩 잊어버리고 생활하다가 어느새 제 곁에서 완전히 떠나셨습니다. 그런데 지난달 경선이의 혼례를 치르고 예전처럼 여섯 식구가 밥상에 둘러앉고 보니 아버지 생각이 되살아났습니다. 아버지의 자리에 손주 사위라는 낯선 젊은이가 버티고 앉아 있는데도 놀랍지 않고, 오히려 든든하기만 한 것이 어찌 된 일인지 알 수가 없습니다.

아버지께서 살아계실 때 막 중학생이 되어 자랑스럽게 생각하셨던 손녀딸 경선이가 자라서 서른세 살 성숙한 처녀가 되었습니다. 그동안 많은 날 어머니의 기도 제목이었던 '예비하신 배필'을 하나님께서 허락하셔서 늦은 나이로 지난달 3일에 결혼 축가 「10월의 어느 멋진 날에」를 들으면서 하객들의 축복 속에 새 보금자리를 마련했습니다. 서른여섯 노총각이지만 손주사위는 건실하고 믿음직스러운 사람입니다. 수의사로 논산지역에서 활동하고 있습니다. 본가가 서울이어서 오랫동안 자취생활을 하다가 가정을 꾸렸기에 본인이나 시댁의 어른들이 경선이를 어찌나 예뻐하는지 모릅니다. 이 부부의 가정과 앞날을 아버지께서도 지켜 주시기 바랍니다.

사랑하셨던 손자 여일이는 서른한 살의 청년으로 자라 삼성전자에 근무하고 있습니다. 충남대학교에서 학부를 마치고 석사학위를 받은 뒤에, 취업해서 5년째 출근하고 있는데 회사 일이 너무 힘들어 보입니다. 이른 아침 집에서 나가 6시 30분 통근버스를 타고 회사에 도착하여 늦은 시간까지 근무하다가 밤 11시가 되어야 집에 돌아오고, 자기 방에서 6시간 눈 붙이고 다시 출근하는 모습이 안쓰럽기도 합니다. 개미 쳇바퀴 돌듯이 매일매일 피곤한 생활을 반복하고 있지만 그래도 불평하지 않고 열심히 출퇴근하는 모습을 볼 때 기특합니다. 이제 가정을 꾸려 우리들의 곁을 떠날 나이가 됐는데 아직 하나님께서 준비해 두신 짝을 만나지 못해서 저희도 열심히 기도하고 있으니 아버지께서 도와주시길 바랍니다.

어머님은 올해 여든일곱이 되셨습니다. 여전히 정정하셔서 가을걷이를 끝내 놓고 요즈음은 집 울안에 있는 감나무에서 수확한 감으로 곶감을 만들기 위해 날감을 켜 널면서 소일하고 계십니다. 이번 주가 지나면 아마 김장으로 바빠지실 것이고, 일 년 먹을 김장을 하면 또 한 해가 저물겠지요. 특히 올해는 살림을 난 손녀딸 경선네 김치까지 담그느라고 더욱 일거리가 많겠지요. 그렇지만 워낙 일하기를 좋아하는 어머니의 성품으로 보아 오히려 즐거워하면서 "그게 사람 사는 재미가 아니겠냐?"고 반문하실 겁니다.

아버지가 생전에 많이 사랑하셨던 며느리는 지난 3일에 친정아버지를 하나님의 부르심으로 하늘나라로 보내드려야 했습니다. 장인어른께서 여든여덟의 연세로 큰 병을 앓지 않고 좋은 계절 따뜻한 날씨 속에 하나님 품으로 가셨습니다. 지금쯤 아버지와 함께 즐겁게 지내시면서 저희를 내려다보고 계시겠지요. 저보다는 집식구의 슬픔이 말로 표현할 수 없이 크겠지만 내색하지 않고 잘 지내는 아내가 고맙기만 합니다. 장인어른께서는 경선이의 결혼을 치르고 난 뒤 꼭 한 달 만에 저희에게 일일이 잘 살라는 유언을 하시고, 우리 곁을 떠나셨습니다. 장인어른께서도 우리를 많이 생각해 주셨습니다. 삼우제를 지낸 지 오늘이 열흘째가 되는 날입니다.

아버지

알고 계신 것처럼 저는 대전대신고등학교에서 아이들을 가르치다가 교감으로 승진했고, 삼 년 뒤 대전대신중학교의 교장이 되었습니다. 그리고 이년 뒤에 대전대신고등학교 교장으로 부임했다가 2월 말에 정년퇴임을 했습니다. 만 35년간을 결근 없이 근무할 수 있었던 것이 모두 주님의 축복으로 알고 깊이 감사드립니다. 그리고 3월 2일부터 배재대학교 입학사정관으로 위촉되어 학교에 출근해서 전망이 좋은 연구실에 앉아 책을 읽고 글 쓰고 틈틈이 좋아하는 커피를 끓여 마시면서 즐겁게 살고 있습니다. 학생들과 재미있고 바쁘게 생활하다 보니 올해 달력도 두 장밖에 남지 않았습니다.

이렇게 저희가 주안에서 행복하게 살아가는 것도 모두 다 아버지와 어머니 그리고 주변에서 염려해 주시고 함께 기도해 주시는 분들의 은혜임을 잊지 않고 있습니다. 우리 가족들이 이 땅에서 살다가 하늘나라에서 아버님을 뵐 때까지 항상 지켜봐 주십시오. 기대를 저버리지 않는 자녀로 살겠습니다.

2013년 11월 16일

아버님의 사랑하는 아들 올림

사랑하는 당신에게

　주 안에서 우리가 부부의 인연을 맺고 가정을 이룬 것이 벌써 사십 년이 지났군요. 부모님을 모시고 살면서 남매를 낳아 길렀는데, 이제는 각기 보금자리를 꾸려 우리의 곁을 떠났어요. 자녀가 장성하면 결혼하여 부모의 슬하를 떠나는 것이 당연한 일이지만, 함께 생활할 수 없다는 것이 내게는 못내 아쉬웠어요.

　아들의 결혼을 준비하면서 우리 집에서 같이 살고 싶다고 이야기했을 때 당신이 말도 안 되는 소리를 한다고 대꾸했지만, 우리처럼 삼대나 사대가 한 집에서 살아가는 것은 보기 좋은 모습이라고 나는 생각해요.

　학교를 졸업하고 직장생활을 하면서도 여전히 나는 부모님 밑에서 아들로 살았지요. 결혼하면서 우리는 둘만의 새로운 가정을 꾸민 것이 아니라 당신이 우리 집에 새 식구로 들어왔어요. 그렇게 살아가면서 딸과 아들을 낳아 부모님에게 안겨드렸고, 두 분은 사랑스러운 손주들을 길러 주시면서 우리의 보호자로 집안 어른으로 버팀목이 되어주셨어요.

아침에 출근했다가 저녁에 퇴근하면서 나는 커다란 어려움 없이 지냈지만, 당신은 시부모를 모시고 새로운 환경에 적응하느라 마음고생이 많았으리라는 생각을 미처 하지 못한 채 살아왔어요. 돌이켜 보면 그동안 당신의 마음고생이 한없이 컸으리라는 것을 느끼게 되는군요.

두 분의 품 안에서 자라난 아이들이 유치원을 졸업하고, 학교에 입학하면서 책가방의 무게가 무거워질수록 할아버지와 할머니를 더욱더 기쁘게 해드렸어요. 그동안 아버님이 주님의 품에 안기시고, 사회적으로 어려운 시기였지만 학업을 마친 아이들이 모두 직장을 잡아 출근하게 되었어요. 그래서 당신에게 아이들을 잘 길러 주어 고맙다고 이야기하자, 오히려 부모님이 많이 도와주셔서 우리 가족이 오늘과 같은 행복을 누릴 수 있게 되었다고 두 분에게 공을 모두 돌렸어요. 그래서 나는 더욱더 당신에게 고개를 숙일 수밖에 없었어요.

딸아이가 결혼하여 집 가까이 살면서 주일마다 찾아오는 바람에 당신은 사위를 위해 한껏 솜씨를 발휘하여 온 가족이 별식을 나누면서 한 주를 보내곤 했어요. 딸아이가 출산하자 당신은 팔을 걷어붙이고 산후조리를 맡았어요. 하루가 다르게 자라면서 재롱떠는 외손녀의 행동이 우리 아이들을 기르던 때에는 미처 발견하지 못한 귀여운 모습이었어요. 딸아이의 출산휴가가 끝날 즈음에 당신은 외손녀를 길러 주어야 한다고 선언했어요. "어머님이 우리 아이들을 길러 주셨으니까 나도 딸의 육아를 돕겠어요."라면서 시어머니가 보여주신 헌신적 사랑을 외손녀에게 베풀겠다는 당신의 이야기에 가슴이 뭉클했어요.

　일곱 살, 다섯 살로 자라난 두 아이가 손잡고 함께 유치원에 다니면서 "나는 할머니가 제일 좋아." "나도" 하는 이야기를 들을 때면 역시 공들인 보람은 있는 법이라는 생각을 하게 되는군요. 주일날이면 우리 집 대문 앞에 서서 초인종을 누르며 "할머니!" 부르는 소리에 "아이코 내 새끼들 왔구나." 하는 당신의 목소리는 아이들의 탄성을 자아내게 만들어요.

　어린 것들이 우리 집으로 오면 안방부터 옥상까지 놀이터가 되지요. 손주들이 돌아가고 난 뒤에, 나는 돌아다니며 흩어져 있는 물건들의 자리를 찾아 옮겨놓기 바빠요. 시간이 뒤바뀐 탁상시계의 시간을 맞추고, 마당에 흩어진 빗자루와 쓰레받기를 나란히 놓으면서 당신 얼굴을 바라보곤 해요. 내년이면 미국에 주재원으로 나가 있는 아들이 돌아올 텐데 당신은 또 친손주들을 끌어안으며 "내 새끼는 내가 돌봐야지." 하면서 아들 집 근처로 옮겨가자고 말할지도 모르겠군요.

　축 늘어진 당신의 두 어깨가 통증을 하소연하지만, 그래도 할머니와 할아버지 사랑을 듬뿍 받고 자라는 아이들의 행복지수가 더 높다고 했던 당신의 말이 귓가에서 맴돌아요. 이렇게 할머니 품속에서 자란 아이들이 훗날 "할머니 고맙습니다." 하는 인사를 하면 모두가 하나님의 축복이라면서 당신은 눈물을 훔치겠지요.

　여보, 고마워요. 당신이 건강하게 곁에 있어 주기를 기도드려요.

　사랑하는 당신의 남편이

(주부편지 제376호, 2020년 6월)

이사장님과의 인연

나는 설립자 이기억 이사장님의 많은 은혜를 입고 학교에 근무했다. 내가 근무했던 대전대신 중·고등학교는 사립학교이기에 모든 교직원의 인사권은 이사장님께 있다. 그런데 우리 학교 이사장님께서는 생전에 학교 교직원의 채용에 간여하신 일이 없으신 분이다.

나는 대전 대신고등학교에 교사로 부임하여 21년(1978-1998), 교무부장직을 6년(1999-2004) 맡았고, 교감으로 2년 반(2005-2007)을 근무했다. 그리고 대전대신중학교 교장으로 임명을 받아 3년 반(2007-2010), 대전 대신고등학교 교장을 맡아 2년(2011-2012)을 학교 관리자로 근무하고 2013년 2월 말에 정년퇴직했다.

교무부장직을 맡아 교장, 교감선생님과 함께 학교 운영에 대하여 의논하면서 학교경영에 직·간접적으로 참여하게 되었다. 학교의 신규교사를 초빙하는 일에도 관여하여 좋은 교사를 선발하면서 학교를 내실 있게 만들기 위해 노력했다.

서울에서 사업체를 운영하는 이사장님께서는 학교 방문하시는 기회가 아주 적어 1년에 한두 번 정도이다. 그런데 졸업식장엔 꼭 참석하셔서 졸업생들을 축하해 주시고, 사회에 진출하여 자기 분야에서 최선을 다하는 사람이 되어야 한다는 당부의 말씀을 빠뜨리지 않으셨다. 학교의 모든 살림살이는 교장, 교감선생님에게 맡기셨는데, 이사장님의 이런 훌륭한 경영철학은 이사장직을 아드님에게 넘기실 때까지 계속되었다.

대전 대신고등학교 3대 교장을 지내신 이기종 교장선생님께서는 내가 신임교사로 인사하던 1978년 3월에 교장 직무대리를 맡으셨던 분이시다. 이기종 교장선생님은 대신중학교 교장을 거쳐 대신고등학교 교장으로 2002년 2월에 퇴임하시기까지 24년간을 학교장으로 재직하셨다. 이기종 교장선생님은 오늘날 명문 대신고등학교로 만드는 데 가장 크게 기여하신 분이다. 대신고등학교가 대전 지역사회뿐만 아니라 전국적으로도 명성을 떨칠 수 있도록 기틀을 이룩하신 것은 임기가 길기도 했지만, 이사장님으로부터 모든 권한을 위임받아 소신껏 학교를 경영하신 덕이다.

학교에 근무하면서 나는 대전시교육청의 제7차 교육과정 개편작업에 참여하여 교육과정을 편성하고, 홍보하기도 했다. 그리고 각 학교의 교육과정을 분석한 뒤에 환류하여 정착시키는 활동도 이어갔다. 그러는 동안에 장학진이나 공립학교 선생님들과 폭넓은 교유를 맺을 수 있었다. 그래서 지금도 공립학교의 여러 교장, 교감선생님이나 교육청의 전문직들과도 인연을 맺고 지낸다.

대신고등학교의 교감으로 승진한 뒤에도 나는 대전시교육청의 교

육과정 분석 작업과 교육인적자원부의 7차 교육과정 수정작업에 참
여하여 활동했다.

어느 날 장학사님들과 이야기를 나누다가 우리 학교 이사장님 자
랑하게 되었다. 고결한 이사장님의 성품과, 학교 경영권을 모두 학교
장에게 일임하신 것, 그래서 학교 경영이 다른 사학에 비해 투명하다
는 말씀을 드렸다. 그리고 내가 교감으로 근무하고 있지만, 아직도
이사장님을 개인적으로 찾아뵌 적도 없고, 이사장님 댁에 인사드리
러 가지도 못한 사람이라는 이야기를 했다. 그랬더니 정책담당관실
의 민윤희 장학사님께서 들으시고는 그런 훌륭하신 이사장님이 계시
냐면서 칭찬을 아끼지 않으셨다.

교감 지명을 받고 연수를 다녀온 뒤에, 교감으로 근무하면서도 이
사장님께 인사를 드리러 가지 못한 것은 나의 불찰임은 틀림없다.
교장선생님께서 "언제 함께 이사장님을 뵙고 인사를 드리러 가자."라
는 말씀을 하셨기에 이제나저제나 때를 기다리고만 있었다. 생각해
보면 먼저 이사장님 댁으로 인사를 드리러 가자고 말씀드리지 못했
던 나의 주변머리 없는 성격도 문제가 많다는 것을 나는 잘 알고 있
다.

학교의 관리자가 되고서도 학교경영을 맡겨주신 이사장님께 인사
를 드리러 가지 못한 그런 성격의 소유자가 다른 곳에서 근무했으면
어찌 되었을지는 누구나 알 수 있는 일이다.

그 후에 민 장학사님께서 이사장님께 감사의 글을 메일로 보내야
겠는데 이사장님 이메일 주소를 알려달라는 이야기를 전해 듣고 서

울에 있는 이사장님 비서의 메일주소를 알려 드렸다. 그리고 졸업식 때 이사장님을 뵙는 자리에서 민윤희 장학사님과 있었던 말씀을 드리면서 장학사님이 보낸 메일을 보셨냐고 여쭈었더니 못 보셨다면서 한번 봤으면 좋겠다고 말씀하셔서 민 장학사님께 여쭈어보니 보냈는데 확인을 못 했다고 하시면서 한 번 찾아보겠다고 하셨다. 그리고 그 후에 메일을 찾아 다시 보내드렸다면서 나에게도 민 장학사님이 이사장님께 보낸 메일을 전해주셔서 읽은 기억이 난다.

이사장님께서는 평소에도 "나는 학교의 일은 전혀 알지 못하니 교장, 교감선생님은 선생님들께서 학생들을 잘 가르치실 수 있도록 도와주셔야 한다. 그리고 재단에서는 학생들을 교육할 수 있는 여건을 마련해 드리면 된다."라고 말씀하셨다.

우리 학교 설립 20주년 기념식장에서 이사장님의 훈화 말씀은 지금도 나는 머릿속에 뚜렷하다.

"언젠가 학교에 채용되신 선생님의 부모님께서 고맙다고 하시면서 식사대접하겠다는 것을 거절했더니 생선을 한 상자 보내주셔서 잘 먹은 일이 있다. 선생님들이 개인적으로 이사장을 찾아올 필요는 없다. 물건을 사서 갖고 오시는 분도 계신데, 그래도 사업하는 내가 선생님들보다는 더 잘살지 않느냐?"고도 반문하셨다. 그리고는 "우리 학교가 교사 채용에 금품수수가 있거나 혹은 학교에 비리가 있어서는 안 된다."라고 당부하셨다. 이사장님께서 "학교에서 여비 한 푼이라도 받은 일이 없음으로 전교조에서 이야기하는 학교의 비리가 우리 학교에 있을 수 없다. 그래서 전교조의 활동이 우리 학교에서는 타당하지 않고, 만일 교장이나 교감선생님이 학교의 관리자로 비리에 연루되어선 안 된다. 전교조에서 이야기하는 교사 채용에 금품수수가 있는 사람들이 있다면 나하고 같이 근무할 수는 없다."고 단호하게 말씀하신 것을 기억하고 있다.

이사장님께서는 자신이 가난해서 학업을 계속할 수 없었던 아픔을 갖고 계셨기에 기업을 통해 벌어들인 재산을 학생들의 교육 시설에 아낌없이 투자하셨다. 그리고 경제적으로 어려운 학생들이 학업을 닦을 수 있도록 장학혜택을 많이 베풀어 주셨다.

나도 경제적으로 어려운 가정에서 태어나 어머니의 헌신적인 노력으로 공부할 수 있었기에 교직에 몸담으면서 어려운 학생들을 좀 더 배려할 수 있었다. 그리고 대전 대신고등학교에서 근무할 수 있었기에 학생들에게 등록금 독촉하지 않으면서 담임을 맡을 수 있었다. 내가 사회성이 부족한 사람이지만 관리자로 학교생활을 마감할 수 있었던 것은 이기억 이사장님을 만나 근무할 수 있도록 은혜를 베풀어 주신 하나님의 커다란 축복이었다.

『아름다운 세상』을 읽고

– 박대선 연세대학교 총장 자서전

> 태초에 하나님이 천지를 창조하시니라. (중략) 하나님이 그 지으신 모든 것을 보시니 보시기에 심히 좋았더라. (후략) (창세기 1장 1절~31절)

우리가 살아가는 이 세상은 힘들고 어려우며 고달픈 고해(苦海)라고 말하기도 하지만, 어떤 시각으로 세상을 바라보느냐 하는 각도에 따라 크게 다르다는 것을 박대선 박사의 자서전을 읽고서 다시 깨달았다.

나의 아버님은 75세의 연세로 10년 전에 소천하셨고, 어머님은 올해 80이 되셨다. 이런 우리 부모님 세대를 가리켜 '가장 힘든 세상을 살아오신 분들'이라고 말한다. 일제강점기에 태어나 어린 시절 식민지 통치의 질곡(桎梏) 속에서 성장하셨고, 해방의 기쁨도 잠깐, 6·25전쟁을 만났다. 아비규환의 살육(殺戮) 현장에서 처절한 동족상잔의 비통함을 맛보셨으며, 전후에는 가족들의 호구지책을 위해 밤을 낮 삼아 일하셨다. 주린 배를 졸라매며 오직 자녀들을 먹이고 교육하기 위해 헌신하시다가 노후에 대한 대비책도 없이 노년을 맞이하신 분들이다. 그러므로 이 세대의 어른들은 험난한 한국 현대사를 살아오신 산 증인들이시다.

박대선 박사도 아흔의 연세로 우리 부모님의 세대를 살아오신 분이다. 경북 의성군 비안면 쌍계동에서 1916년에 출생하신 박사님은 기독교 신앙을 가진 윤택하고 번족한 집안에서 태어나셨기에 100년 전에 벌써 조부 박영화 목사님께서 교회를 창립하셨다. 돌이켜보면 1885년 우리나라에 기독교가 들어오고, 그 15년 후인 1900년에 경북 의성군 비인면의 산골에 교회가 설립된 것은 놀라운 일이 아닐 수 없다. 박사님의 조부께서는 기미년 독립운동 때 마을 주민들과 독립 만세를 부르고 경찰에 체포되어 대구형무소에서 2년간 옥고 치르셨다. 선친께서도 대구 계성고교 학생으로 조부와 함께 옥고를 치르셨으니 가족들이 당하는 어려움이야 이루 말로 표현할 수가 없었을 것이다. 그러다가 광복이 되고 박사님께서는 일본에 건너가서 선교 활동을 하시는 부모님을 따라 오사카에서 성장하셨다.

관서학원 부속중학교에 입학하여 동급생의 가정교사로 입주해 경제적으로 어려운 부모님을 도우면서 9남매의 맏이로 생활했다. 신학을 공부하기 위해 관서학원 대학 영문학부에 입학하여 'Mastery for Service(학문하는 길은 봉사하기 위한 것이다)'라는 목표 아래 공부하던 중에 1940년 12월 8일 일본의 하와이 공습으로 태평양전쟁이 발발하였다.

박사님은 1940년 대학을 졸업하면서 미국으로 유학 가고 싶었으나, 전쟁으로 인해서 유학길이 막혀 고베중앙신학교에 입학하였는데 졸업을 1년 앞두고 학교가 폐교되었다. 이에 관서학원 신학부로 옮겨 졸업하고, 평양여자신학교 교감으로 초빙되었으나 부친이 반일 독립 운동가이셨기에 취임을 못하고, 한인교회 전도사로 시무하셨다. 서 평양 교회에서 목회할 때에는 목사 가운데 영어를 잘하는 사람을 뽑 아 미국신학교에 유학시키려는 계획을 알고 서울에 있는 친구들이 박사님을 천거하였다고 한다. 그러나 자신의 영달보다는 교회의 의 견을 따르겠다는 생각이었기에 직원회를 열고 의논한 결과 직원들의 반대 때문에 서평양 교회를 떠나지 않으셨다고 한다.

목회하시면서도 어려움이 여간 많지 않았다고 한다. 1946년 3·1절 에 전 시민이 평양 김일성 광장에 모여 기념식을 한다는 공문을 받고, 장대현 교회 김화식 목사를 비롯한 70인이 장대현 교회에 모여서 기 도회를 하기로 결정하고 끝내 참석을 거부하였다. 이에 불참한 11명 의 목사만 유치장에 구속되기도 했으며, 김화식 목사님이 '기독교 자 유당'을 결성하고 함께 활동하기를 원했으나, 목사로 있는 동안에는 정치와 관계하지 않는다는 원칙을 세워 입당원서를 내지 않았기에 수감되었다가 석방되었다.

1951년 1·4후퇴 때 미군 장교가 가족을 모두 대사관으로 옮겨 부산 에서 피난 생활을 시작하셨고, 이어서 교단 추천으로 대사관 면접을 거쳐 십자군장학금을 받고 1952년 유학길에 올랐다. 1930년부터 미 국에 가서 신학을 공부하겠다는 결심을 하고 기도하기 시작한 지 22 년 만에 하나님께서 길을 열어주셨다. 박사님은 하나님을 믿고 하나 님의 계획을 따르려고 노력하는 것이 인간의 도리라고 말씀하신다.

미국 감리교 계통의 가장 오랜 역사를 지닌 보스턴대학교 석사과정에 입학했는데 성적이 우수하여 지도교수의 추천으로 박사과정으로 옮겼다. 화울러 장로의 생활비 지원으로 박사과정을 공부하면서 1953년에 보스턴 유학생을 중심으로 한인교회를 창립하여 첫 예배를 드렸다고 한다. 그리고 웨슬리안대학교 여름방학 캠프에 강사로 초청되자 고국의 후배들을 생각하여 스쿨 크래프트 총장에게 부탁하여 한국 유학생을 1년에 1명씩 웨슬리안대학교에 입학하여 공부할 수 있도록 허락을 받아냈고, 한국 학생들을 추천하여 교계의 지도자로 양성하기도 하셨다.

우리나라는 학연, 지연, 혈연이 뿌리를 깊게 내린 사회이다. 박사님은 한국에서 학교를 나오지 않았지만, 감리교 신학대학에서 교수로 계실 때, 연세대학 동문도 아니었으나 연세대학교의 총장으로 선출되셨다.

총장으로 재직하는 동안에 결재서류는 언제나 정독한 후에 서명하셨고, 늦으면 보자기에 싸서 공관에 가져가 밤늦도록 탐독한 후에 결재하여 넘기셨다고 한다. 당시에는 많은 학교에서 학생 입학, 교직원 채용, 교수의 승진이 객관적으로 투명하게 이루어지지 않았기에 소요의 원인이 되었다고 한다. 그렇지만 연세대학교의 학생입학은 반드시 성적순으로 정당하게 이루어졌기에, 1965년 입학사정 합격자 발표에서는 박 대통령의 조카(형님의 아들)가 불합격되는 일이 있었다고 한다. 그때 박 대통령의 조카를 합격시켜 주면 학교발전을 위해 후원하겠다고 압력을 받았으나 원칙을 바꿀 수 없다고 돌려보냈다고 한다. 아울러 동문, 목사, 장로들이 찾아와서 자기 자녀들을 합격시켜 달라는 간청도 거절하셨고, 자신의 막내아들도 성적 미달로 불합격시켰다고 한다. 막내아들이 미국으로 유학 보내 달라는 것도 거절하고 병역의무를 마친 후에 유학하도록 권했다. 결국 막내아들은 재수해서 연세대학교에 합격했다고 한다.

학교와 관계되는 은행, 기업체에서 촌지나 선물을 보내오면 모두 되돌려 보낼 정도로 사셨다. 박사님은 "비록 청빈하게 살지라도 정직하게 양심적으로 사는 사람이 훌륭한 사람이다."고 말씀하신다. 이처럼 박사님은 자신이 걸어온 길이 하늘을 우러러 한 점 부끄럼이 없는 생활이었음을 이 책에서 밝히고 있다.

이런 삶을 살아가는 박사님 같은 분들이 많이 모여 산다면 우리가 사는 세상이 이상적인 사회가 될 수 있으리라는 생각이 든다.

1957년 연희대학교와 세브란스의대가 합동 이사회를 통해서 연세대학교를 구성하고, 통합작업이 마무리되어 한 캠퍼스에서 연세대학교가 탄생하게 되었다. 만일 연희대학과 세브란스의대가 통합하지 않고 그대로 있었으면 우리나라에서 2위의 훌륭한 대학은 되지 못하였을 것이다. 박 총장님은 철조망으로 경계를 분리한 연희대학교와 세브란스의대의 건물을 증축하면서 철조망을 걷어내고 연세 가족의 실질적인 통합에 노력을 기울여 오늘날의 연세대학교를 만드셨다. 지도자는 이처럼 조직의 분열을 일으키기보다는 통합을 잘 이루어내는 비결을 갖춘 사람이어야 한다.

연세대학교 법인 정관 제1조에 "본 법인은 기독교 정신과 국가

교육이념에 기하여 대학교육을 목적으로 한다."라고 규정하고 있다. 정관 제1조는 수정이나 가감할 수 없는 절대 조항이다. 연세대학교를 시작한 선교사나 한국교회가 처음부터 연세대학교는 기독교 정신에 입각한 교육을 한다고 못을 박고 있다. 그렇지 않았다면 그분들은 아예 교육기관을 만들지 않았을 것이며, 그분들은 기독교 정신에 입각한 교육만이 참교육이라고 확신하고 계셨다.

여기에서 나는 우리 학교의 정체성을 생각해 보았다. '홍익인간(弘益人間)과 기독교 정신에 입각한 인재의 육성'이 우리 학교의 설립 취지이다. 이사장님께서는 팔순의 노구(老軀)를 돌보지 않고 오직 대전대신 중·고등학교의 발전을 생각하여 매주 서울에서 기차편을 이용하여 대전까지 내려와 예배를 드리신다. 그리고 시간이 날 때마다 관리자들에게 '기독교 정신에 입각한 교육'을 강조하고 계시다. 이것은 바로 우리 이사장님의 교육관인 동시에 연세대학교를 설립했던 신앙인들의 교육관이기도 한 것이다.

박사님은 대부분의 기독교 학교가 예배는 드리고 있지만, 그 학교의 강당이나 교실을 다목적으로 이용하고 있지, 학교의 중심이 되고 심장이 되는 채플은 하나도 없는 것을 안타까워하셨다. 박사님은 성별(聖別)된 채플관이 있어서 거기에서 예배를 드리는 것이 원칙이라고 생각하여 미국 루스재단의 도움을 받아 루스 채플을 건립하셨다. 그러시면서 "나는 총장으로 재직시 채플 시간을 가장 소중한 시간으로 생각하고 특별한 일이 없는 한 채플에 참석했다."라고 말씀하면서 예배의 중요성을 강조하셨다.

박사님은 독일 정부에서 이과계통의 대학을 육성하고자 하는 뜻이 있다는 계획을 알고, 독일을 방문하여 담당국장을 만났다. 그때 학교 마크가 든 작은 스푼 몇 개를 기념으로 드리고 싶었으나 그만 두었는데, 오히려 독일 정부로부터 연세대학교 공과대학의 큰 건물을 무상으로 기증받았다고 한다. 그러니 선물을 하지 않은 것이 오히려 더 잘된 일이었다. 이런 경우에 우리나라에서는 뇌물에 가까운 사례를 표하는 것이 관행이다. 그런데 선진국에서는 그렇지 않은 것을 보면 얼마나 투명하고 정직한 사회인지 미루어 짐작할 수가 있다.

1974년 전국적인 반정부 데모로 박 대통령은 비상선언 제 7 호를 발령하고, 교수와 학생들 200여 명을 구속하여 가뒀다. 그러나 연이은 학생 데모로 1975년 봄에 교수와 학생들을 석방하면서 정부는 공문을 보내 교수와 학생을 복직이나 복교시키면 안 된다고 엄하게 경고했다고 한다. 명령을 듣지 않는 학교는 폐교하겠다고 위협했으나, 박 총장님은 당국의 명령을 어기고 교수의 복직과 아울러 학생 15명을 복교시켰다고 한다. 이에 문교부에서는 교무처, 재무처, 재단 사무처에 감사를 시행하여 입시 부정, 경리상의 문제점이 있는지 점검하였다. 1차로 파견된 감사팀이 흠을 찾아내지 못하자 3차에 걸쳐 감사반을 보냈으나, 부정을 발견하지 못한 채 결국 총장 해임을 이사장에게 요구했다고 한다. 박 총장님은 대학총장이 할 일을 하고 어디서나 큰소리를 칠 수 있으려면, 학교 경영자들의 행정이 깨끗해야 가능하다고 말씀하셨다.

결국 박 총장님은 1975년에 사직서를 제출하게 되었다. 1964년 9

월 48세의 젊은 나이로 연세대학교 총장에 취임하여 1975년까지 11년간 연세대학교 총장을 역임하시고는 "학교를 나의 생명과 같이 아끼고 사랑했다."라고 회고하신다. 나도 학교를 떠날 때 박 총장님처럼 "나는 대신고등학교를 나의 생명과 같이 아끼고 사랑했다."라고 말할 수 있을까 반문해 보게 된다.

앞으로 우리 사회도 실력이 있고, 진실하며, 신념이 있는 사람들이 지도자로 등용되어야 우리 사회가 더욱 발전할 수 있다. 그래야만 우리나라가 세계무대에서 더 크게 활약할 수 있다고 생각한다.

박 총장님이 퇴임 후에 약수터에서 만난 사람이 연세대학에서는 다른 대학과 달리 교수를 복직시키고 학생들을 복교시킨 것은, 신앙에서 나온 것인가 아니면 총장님의 수양에서 온 것인가 하고 물었다. 박 총장님은 "수십 년간 교육자로 강단에서 가르치실 때 내가 죽어서 학생들에게 애석함을 받는 사람이 되기를 원하는데, 그 근본정신은 기독교의 희생정신에서 오는 것이다. 그 정신을 가지고 유신 시대에도 정의를 위해서 무엇인가를 해야 한다는 정신이 나로 하여금 그 길을 가게 만들었다."라고 대답하셨다고 한다.

오직 여호와를 앙망하는 자는 새 힘을 얻으리니 독수리의 날개 치며 올라감 같을 것이요, 달음박질하여도 곤비하지 아니하리로다. (이사야 40장 31절)

박사님은 험난한 한국 현대사를 살아오신 이사야 선지자의 말씀처럼 오직 여호와만을 앙망하는 자세로 일생을 진실하게 살아오셨다. 박사님의 삶의 족적인 『아름다운 세상』을 읽으면서, 아름다운 세상을 볼 수 있는 시각을 가질 수 있는 자세를 조금이나마 깨닫게 되었다.

흙의
속삭임

좋은 이웃으로 살아가기

옆집에 나이가 든 부부가 새로 이사 왔다. 저녁이 되어 잠자리에 누우니 닭 우는 소리가 들린다. 새벽녘에도 닭 우는소리에 잠을 제대로 잘 수가 없었다. 그런 일이 여러 날 이어졌지만, 도회지에서 닭을 기르지는 않으리라 생각했다. 아마 여름을 나면서 식구들 복달임 음식으로 쓰려고 가져온 것 같다는 느낌이 들었다. 우리도 집에서 오랫동안 개를 기르던 있었다. 하루는 이웃에 산다는 청년이 찾아와서 거칠게 항의하는 바람에 식구들의 귀염을 독차지하던 흰색 스피츠를 시골에 사는 친척 집으로 떠나보냈다.

그때 청년의 항의에 맞대응하면서 다투거나 개 기르기를 고집했다면, 이웃들과의 관계도 나빠지고 동네 사람들로부터 손가락질을 받았을지도 모른다. 그렇지만 주변에 사는 분들을 미처 생각하지 못했던 것을 미안하게 생각하면서 집을 잘 지키던 귀염둥이와 이별의 슬픔을 택했다.

좋은 이웃을 만나는 것은 커다란 복이다. 대문을 나서면서 아침저녁으로 얼굴을 대하는 사람들이 서로 배려하고 존중한다면 살기 좋은 동네가 될 것이다. 작은 먹거리라도 서로 나누고, 애경사에 슬픔과 기쁨을 함께하면서 지내는 다정한 이웃들을 두었다면 더없이 행복할 것이다. 그렇지만 이웃끼리 반목하고 증오한다면 얼마나 견디기가 힘들까.

요즈음 나라 안팎이 무척 시끄럽다. 이웃 일본이 우리한테 싸움을 걸어오면서 다시는 안 볼 것처럼 행동하고 있다. 지난달 반도체 제조에 사용되는 불화수소 등 3개 품목에 대한 수출 규제를 했고, 이 달 2일에는 백색 국가(화이트리스트, 수출심사 우대국) 제외 대상으로 결정했다. 우리에게 경제전쟁을 선포하면서 이웃이 아니라 적대국처럼 대하고 있다.

이번 사태로 인해 1965년 국교 정상화 이후 유지되고 발전해 온 한·일 경제 파트너십과 동북아 안보 협력의 근간이 흔들리고 있다. 일본의 선제공격에 우리도 한·일 군사정보 보호 협정인 지소미아(GSOMIA) 폐기를 검토해야 한다는 의견이 나오고 있다. 우리나라 대통령도 이번 기회에 일본을 이겨 우리 민족 대대로 내려오는 한을 풀자는 결의를 보였다. 이제 두 나라는 레일 위를 마주 보고 달리는 열차처럼 커다란 어려움에 빠질 것 같아 안타깝다.

운동경기에서 승자는 영광의 월계관을 쓰고 기쁨을 누릴 수 있다. 그렇지만 운동경기가 아닌 싸움에서는 승자건 패자건 모두 상처를 입게 마련이다. 우리 국민이 단결하여 노노-재팬(NONO-JAPAN)으로 일본 상품 불매와 일본 여행 금지를 외치는 것처럼 일본도 맞대응하며 나올 것이다. 결국 싸움이 점점 격화되면 두 나라 모두 돌이킬 수 없는 상처를 안게 될 것이다.

역사적으로 일본이 밉고 괘씸하며 용서할 수 없는 것도 사실이다. 그러나 우리가 그들 곁을 떠나 다른 지역으로 옮겨갈 수도 없는 노릇이고, 일본열도가 한반도에서 멀리 달아나지도 못하는 지정학적 여건 속에 두 나라가 놓여있다. 자자손손 이웃으로 살아갈 수밖에 없기에 양국이 꾸준한 노력으로 원만한 해결점을 찾아서 살아가야 할 것이다.

감정적인 대응은 쉬운 일이다. 우리와 후손들이 일본에 대한 분노를 넘어 적개심만 간직하고 서로를 미워하면서 살아간다면 그것은 우리 자신에게도 불행일 수밖에 없다. 그러므로 600만 명을 학살했던 독일의 만행에 대해 '용서는 하되 잊지는 말자.'라는 유대인의 교훈을 참고해서 우리도 일본의 소행을 잊지 말고 그들을 능가하는 나라를 만들어야 한다.

먼저 우리 국민 사이에서 순수하게 일어난 불매운동을 더욱 확산시켜 나가야 하겠다. 그러나 관에서 주도적으로 나서거나 개입해서는 안 된다. 시민들의 자발적인 운동으로 마음에서 마음으로 이어지고, 들불처럼 번져서 일시적인 반대 운동이 아니라 지속해서 확대해 나가야만 하겠다.

정부에서는 자라나는 청소년들에게 역사교육을 강화하여 일본의 실상을 자세하게 알려주어야 한다. 그리고 부품 소재 국산화를 위한 자금력과 기술개발을 위해 우수한 기술 인력이 필요하므로 재정지원과 인재 양성을 위한 단기-중장기적 대책을 세워 추진해 나가야 할 것이다.

이러한 대책을 추진하면서 국민과 정부가 힘을 모은다면 우리는 실력을 갖춘 나라를 후손에게 물려 줄 수 있고, 우방으로서 또 좋은 이웃으로 살아갈 수 있을 것이다.

(금강일보, 2019. 08. 12.)

흙의 속삭임

　퇴직 후 소일거리를 생각해 도시 근교에 작은 밭을 한 필지를 장만했다. 자동차로 한 시간 가까이 달려야 도착할 수 있는 거리여서 자주 찾아갈 수 없었다. 동네의 한 어른에게 농사를 짓도록 맡겨두고, 한 모퉁이에 넉넉하게 채소를 심어두었다. 그리고는 한 달이면 두어 번 어머니와 아내랑 함께 가서 땀을 쏟았다.

　만물이 기지개를 켜는 봄이 오면 요것조것 따져가면서 땅에 심어야 할 작물을 선택한다. 그런 후 밭에 나가서 흙먼지를 뒤집어쓴 채 거름을 내고 땅을 파서 갈아엎은 뒤에 흙을 고르며 이랑을 만든다. 옷 속으로 파고드는 바람이 매서워도 씨앗을 뿌리고는 토닥토닥 흙 이불을 덮어주면서 어린싹을 틔워 땅을 헤집고 올라오기를 기도한다. 시간이 지나면서 작은 알갱이 속에 숨어있던 생명체가 껍질을 깨뜨리며 흙을 뚫고 밖으로 나와 새로운 세상에 뿌리를 내리고 호흡을 시작한다. 이 같은 위대한 탄생에 나는 경탄하지 않을 수 없다.

　농사짓는 일은 쉽고 재미있거나, 도회지 사람들이 생각하는 것처럼 낭만적인 것은 결코 아니다. 여름철이면 뜨거운 낮 시간대를 피하려고 이른 아침에 밭으로 간다. 농작물들은 하루가 다르게 경쟁하듯 자란다. 밭이랑에 들어서서 작물들과 인사를 나누며 이리저리 돌아 다니면서 살펴본다. 벌레가 먹었으면 병해충을 제거하고, 땅이 메마 를 때는 물을 뿌려주며 풀을 뽑는다. 잡초는 어디에 숨었다가 나타나 는지 밭에 갈 때마다 뽑아버려도 뿌리를 내리면서 끈질긴 생명력과 무서운 번식력으로 농작물을 위협한다. 과거 한때 '범죄와의 전쟁'이 라는 섬뜩한 슬로건을 내걸었던 정부를 떠올리며 나도 풀과 전쟁을 치른다고 생각한다.

일하다 보면 모자를 적신 땀방울이 눈으로 파고들기도 하고, 얼굴 과 상체를 타고 흘러내리면서 땀으로 미역을 감는다. 비 오듯 흐르는 땀은 바지를 타고 내려가 장화 속으로 스며들어 걸음을 걸을 때마다 찔꺽거린다. 훅훅 열기를 뿜어내는 밭에서 일을 하다 보면 입안과 목이 타들어 가 가득 담아 온 얼음물 한 통을 금세 비운다. 점심때가 되면 준비해 간 도시락으로 간단하게 점심을 먹는다. 식사를 마친 뒤에는 휴식을 취하기 위해 풀밭에 눕기도 하지만, 해충이나 병을 옮기는 진드기 때문에 마음 편히 쉴 수도 없다. 힘든 날엔 "어머니가 돌아가시면 우린 농사 끝이다."라고 아내에게 속삭이지만, 그도 말뿐 이다.

풀과 사투를 벌이다가 저녁때가 되면, 어머니와 아내는 전리품으 로 얻은 열무·오이·시금치 등을 품에 안고는 얼굴 가득 웃음을 짓는 다. 그 모습에 나도 입이 절로 벌어진다. 어머니는 "기름값 생각하면 우리는 참 비싼 채소 먹는다."라고 말씀하면서도 수확하는 기쁨에 마냥 즐거워하신다. 아내는 농약을 적게 살포해서 친환경으로 가꾸는 먹거리를 자랑스럽게 여긴다. 그래서 늦도록 일을 해도 집으로 돌아가는 발걸음은 언제나 가볍다. 집에 도착하면 아내는 차에 싣고 온 보따리를 풀어서 '보기보다는 맛이 있을 것'이라는 말을 덤으로 얹어 가까운 친지들에게 한 움큼씩 건넨다. 그러고 며칠 후 "시장에서 파는 것과 달리 싱싱하고 깊은 맛이 있어서 좋았다."는 답례인사를 들을 때엔 나도 뿌듯함을 느끼곤 한다.

농부들은 생명을 가진 작물이 자라나고, 꽃을 피우며, 열매를 맺는 것을 보면서 보람을 느낀다. 씨앗을 뿌려두면 푸성귀가 자라나는 것을 보고 싶어서 밭에 가지 않을 수가 없다. 내 안에서도 이런 마음이 피어오르는 것을 보면 나도 농부가 다 된 것 같다. 농사꾼은 모성애를 지닌 어머니처럼도 여겨진다. 아이 엄마는 말 못 하는 발가숭이가 배고파하는 것을 보면 꼭 끌어안고 젖을 먹인다. 몸에 오물이 묻으면 깨끗이 씻어주고, 한밤중이라도 어린것이 칭얼댈 때는 일어나서 보살핀다. 날이 덥거나 추우면 옷을 갈아입히고 실내온도를 조절해서 평안하게 잠들 수 있도록 해준다. 열이 나거나 설사를 하면 약을 찾아 먹인다. 마찬가지로 농부도 작물이 필요로 하는 물과 거름을 주며, 괴롭히는 병충해를 제거하고, 토양을 관리하면서 정성을 기울인다.

사람들은 '농사는 8할이 하늘에서 짓는 것'이라고 말하는데 우리 가족이 농사일을 하면서 '농작물은 농부의 발자국 소리를 듣고 자란다.'는 흙의 속삭임을 나는 들을 수 있었다.

한국산문 제130호 (2017년 2월호)

버리는 것도 훈련이 필요하다

　우리 가족은 지금 사는 이 집에서 40년 가까이 살고 있다. 오랫동안 한집에 살면서 이사를 하지 못한 이유로는 아이들을 배려하는 마음이 먼저였다. 이사해서 아이들이 학교를 옮기게 되면 친구 관계를 형성하는 데 어려움을 느낄 수도 있고, 새로운 학교 환경에 적응하려면 심리적으로 위축될까 봐 집을 옮기지 못했다. 그리고 경제적으로도 부담이 되겠지만, 서가에 있는 책을 옮기는 일도 여간 어려운 것이 아니어서 지금까지 그냥 사는 이유도 된다. 그러니까 집 안 구석구석에 놓여 있는 물건 가운데 버려야 할 것들이 상당히 많다. 간혹 짐을 정리하다 보면 필요 없는 것들이 여기저기서 쏟아져 나온다.

　해가 바뀌어 사무실을 옮기거나 업무를 인수인계하면서 책상 서랍을 헤집어 보면 필요 이상으로 많은 물건을 쌓아두고 있는 것을 발견하게 된다. 사용하지 않는 물건은 필요한 사람들에게 나누어 줄 줄도 알고, 쓸 수 없는 것은 버리면서 살아야 하는데 그렇지 못한 채 생활하고 있다.

그동안 사용해 오던 사무실을 이제는 비워야 할 시간이 되었다. 틈틈이 짐을 정리해야겠다는 생각으로 먼저 책상 위에 놓인 책과 서류와 필통을 정리하고, 서랍을 뒤지기 시작했다. 서랍 안에는 잡동사니가 많이 들어있다. 처음 인사를 나누던 사람들에게서 받은 명함, 가까이 지내던 사람들이 보낸 초청장, 연하장, 편지, 오래된 사진, 플로피 디스켓과 CD, 연필과 볼펜 등 그 숫자를 헤아릴 수가 없다. 하나하나 살펴보면 버리기에는 아깝고, 보관하자니 짐이 되는 물건도 꽤 많다.

학교에서는 해마다 새 학년이 시작되기 전에 문서를 이관하면서 책상을 정리하고, 불필요하다고 생각하는 것을 내다 버린다. 그런데도 한 해가 지나면 또다시 쌓이게 마련이다. 책장에는 여기저기서 받은 각종 자료와 홍보용 책자, 월간지나 소식지, 그리고 정기 구독한 잡지와 지인들이 보내온 문집 따위가 들어찼다. 책을 모두 상자에 담아서 폐지 창고에 버리자니 돈 주고 산 것은 아깝고, 또한 증정본은 보내온 분들의 땀방울과 정성을 생각하면 차마 버릴 수가 없다. 그래서 집으로 가져가고 싶지만, 집의 서가도 한계가 있어서 책을 꽂기도 불편하고, 책장을 새로 사자니 좁은 공부방에 들여놓을 곳도 없다.

하루는 책상 위에 앉아서 컴퓨터를 부팅시키고, 컴퓨터 안에 저장된 파일을 정리했다. 업무를 맡으면서부터 모으기 시작한 각종 규정집과 좋은 수업을 위한 교직원의 연수 자료와 전공 교과를 위해서 모아둔 파일들이 셀 수 없이 많았다. 행사를 진행을 해왔던 프로그램과 학교 홍보에 관한 자료와 생성한 결재문서까지 파일을 항목별로 잘 정돈해 두지 못해서 여기저기 흩어져 있거나 중복된 것들이 한둘이 아니었다. 앞으로 더 참고하거나 사용할 필요가 없다고 생각되는 것을 골라 지우기 시작했다.

그러면서 자료를 점검할 때마다 열정을 갖고 학교 일을 하던 시절이 주마등처럼 머리를 스쳐 갔다. 함께 자료를 모으면서 분석하고, 협의하면서 고생했던 선생님들의 모습이 살아났다. 열과 성을 다해서 동고동락했던 선생님들에게 그동안 고마운 마음을 표현하지도 못한 채 지내왔다. 일은 혼자서 하는 것이 아니다. 또 준비하는 과정도 힘들고 많은 시간이 걸린다. 그런데 그동안 묵묵히 도와준 분들이 있었기에 가능한 일이었다. 그리고 그런 과정을 통해 서로 가까워지고 성장할 수 있었다는 것을 다시금 깨닫게 된다.

자료를 선생님들에게 나누어 주고 싶어도 받는 사람이 어떻게 생각할지 몰라서 망설여진다. 별것도 아닌 것을 가지고 괜히 생색을 낸다고 생각할 수도 있다. 더 좋은 자료가 얼마든지 많이 있는데 이런 걸 가지고 호들갑 떤다고 눈총을 받을까 봐 주저하게 된다. 그래서 삭제에다가 커서를 옮겨두고 엔터를 치면서 지워나간다. 그럴 때마다 아쉽고 마음 한구석은 허전하다.

지금은 사진도 디지털카메라를 이용하기 때문에 행사가 있을 때마다 셔터를 누르면서 수고한 선생님들이 보낸 온 사진 파일도 무척 많다. 하나하나 점검하기도 힘들어서 모두 지운다. 이런 일을 보면서 그동안 사진 한 장 한 장에 신경을 곤두세우고 노심초사했던 일이 얼마나 부질없는 일이었는지. 그러기에 어려운 일을 담당했던 선생님들에게 더욱 미안하다.

　정리하고 보니 컴퓨터도 깨끗해졌고, 책상과 서랍 속도 깔끔하게 바뀌어 기분이 상쾌했다. 머릿속에 가득 들어차고 복잡했던 것들이 말끔하게 정리되어 청명한 가을 하늘을 바라보는 것처럼 시원하고 홀가분하다. 그러고 보면, 우리가 살아가면서 수시로 버리는 훈련을 해야 하고, 물건도 제대로 버릴 줄 알아야 홀가분하게 생활할 수 있다는 것을 깨달았다.

얼굴이 달아오른 이유

　우리는 지구촌이라는 울타리 안에서 여러 나라 사람들과 더불어 생활하는 글로벌시대에 살고 있다. 그렇지만 아직도 나는 피부색에 대한 편견을 지워버리지 못했다. 살갗이 하얀 서양 사람은 선진국 시민이라고 생각해서 호감을 느끼고, 검은 진줏빛 피부를 가진 사람에게는 다가가기를 망설인다.

　6·25전쟁 통에 태어난 나는, 동족상잔의 비극 속에서 우리를 구해 준 유엔 참전국을 '미국'이라고 불렀다. 그들은 전쟁 때 군인만 파병한 것이 아니다. 성조기 밑에 두 손을 굳게 잡고 악수를 하는 그림이 그려진 상자와 포대도 많이 보내왔다. 그 속에는 우윳가루와 옥수숫가루를 비롯한 군용 식량과 의복이 가득했다. 우리는 미국인들이 건네준 구호품으로 주린 배를 채우고, 헐벗은 몸을 덮고 추위를 견뎠다. 그래서 미국은 우리에게 은인의 나라며, 미국 국민은 하얀 피부를 가진 천사라고 생각해 왔다.

　대학 2학년 때, 미국 오리건주 포틀랜드에 있는 학생들이 우리 학교에 와서 한 학기 동안 공부한 일이 있다. 명문 사립대학인 루이스 앤 클락 칼리지(Lewis & Clark College)에서는 외국대학에서 취득한 학점을 인정해 주는 커리큘럼을 운영하고 있었다. 교환학생들과 만나면서 나는 커다란 충격을 받았다. 그 당시에도 미국은 인종차별이 심한 나라라고 나는 알고 있었다. 흑인과 백인은 같은 식당에 들어가지도 않으며, 더구나 테이블을 함께 사용하는 일은 생각할 수도 없다고 들었다. 우리나라 유학생이 시민권을 얻고 미국에 정착해도, 유색인종이어서 상류사회에 진입하는 것은 불가능하다고 했다.

강의실에서 만난 루이스 앤 클락 칼리지 학생들은 그렇지 않았다. 백인과 흑인 학생이 붙어 다녔다. 함께 수업을 받기 때문에 그런가 보다 생각했지만, 기숙사에서 룸메이트가 되어 같이 방을 사용하는 것을 보고는 놀라지 않을 수 없었다. 캠퍼스에서 만나면 피부색이 하얀 사람들이 먼저 우리를 향해 '굿모닝' '하이' 하면서 미소를 머금고 손을 흔들었다. 이때부터 미국은 인종차별이 심한 국가라는 나의 고정관념이 서서히 무너져 내리기 시작했다.

우리는 커다란 가방을 손에 들고 어깨를 늘어뜨린 채 땅만 보고 걸어 다녔다. 그것이 교환학생들의 눈에는 사색하는 철학자들처럼 비쳤을지도 모른다. 젊음과 패기가 넘치거나, 낭만이 가득한 캠퍼스 생활은 아니었다. 그런데 루이스 앤 클락 칼리지 학생들은 백팩을 등에 메고, 밝은 얼굴에 두 팔을 자유롭게 움직이면서 우리에게 먼저 악수를 청하기도 했다. 피부색이 서로 다른 남녀 학생들이 다정하게 손을 잡기도 하고, 담소를 나누며 캠퍼스를 거니는 모습을 바라보는 내 입에선 놀라움과 아울러 부러움이 뒤섞인 탄성이 새어 나왔다.

호주를 여행했을 때도 나의 예상은 크게 빗나갔다. 시드니에 있는 로스빌 칼리지(Roseville College)와 골드 코스트 지역에 있는 서메셋 스쿨(Somerset school)을 방문하고 그 일대를 관광했다. 학교의 환경이나 학생들의 활동하는 모습이 우리나라와는 너무 달라서 마치 영화 속의 한 장면처럼 보였다.

그동안 가까워진 가이드와 이동하는 버스 안에서 옆자리에 앉았다. 호주에서는 백호주의(白濠主義)의 영향으로 아시아계 사람들이 살아가는 데 어려움이 크지 않느냐고 내가 먼저 물었다. 그는 웃으면서 호주에 온 지 10년이 지났다고 말했다. 공부하러 왔다가 이곳에서 정착하게 되었단다. 지금까지 호주에 살면서 유색인종에 대한 차별이라든가 백인들의 우월의식은 찾아볼 수 없었다고 말했다. 한국으로 생각하면 자신은 동남아에서 온 이주노동자 신분인데, 자기 자녀들이 학교에 다니면서 피부색 때문에 어려움을 토로하는 것을 들어본 적이 없단다. 또 자신과 아내가 취업하는 데 차별대우를 받은 일도 없었다고 했다. 그러면서 인종차별이 심한 곳이 오히려 대한민국이 아닌가 하는 생각을 한단다. 한국에 와서 취업하고 있는 동남아 사람들은 물론이고, 같은 민족인 조선족들도 우리나라 사람들이 어떻게 대접하는지 잘 알고 있지 않으냐고 나에게 되물었다.

우리나라 중소기업에서는 부족한 노동력을 해결하기 위해 외국인 근로자나 조선족을 고용하고 있다. 이들 가운데 우리나라 사람과 가정을 이루어서 아이를 낳고 학교에 보내는 집도 있다. 농촌에서는 결혼하지 못한 노총각이 국제결혼을 통해 보금자리를 꾸린다. 그런데 그 자녀들이 언어가 서툴고 피부색이 다르다는 이유로 학교에서 아이들과 적응하지 못하고 따돌림을 당한다는 소식을 듣기도 했다. 이는 우리가 '단일민족'으로 '단군의 자손'이라고 강조했던 것이 자라나는 세대에게 바람직하지 못한 가치관을 심어준 것은 아닌가 하는 생각도 들었다.

입으로는 글로벌시대에 살고 있다고 말하지만, 가이드의 이야기를 들으면서 아직도 편협한 사고의 틀을 벗어나지 못한 자신이 '고루한 사람'이라는 생각이 들면서 얼굴이 달아올랐다.

어머니와 장수(長壽)의 비밀

건강하게 오래 사는 것은 큰 축복이다. 『서경(書經)』의 홍범(洪範) 편에 오복 가운데 수(壽)가 맨 앞에 놓인 것을 보면, 많은 사람이 장수(長壽)를 가장 크게 바라는 것 같다. 그리고 부(富), 강녕(康寧), 유호덕(攸好德), 고종명(考終命)은 그다음이다. 이것은 지위가 높거나 가진 것이 많은 사람일수록 더할 것이다.

장수하는 것이 유전적인 요인만은 아닌 것 같다. 2011년 현재 한국인의 평균수명은 81.2세로 세계 상위 수준이라고 한다. 그런데 100년 전 한국인의 평균수명은 28세였단다. 조선왕조 27명의 국왕은 46.1세였고, 양반계급들도 50대 초반이었다고 하니 요즈음과 비교해 보면 너무 이른 나이에 유명을 달리했다.

예전보다 환경적인 요인이 많이 좋아졌다. 특히 우리나라의 보건·의료 환경은 비약적인 발전을 이루었다. 1949년에 비해 2013년에 의사 수는 10배, 간호사 수는 60배, 의료기관 수도 10배 이상 증가했다고 한다. 그 외에도 경제적·사회적인 환경도 엄청난 변화를 가져왔다.

우리가 어렸을 때는 초근목피로 연명하던 집들이 많았다. 1960년대 우리나라가 남북으로 갈라지고 1인당 GNP 60달러로 세계에서 3번째로 못 사는 국가였다. 그러나 이제는 3만 달러를 바라보게 되었으니 경제적인 요인이 장수의 비결인 것 같다.

우리 집 울안에는 커다란 감나무가 네 그루 있다. 어머니 손에 빗자루와 쓰레받기가 항상 들려있는 건 봄에는 감꽃, 여름이면 떨어진 날감, 가을철엔 낙엽, 겨울이 오면 하늘에서 내리는 눈 때문에 하루에도 몇 차례씩 집주변을 청소하시기 때문이다. 그리고 우리 집 옥상 하늘정원에는 어머니의 채소밭이 있어 아침저녁으로 올라가 푸성귀들과 대화를 나누신다. 아침나절에는 "목마르다고 물 좀 달라고 말을 하네."라면서 물을 흠뻑 뿌려주시고, 저녁이면 "할머니, 저도 데려가 주세요. 말하네." 라며 찬거리를 아내의 손에 듬뿍 쥐어 주신다. 야채를 많이 뜯은 날은 "옆집과도 나눠 먹었으면 좋겠다고 하네." 하면서 이웃집에도 한 움큼씩 건네신다. 옥상에 심은 작물들은 이렇게 주인과 정을 나누기 때문인지 밭에 심어놓은 채소보다 더 잘 자란다. 더불어 하늘정원 작물들의 사랑을 독차지하고 계신 어머니도 노후를 건강하게 보내신다.

지난가을에는 백제유적이 유네스코 세계문화유산으로 등재된 것을 기념하여 지역신문사에서「백제 역사 유적지구 자동차 투어」행사를 마련했다. 어머니가 우리 역사에 관심이 많으셔서 아내와 함께 우리 가족도 참가했다. 우리는 1박 2일간 공주박물관과 부여 능산리고분을 돌면서, 찬란하게 꽃피웠던 백제문화를 더듬어 볼 수 있었다. 그때 어머니 연세가 미수(米壽)로 최고령이어서 우리 가족이 지역신문에 소개되었다. 그리고 겨울에 우리를 취재하여 보도했던 기자한테서 전화가 왔다. EBS 방송국의 작가가 어머니의 건강 비결을 취재해서 방영하고 싶어 한다는 것이었다.

전화로 연결된 EBS 작가는 자신이 『장수의 비밀』 프로그램 집필을 맡고 있는데, 방송을 통해 건강하게 오래 사는 어른들의 생활을 밀착 취재해서 보여주고 건강정보도 제공하고 있단다. 신문기사를 통해 알게 되었다면서 어머니의 일상생활을 꼭 TV에서 다뤄보고 싶다고 하였다.

우리 가족이 방송에 출연하면 어머니가 돌아가신 뒤에도 살아계셨을 때의 모습을 두고 볼 수 있을 것 같아서 괜찮겠다는 생각이 들었다. 아내와 상의했더니 방송촬영은 쉬운 일이 아니라면서 거절하는 바람에 서운했지만 어렵겠다고 전했다. 며칠 후에 EBS 작가한테서 다시 연락이 왔다. 어머니의 살아가는 모습을 꾸밈없이 시청자들에게 보여주고 싶다면서 촬영하는 동안에 어려움을 끼치지 않을 것이니 사모님을 잘 설득해 달란다. 탐탁지 않게 생각하는 아내를 구슬려 반승낙을 얻은 뒤에 작가에게 통보했다.

약속한 날에 작가가 PD와 함께 집으로 찾아왔다. 아내랑 같이 앉아서 어머니의 생활을 이야기하며 장수의 비밀을 헤아려보았다.

어머니는 퍽 부지런한 분이다. 평생을 새벽에 일어나서 새벽기도회에 다녀오시고, 그 뒤엔 집안일을 시작하신다. 또 성격이 밝고 긍정적이고 마음이 무척 따뜻하신 분이다. 지금까지 어려운 일을 만나도 크게 걱정하지 않고, 낙관적으로 수용하며 살아오셨다. 항상 남에게 베푸는 것을 즐기셔서 어려운 사람을 도와주면 잘했다고 기뻐하며, 주는 자가 복된 사람이라고 칭찬을 아끼지 않으시는 분이다. 또 아내의 헌신적인 뒷바라지도 한몫했다. 어머니의 몸이 불편하면 아내는 얼른 병원에 모시고 가거나 준비해 두었던 약을 잡숫도록 했다. 선천적으로 건강한 체질을 타고나셨지만, 이러한 생활 습관이 어머니의 장수의 비결일 것이라 짐작한다.

새해의 기원(祈願)

　지난 한 해를 돌아보니 나에게는 커다란 두 가지 일이 있었다. 6월에는 귀여운 손녀가 태어났고, 며칠 전에는 친척이 한 분 돌아가셨다. 새 생명의 출생과 임종은 아무런 관계가 없어 보이지만 이 두 사건을 겪으면서 나는 새로운 사실을 깨달았다.

　며늘아기가 만삭의 무거운 몸으로 집에 올 때는 무척이나 애처롭고 조심스러웠다. 그러다가 산기를 느끼자 병원에 입원했다. 가족들은 입원실을 드나들며 숨을 죽인 채 건강한 아기가 태어나기를 간절히 기도했다. 다음 날 간호사가 순산했다고 일러주자, 우리의 얼굴에는 환한 웃음꽃이 피어나면서 안도의 한숨과 함께 감사하다는 인사를 빠뜨리지 않았다.

　생명의 탄생은 참으로 경이롭고 성스럽기만 하다. 뱃속에서 열 달을 자란 뒤에 울음을 터뜨리며 세상에 나와, 제 엄마의 품에 안긴 아기는 천하를 주고도 바꿀 수 없는 귀한 존재다. 기쁨을 머금고 눈물을 글썽이는 며늘아기를 에워싸고 둘러선 사람들은 함께 즐거워하면서 "수고했다." "아이가 건강하다."라고 말하면서 산모의 손을 꼭 잡아주고 등을 쓸어 위로하면서 축하해 주었다. 밥 잘 먹고 몸조심해야 한다고 아기 엄마를 걱정하는 어른들과 아기가 예쁘다면서 덕담을 아끼지 않는 젊은이들로 병실 안은 미소가 끊이질 않았다. 모두가 새 생명의 탄생을 기뻐하고 축하하며, 산모를 격려하는 떠들썩한 병실 안이야말로 낙원이나 다름없었다.

며칠 전에는 가까운 친척의 임종을 지켜보았다. 통증을 참아가면서 고통스러워하는 환자의 꺼져가는 목숨을 앞에 두고 의사가 가족들을 불렀다. '이제 곧 운명하실 것'이라면서 "보고 싶은 가족·친지들을 부르라."라는 말을 남기고 자리를 떴다. 우리는 모두 환자 곁으로 모였다. 그분은 더듬거리는 작은 목소리로 "서로 사이좋게 잘 살고, 하늘나라에서 만나자."라는 말씀을 하시고 이내 눈을 감았다. 그 순간 병실은 울음바다로 바뀌었다. 그분의 아내는 몸부림치면서 "여보, 내가 잘못했어요. 용서해 주세요"라면서 눈물로 용서를 빌었다. 아들은 "아버지, 이러시면 안 돼요. 나 좀 봐요. 내가 아버지 말을 더 잘 들을 게요." 하면서 발버둥친다. "아빠, 아빠, 눈 좀 떠봐요. 내가 더 효도하고, 동생 사랑하면서 살게요. 눈 좀 뜨세요."라면서 딸도 큰 소리로 울며 아버지에게 매달렸다.

죽은 사람만이 갈 수 있다는 천국이 어떤 곳일까? 그곳은 눈물이나 슬픔도 없고, 찬양이 넘쳐나면서 기쁨과 평화만 있는 곳이라고 알고 있다. 그러나 가만히 생각해 보면 이곳도 천국이나 다름없다. 배우자와 자녀들의 눈물 속에 무슨 거짓과 꾸밈이 있겠는가? 형제·자매와 친척들의 몸부림 속에 무슨 속임과 위선과 계산이 숨어 있겠는가?

마지막 이별의 자리에는 진실과 이해와 관용만 있었다. 자신의 잘못을 진심으로 뉘우치는 곳, 형제간에 끌어안고 서로 하나가 되는 곳, 미움과 원망 대신 오직 용서와 사랑으로 가족과 친척이 하나로 연결되는 이곳이 낙원이 아닐까 하는 생각을 하게 된다.

한 생명이 태어나서 울음을 터뜨렸지만, 그곳에 모인 가족과 친지들은 출생을 기뻐하면서 축하의 꽃다발을 전해주고 산모를 격려하면서 기쁨을 나눈다. 그리고 이생을 떠나가는 주검 앞에서 모인 유족들은 안타까워 몸부림치지만, 서로 사랑하지 못했던 잘못을 뉘우치면서 앞으로는 화목하게 살겠다고 다짐하며 손을 꼭 잡고 있다. 이렇게 산모를 위로해 주고 축하해 주는 곳, 서로를 용서하고 회심하면서 흩어졌던 사람들이 하나가 되는 곳, 이런 아름다운 풍경이 있는 곳이 바로 천국이 아니겠는가.

새해가 밝았다. 우리는 새해를 맞을 때마다 제각기 자신이 가진 바람이 이루어지길 간절히 기도하면서 경건한 마음으로 새해 아침을 맞는다. 우리의 소망이 작게는 자신의 형편이 더 나아지고, 시험에 합격하거나, 건강을 염원하는 것들이다. 또 가족이나 단체의 행복이나 안녕을 기원하기도 한다. 그리고 더 나아가 자신이 사는 지역과 사회에 평화가 깃들고 정치적·경제적으로 안정된 살기 좋은 세상이 되기를 간절히 바란다.

새해 아침에 새 생명의 출생과 임종을 생각하면서, 나는 이 땅에 감사와 기쁨이 넘치고 용서와 화해가 가득한 낙원이 점점 확장되기를 간절한 마음으로 기원해 본다.　　　　　　　(금강일보 2019. 01. 03.)

성공의 신화를 쓰는 비결

이번 명절에도 예년처럼 손님들을 맞았다. 고향에 내려와 그 짧은 시간에 짬을 내어 고등학교 시절 담임을 맡았던 인연으로 방문하는 졸업생들을 대할 때면 그저 고맙기만 하다.

몇 년 전부터 찾아오는 졸업생 가운데 H군이 있다. 학교 공부에 관심이 적었고, 부모님 얼굴을 봐서 마지 못해 등교하던 학생이었다. 학교에 와서도 공부보다는 친구들과 어울려 시간 보내다가 남들이 자습하는 저녁시간에 눈치 봐서 도망가는 날이 더 많았다. 그렇게 삼 년 동안 학교생활을 하고 졸업한 H군이 십여 년이 훌쩍 지난 어느 날 찾아와서 내 손에 건네준 명함을 보고 나는 그만 놀라 소스라쳤다.

H군이 들려준 그동안 삶의 궤적은 정말로 감동적이었다. 학교를 졸업하면서 전문대학으로 진학했고, 군에서 제대하자 해외로 취업해 나갔다. 인도에서 직장 생활을 하는 동안 정말로 힘들고 어려워 공부를 해야겠다는 마음을 먹게 되었단다. 그래서 서둘러 귀국한 뒤에 집 가까이에 있는 4년제 대학에 편입하여 졸업했다. 그리고는 서울로 올라가 열심히 준비해서 고려대학교 대학원에 진학하여 석사와

박사과정을 마치고, 학위를 취득한 뒤에 관세연구원에 취직하였다. 대학에서도 출강을 요청해 일주일에 한 강좌씩 강의를 맡고 있다면서 모든 일이 그저 운이 좋았을 뿐이라고 말했다. 본인은 겸손하게 말하지만 어디 운만 좋았겠는가. 10년 가까이 얼마나 이를 악물고 공부했을 것인가 미루어 짐작할 수 있었다. 나는 H군을 꼭 안아 주었다.

우리는 흔히 성공한 사람들을 '남다르게 타고난 재능이 있다'라고 말을 하거나 '운이 억세게 좋은 사람이다'라고 이야기한다. 같은 조건이라면 재능을 타고난 사람들이나 운이 좋은 사람이 그렇지 못한 사람들에 비해 성공할 수 있는 확률이 높을 것이다. 그러나 우수한 재능을 갖고 태어났거나 운이 좋다고 하더라도, 준비하고 노력하면서 때를 기다리지 않으면 주어지는 기회도 놓칠 수밖에 없을 것이다. 모든 일은 목표를 세우고 부단한 노력을 기울일 때만 비로소 열매를 거둘 수 있을 것이다.

말콤 글래드웰은 그의 저서 『아웃라이어』(김영사)에서 「일만 시간의 법칙」을 이야기하고 있다. 사람들이 어떤 일에 성공하기 위해서는 최소한 일만 시간은 투자해야만 한다는 것이다. 이는 우리가 신동이라고 부르는 사람들도 예외가 아니라는 것이다.

모차르트가 어린 시절에 작곡한 협주곡은 다른 작곡가들의 작품을 재배열한 정도에 지나지 않는다. 그런데 현재 걸작으로 평가받는 협주곡(협주곡 9번, 작품 번호 271)은 스물한 살 때부터 만들어진 것으로, 이것은 모차르트가 협주곡을 만들기 시작한 지 10년이 흐른 시점이었다는 것이다.

1960년 비틀즈가 열심히 노력하는 고등학교 록 밴드에 불과할 때, 그들은 함부르크로부터 초대를 받아 로큰롤 클럽에서 하루에 8시간씩 연주할 수 있었다. 그때 그들은 새로운 연주 방법을 시도하기 시작했으며, 많은 곡을 익혀 1964년까지 연주 활동을 했다. 이를 계산해보면 일만 시간에 이른다는 것이다. 그 결과 함부르크의 용광로는 비틀즈를 전혀 다른 밴드로 거듭나게 만들었다. 그래서 영국으로 돌아왔을 때, 그들은 예전에 일자리를 찾기 어려웠던 비틀즈가 아닌 세련되고 실력 있는 뮤지션이 돼 있었다.

　　똑똑한 수학 천재가 컴퓨터 프로그래밍에 눈을 떠 하버드대학을 중퇴하고 친구들과 함께 마이크로소프트라는 작은 컴퓨터 회사를 차렸다. 그는 똑똑함, 저돌성으로 작은 회사를 소프트웨어 세계 제일의 회사로 만들어 놓았다. 빌 게이츠는 집안이 부유했고, 컴퓨터 천재이기 때문에 대학을 중퇴하고도 사업을 일으켜 엄청난 부를 축적한 것처럼 알려졌다. 그렇지만 그도 일만 시간 법칙에서 예외가 아니었다. 1968년인 13살 때 시애틀의 레이크사이드 사립학교로 전학을 갔는데, 그곳에서 컴퓨터로 프로그래밍을 배우면서 사용법을 스스로 익혀 나갔다. 그리고 소프트웨어 회사를 차리기 위해 하버드대학 2학년을 중퇴할 때까지 거의 7년간 쉼 없이 프로그래밍을 했다고 한다.

　　일만 시간이란 일주일에 20시간씩 10년을 투자해야 한다. 성공의 신화를 쓰고 싶은 사람은 누구든지 그 비결인 '일만 시간의 법칙'을 활용해야 할 것이다.

(금강일보, 2020.10.16.)

골목길 모습

　요즈음은 집집이 자동차가 한두 대씩은 있다. 저녁에 차를 운전하면서 좁은 골목길로 들어서면 담장을 따라 한쪽으로 자동차가 주차되어 늘어섰다. 다른 차와 부딪치지나 않을까 조심하면서 주차공간을 찾는다. 차에서 내려 바라보면, 보릿고개를 경험한 나의 눈에는 꼬리를 물고 있는 자동차들이 우리나라의 경제 여건을 말해주는 것만 같아 미소를 띠게 된다.

　낮 동안에 집 밖으로 나가보면 자동차들이 빠져나간 빈자리가 많이 보인다. 그런데 그곳에는 주차공간을 선점해서 혼자 사용하려는 사람들이 집 앞이나 담벼락에 헌 타이어나 부서진 걸상을 묶어두기도 하고, 양동이나 팻말을 세워 욕심 사나운 모습을 보여주고 있다. 게다가 뒤늦게 남몰래 내다버린 쓰레기봉투가 뒹굴기도 해서 골목길 모습은 보기 민망할 때가 많다.

　결혼하면서 우리는 지금 사는 동리로 이사를 했다. 새로 조성한 택지에 지은 작은 집들이었지만 하나같이 깔끔하고 산뜻했다. 이웃들은 서로 먼저 골목을 쓸었고, 담장 너머로 인사를 나누며 가깝게 지내려고 노력했다. 출·퇴근길에 만나면 함께 걸어가면서 시시콜콜한 가족들의 이야기도 주고받으며 하루 생활을 시작했다. 그래서 깨끗한 골목은 보행이 자유로웠고 정겨웠다.

지금은 각자 자동차를 운전하고 다니기 때문에 출·퇴근 시간에 지나치는 이웃들과 눈인사도 나누지도 못한 채 제각기 바쁘게 움직인다. 걸어 다닐 때는 출·퇴근 시간이 오래 걸려도 여유 있게 정담을 나누면서 생활했지만, 가정경제가 윤택하여 자동차를 움직이면서부터는 오히려 더 바빠졌다. 그러면서 이웃과의 관계가 소원해지고 각박해졌으니 경제적인 여유와 삶의 질은 다른가 보다.

정부 기관의 책임자들을 새로 선임할 때는 인사 청문과정을 거친다. 장관급 인사들의 청문회는 국회 해당 상임위원회에서 내정자의 자질, 도덕성, 업무수행 능력 등을 검증한 뒤에 인사 청문 경과보고서가 채택되면 끝이 난다. 국회에서는 대통령의 고유한 인사권을 존중하며, 이분들에 대한 최종 임명은 대통령이 결정한다.

국정을 운영 담당하는 고위공직자들은 평범한 시민들과는 모든 면에서 다른 사람들이다. 덕망이 있으며 학식도 많고, 해당 분야의 전문가로 인정받으면서 남의 귀감이 될 만한 인물이어야 한다. 지금까지 청문 절차를 통해 임명된 고위공직자들은 대부분 많은 사람의 존경과 신망을 얻는 분들이었다. 물론 국민들의 기대치에 비추어 볼 때 부족한 공직자들도 있었다. 자신의 논문 문제를 비롯하여 탈세, 부동산 불법취득, 위장 전입 그리고 자녀들의 병역 비리, 부정 입학, 이중국적과 같은 문제로 비난을 받았던 사람들이 국정운영에 동참하기도 했다. 그런 분들이 참여한 정부는 국민들의 신망을 크게 얻지는 못했다. 평범한 시민들은 자신에게는 흠이 있더라도 국가를 경영하는 지도자들은 자신과 다른 특별한 사람이기를 기대하기 때문일 것이다.

요즈음 우리나라는 법무부장관 내정자의 인사청문회 문제로 나라 안팎이 무척 시끄러웠고 무더운 날씨에 맞추어 불쾌지수만 한없이 높았다. 국회 해당 상임위원회에서 청문회를 통해 내정자를 검증하기도 전에 진영논리에 따라 언론을 통해 여론몰이 하는 것처럼 보였다. 여론 주도 세력들이 국민들의 마음을 선점하기 위해 싸우는 모습은 눈에 거슬리기만 했다. 내정자의 실제 모습이 어떠한지 알기 어려울 정도로 가짜뉴스도 많이 생산된 것 같다. 그러므로 본인은 말할 것도 없지만, 가족들도 언론의 집중포화를 받으면서 사생활까지 드러나지 않던 부분을 샅샅이 보여주었다. 어디까지가 진실인지 알 수 없기에 국민들은 오히려 혼란스럽기만 했다.

그동안 조국 내정자는 젊은이들과 양식 있는 사람들에게 좋은 이미지를 안고 있었다. 학교생활이나 사회활동과 언론을 통해서 많은 사람의 존경과 사랑을 받아 온 분이다. 그런데 우리가 알지 못했던 일들이 언론에 지나치게 노출되고 집중 공격을 받아서, 내정자를 지지했던 많은 분들이 안타까워만 하고 있다.

이런 일을 겪으면서 자동차가 빠져나간 뒤에 주차 공간을 확보하기 위한 표지물과 쓰레기가 마구 나뒹구는 골목길의 모습을 보는 듯 마음이 아픈 것은 아마 나만은 아닐 것이다.

금강일보 2019. 09. 09.

어느 시상식장에서 있었던 일

풍요로운 가을은 우리의 마음까지도 넉넉하게 한다. 이맘때면 곳곳마다 축제를 열어 참석자들의 신명을 돋우고, 함께 즐거움을 나눈다. 예술을 사랑하는 사람들도 발맞추어 음악회, 발표회, 전시회, 백일장 같은 행사를 음식에 고명 얹듯 준비한다. 잔치를 주관하는 단체에서는 많은 사람이 참석해서 축하해 주길 바라고, 기량을 맘껏 펼칠 수 있는 공간을 제공해서 재능을 가진 사람을 발굴하여 상(賞)을 주면서 사기를 북돋운다.

상(賞)이란 잘한 사람을 칭찬하고, 그의 업적을 기리거나 격려하기 위한 보상(報償) 행위이다. 그러므로 수상자는 기량이 뛰어나거나 귀감이 될 만한 사람 가운데에서 가려 뽑는다. 따라서 상을 받는다는 것은 자신에겐 커다란 영광이고, 아울러 다른 사람에게도 동기부여가 될 수 있어서 상을 주고 격려하는 일은 교육적인 효과도 매우 크다.

세계에서 가장 권위 있는 상으로 꼽히는 노벨상은 "인류에 가장 큰 공헌을 한 사람에게 나의 재산을 상금으로 준다."라는 알프레트 노벨의 유언을 토대로 제정됐으며, 1901년부터 수여하기 시작했다. 해마다 10월에 수상자를 선정해서 발표하는데, 한국연구재단에 따르면 1일에 생리·의학상 수상자를 시작으로 2일 물리학상, 3일 화학상 수상자 발표가 있다고 한다. 노벨상은 생리·의학상을 비롯하여 물리학, 화학, 평화, 문학, 경제학 등 6개 분야에 시상하고 있다. 우리는 수상자의 이름과 공적이 언론매체를 통해 소개될 때마다 아낌없는 박수를 보내면서 자국민 가운데에도 수상자가 나오기를 간절히 염원한다. 그래서 이맘때가 되면 스웨덴의 한림원으로 세계인의 이목이 쏠리고, 노벨상이 지구촌을 더욱더 뜨겁게 달구워서 가을은 우리들의 삶을 더 풍요롭게 만드는가 보다.

이와는 달리 요즈음에는 실패한 사람들의 사기를 진작시키기 위해서 상을 주기도 한다. 바다에 사는 펭귄들은 먹잇감을 구하기 위해 바닷물로 뛰어들어야 할 때가 되면, 바다표범이나 범고래 같은 천적이 두려워서 머뭇거리게 된다. 이때 용감한 펭귄 한 마리가 먼저 물속으로 뛰어들면 주저하던 펭귄들이 뒤를 따라서 몰려 들어간다. 비록 천적에게 잡아먹힐 수도 있지만, 앞장서서 물속으로 뛰어 들어가 다른 펭귄들에게 도전정신을 불어넣는 용감한 이 녀석을 '최초의 펭귄(The First Penguin)'이라고 영어권에서는 부른단다.

우리나라에서도 이런 '최초의 펭귄'을 찾아서 시상하고 공개적으로 축하하는 기업이 늘고 있다는 보도를 접했다. 한국 3M 기술연구소에는 2003년에 제정한 연구소의 가장 중요한 상인 '펭귄 어워드'가 있다는데 한국 3M 연구원이라면 누구나 받고 싶어 하는 자랑스러운 상이라고 한다. 이 상은 비록 성공하지는 못했지만, 가능성이 있는 사람을 찾아서 격려하고, 사기를 북돋우어 주는 상으로 그 의미가 매우 크고 신선하다.

가을은 우리 모두의 마음까지도 넉넉하게 한다. 으레 이맘때면 여러 단체마다 잔치를 열어 참석자들을 모으고 풍요로운 계절을 함께 즐기면서 유익한 시간을 보내며 한 해를 갈무리한다. 문학을 사랑하는 사람들도 계절에 맞추어 문화행사에 고명을 얹듯이 백일장, 시화전, 시 낭송회 같은 행사를 준비하곤 한다. 이러한 행사를 개최하는 사람들은 참가자들이 자신이 갈고 닦은 기량을 맘껏 펼칠 수 있는 공간을 제공해 주고, 재능을 가진 새로운 인물을 발굴해 내고, 행사 말미 시상식에서는 우수한 작품을 뽑아 상을 주면서 칭찬을 하게 마련이다. 따라서 상을 받는 사람들이나 주는 사람 그리고 보는 사람 모두가 기뻐하면서 축제의 하이라이트를 장식한다.

상이란 희소가치(稀少價値)가 있어야 생명력이 있고, 상 받을만한 사람이 시상대에 올라가야 진심으로 축하의 박수를 보내게 된다. 그런데 내가 목격한 이번 행사에서는 그렇지 않았다. 대회에 참가한 대부분의 사람에게 상을 나누어 주고 있었다. 모두 상을 받게 되면 이것은 상이라고 말할 수 없고, 기념품에 지나지 않는다. 그래서 시상대에 선 수상자들도 기쁘지 않았고, 자리를 함께 한 사람들도 실망하고 말았다. 이 대회의 상장과 상품은 상으로서의 권위를 잃었다는 생각이 드는 것은 나 혼자만은 아니었을 것이다.

주최 측에서는 예선을 거쳐서 본선에 올라온 작품이라고 말하고 있지만, 이 대회에서 받은 상장과 상품은 상으로서의 가치와 권위를 갖기 어려울 것이다.

수준이 뛰어나거나 가능성이 있는 작품을 찾아 격려하기 위해서 상을 주는 것은 바람직스러운 일이다. 그러나 일정한 수준에 도달하지 못한 작품까지 표창하면서 상을 남발하는 것을 보고는 입맛이 개운치 못했다. 시상제도가 참가한 사람들에게 약이 되고 당근이 되어야 하는데, 그렇지 못해서 아쉬웠다.

"요즈음에는 이름도 알 수 없는 단체에서 수여한 상장과 트로피가 집마다 책상 위에서 뒹굴고 있다."는 어느 지인의 이야기가 머릿속에서 살아나며 안타까운 마음으로 시상식장을 나섰다.

(금강일보, 2018. 09. 30.)

필요한 네 개의 눈

우리는 운전할 때 두 눈으로 전방을 주시하면서 수시로 후방과 양쪽 측면 거울을 확인한다. 안전운행을 위해서다. 가장 조심해야 할 것이 인명사고다. 사람을 다치게 해서는 안 된다. 접촉사고가 일어나 자동차가 파손되면 정비소에 수리를 맡겨 원상복구를 할 수 있지만, 사람이 다치면 원상을 회복할 수가 없기에 인명피해가 발생하지 않도록 주의해야 한다. 사람이 먼저고, 다음으로 자동차나 자전거 같은 탈 것에도 신경을 기울이면서 운전대를 잡는다.

지난 7일부터 서구문화원에서 준비한 인도 문화탐방을 다녀왔다. 인천국제공항을 출발한 뒤 9시간이 지나서야 델리 공항에 도착했다.

이튿날 관광을 시작하면서 눈 앞에 펼쳐지는 끝없이 넓은 들판이 한없이 부러웠다. 여행 가이드는 차창 밖으로 밀을 베고 있는 풍경을 가리키면서 일 년에 4모작(四毛作)을 한다고 했다. 풍요로운 땅임이 틀림없다. 그런데 관광객을 향해 손을 벌리는 아이들과 어린 아기를 안은 채 애처로운 눈빛으로 적선을 요구하는 아낙네의 모습에는 고개를 갸우뚱하지 않을 수가 없었다.

소들이 떼를 지어 한가로이 거리를 배회하고, 이따금 원숭이와 양들도 먹이를 먹다가 대열에서 이탈해 행인들 사이에 합류하는 것을 목격하면서 놀라움을 금치 못했다. 광장에는 날갯짓을 잃어버린 비둘기 떼들이 구경꾼들의 발걸음에도 아랑곳하지 않고 뿌려둔 곡식 마당에 모여들어 다정하게 식사 시간을 즐긴다. 듣던 대로 인도는 '동물의 천국'임에 틀림없는 재미있는 나라다.

자동차, 오토바이, 자전거가 곡예하듯이 시내를 질주하는 모습은 무질서의 극치를 보여준다. 그런데 인도에 머무르는 6일 동안 차를 타고 이동하면서 교통사고가 일어난 것을 한 번도 구경하지 못했다. 횡단보도가 아니어도 사람이 길을 건너면 자동차들이 모두 주행을 멈추고, 차로를 무시하고 끼어드는 상대방을 향해서 불쾌한 표정을 짓는 운전자도 찾아보기 어려웠다. 빈틈을 파고드는 차량을 향해 경적을 울리기는 하지만, 얼굴을 붉히거나 소리 지르는 사람을 발견할 수 없었다. 인도는 정말로 이해하기 어려운 나라다.

여행이 계속되면서 차창 밖 낯선 풍경에 눈이 휘둥그레진 우리를 바라보며, 가이드는 인도에서 운전석에 앉으려면 네 개의 눈이 필요하다고 했다. 눈은 둘밖에 없는데 어떻게 네 개가 있어야 운전을 하는지 궁금했다. 먼저는 사람을 조심해야 한단다. 다음 눈으로는 자동차와 오토바이 같은 탈 것에 신경을 써야 한다. 그러면 다 된 것이 아닌가. 그런데 세 번째 눈으로는 소나 비둘기 같은 짐승들을 해치는 사고가 일어나지 않도록 살펴야 한단다. 그리고 마지막 네 번째 눈은 개미와 같은 곤충에까지도 주의를 기울이면서 차를 몰아야 한다는 말에 나는 입을 다물 수 없었다.

이번 여행을 통해서 낯선 모습을 많이 보았다. 넉넉하지는 않아도 길거리에서 어려운 사람들에게 음식을 나누어 주며 무료급식 봉사대열에서 땀을 흘리는 사람들. 거리에서 선 채로 먹을 것을 받아들고 한 끼를 해결하면서도 부끄러워하지 않는 얼굴들. 동물에게 먹이를 뿌려주며 아랑곳하지 않고 자기 일을 하는 노점상인들. 들짐승과 날짐승 그리고 사람이 한데 어울려 휴식을 취하는 광경을 바라보면서 인도야말로 인간과 자연이 공생하는 삶의 터전이라는 것을 느낄 수 있었다.

우리나라는 치열한 경쟁 속에 앞뒤를 돌아볼 여유도 없이 달려오면서 짧은 시간에 고도의 성장을 이룩했다. 그래서 전쟁의 폐허를 딛고 오늘날 OECD 회원국으로, 세계 10위권의 경제 대국으로 자리매김했다. 그러는 동안에 우리는 소중한 가치를 잃어버리고 살아오지 않았나 하는 생각을 해보았다. 인권이나 생명의 고귀함을 잊고, 친척이나 이웃들과 따뜻한 정도 나누지 못하면서 오직 일만을 위해 살아왔다. 과도한 개발과 지나친 소비로 환경을 파괴하고 오염시키면서, 물질적인 풍요로움 속에 모든 것을 보상받은 것으로 알고 지내왔다. 그런데 그것이 다가 아니었다.

우리는 어렸을 때 경제적으로 어려운 시절을 겪었다. 그렇지만 동냥자루를 짊어진 사람에게 곡식을 건네주고, 나그네에게 밥상을 차려 마루 한쪽에 앉아 허기진 배를 채우고 길을 가게 했던 어머니의 모습을 볼 수 있었다. 그런데 지금 우리는 어려운 사람들에게 가까이 다가가는 것을 꺼리며, 모금함에 손을 넣고 이내 돌아서는 모습에서 따뜻함을 잊어버린 것만 같아 안타깝다.

   이번 문화탐방을 통해 생명을 중시하고 자연과 더불어 살아가는 인도사람들의 생활 태도에 고개를 끄덕이게 된 것은 나만이 아니었을 것이다.

(금강일보, 2019. 04. 22.)

혈관 청소시간

휴일을 맞아 미루어 두었던 집안일을 마치고 이발소에 들렀다. 거울 속에 비친 덥수룩한 머리, 해산날이 가까운 여인처럼 커다란 배불뚝이를 바라보는 순간 나 자신도 놀랐다. 나이가 들면 말라깽이보다는 살집이 있는 것이 보기가 좋다고 자위하면서 '배의 둘레는 인격과 비례한다.'라고 농담을 할 때도 있었다. 그런데 거울을 통해 들켜버린 나의 모습은 정말로 꼴불견이었다.

친구들과 공유하는 밴드를 여니 유 튜브에서 방영한 「세바시(세상을 바꾸는 시간 15) 279회」 '당신의 혈관이 깨끗해야 하는 이유'라는 프로그램이 있었다.

강연자 홍 박사는 청중들의 예상을 깨고 가장 잔인하고 끔찍한 병을 혈관질환과 뇌졸중이라고 했다. 혈관은 50% 이상 막히기 전에는 증상이 없음으로 많은 사람이 혈관 건강에 무심하다고 한다. 이 병은 결과가 갑작스럽게 나타날 뿐만 아니라 쓰러진 사람을 반신불수, 사지마비, 식물인간으로 만들기 때문에 대단히 처참하단다. 우리나라에서도 일 년에 6만 명이나 되는 사람들이 어느 날 갑자기 쓰러져 병원의 침상이나 골방에 누워 지낸단다.

이 몹쓸 병은 환자 자신만 힘들게 하는 것이 아니라 가족을 곤경에 처하게 하고, 집안을 경제적 정신적으로 피폐하게 만들기에 제일 나쁘다고 했다. 다행히 운동은 혈압, 혈당, 콜레스테롤을 낮출 수가 있어서 중풍이나 심혈관질환, 뇌졸중 같은 무서운 병을 막을 수가 있다. 따라서 어떤 운동이든지 저강도(低强度)로 꾸준하게 지속하는 것이 효과적인 질병 퇴치 방법이라고 알려주었다. 홍 박사는 건강하게 오래 살려면 혈관이 튼튼해야 한다면서 매일매일 팔천 보씩 걷기를 권했다. 걷는 운동은 혈관 안의 찌꺼기를 태워 심혈관질환을 예방하여 노년을 건강하고 행복하게 보낼 수 있다는 것이다.

우리 집안에서도 장모님이 요양병원으로 옮긴 지 벌써 5년이 지났다. 처가 식구와 우리는 요양병원을 찾던 초기엔 현실을 받아들이지 못하고 모두 오랫동안 비통해했다. 그러나 이제는 모든 것을 체념한 채 덤덤하게 수용하고 있다. 시간이 지나도 장모님은 언어와 행동이 천진난만한 어린아이처럼 미숙한 것이 호전될 낌새를 찾을 수 없었다. 무엇을 골똘히 생각하는지, 오래된 기억의 파편들을 하나둘 주워 퍼즐을 맞추시는 듯했다. 그러더니 더욱 악화하여 지금은 침상에 누운 채 문병객을 맞이하면서 얼굴을 대하고 눈동자를 맞추어도 누구인지 전혀 알지 못한다. 기억 저편에서 자녀들은 이젠 남남이 되었다. 그래서 우리는 병실을 찾을 때마다 눈시울만 적시고, 가슴속에 무거운 돌덩이를 하나씩 안은 채 발걸음을 돌릴 수밖에 없었다.

식사량을 조절하고 운동을 해서 뱃살을 빼야 한다는 이야기를 들었으나, 나는 먹는 것을 즐기고 운동이라면 스포츠 뉴스마저도 싫어하는 사람이다. 그러다가 이발소 거울을 통해 흉한 모습을 목격한 뒤에는 저녁시간에 걷기를 시작한 지 1년이 지났다. 즐겨보던 9시 뉴스 시간이 돌아와도 TV를 본체만체 집을 나와 가까이에 있는 중학교 운동장을 돈다. 인조 잔디와 우레탄을 깐 학교 운동장은 노인들이 걷기에도 부담이 적었다.

꾸준히 걷다 보니 이제는 낯익은 얼굴들을 만나면 가벼운 눈인사를 나누기도 한다. 운동장을 도는 사람들은 계절에 따라 부침이 심했다. 매서운 바람이 부는 추운 겨울날에는 서너 명에 지나지 않았고, 무더운 여름날에도 트랙을 따라 도는 사람들은 그리 많지 않았다. 걷기에 좋은 봄·가을철이면 이삼십 명이 나와서 작은 운동장을 메운다. 그래도 남자는 대여섯 명이고, 어린 중학생 또래부터 나이 든 노인까지 모두 다 여자들이다. 이런 현상을 보면서 여성들의 평균수명이 남성보다 예닐곱 살이 많다는 보도를 이해하게 되었다. 남자들은 낮 동안 고된 일에 시달리고, 저녁이면 사교나 영업을 위해서 식사 자리나 술좌석을 마련해서 또 다른 일을 시작한다. 그러니까 운동할 시간도 없을 뿐 아니라 과식과 음주와 흡연으로 인해서 건강을 잃어버리기가 쉽다.

트랙을 따라 돌면서 보니 걷기 좋은 날에는 운동장 중앙에 축구 골대를 중심으로 공을 차기도 하고, 농구대 옆에는 슛 연습을 하는 학생들도 있다. 또 한쪽에서는 음악을 틀어놓고 안무 연습을 하는 여학생들도 있어서 보기에도 좋다.

　이제는 걷는 것이 습관이 되어 텔레비전에서 뉴스를 할 시간이 되면 자연스럽게 집을 나선다. 엊그제 경칩이 지나면서 기온이 확연히 달라졌다. 날씨가 따뜻하면 좁은 운동장을 메우는 사람들의 숫자가 더 늘어날 것이다. 사계절 내내 걸으면서 앞으로도 나는 꾸준히 혈관을 깨끗하게 청소하는 시간을 즐기려 한다.

금강일보 2018. 10. 29.

외형 치중과 실용성

어렸을 때 친척한테 '종합선물 세트'를 선물로 받은 일이 있었다. 화려한 포장지에 싸인 커다란 선물상자를 안고 얼마나 신이 났는지 모른다. 잔뜩 부푼 마음을 진정시키면서 번쩍거리는 포장지를 풀고 종이상자 뚜껑을 열었다. 그 속에는 비스킷과 사탕, 캐러멜, 껌 등이 들어 있었다. 상자 속에 담긴 내용물을 확인하고는 외형에 걸맞지 않게 먹을거리가 빈약한 것에 크게 실망했던 기억이 있다.

전북에 있는 어느 대학에서 한국적인 캠퍼스를 조성하려고 강의실을 겸한 한옥 정문을 신축하기 위해 첫 삽을 떴다. 그런데 공사비가 70억 원에 달해 지방대학의 정체성을 확보하겠다는 야심과는 달리 지나친 외형주의라는 비판에 직면했다는 보도를 접했다.

1970년에 내가 진학한 대학은 미국인 선교사들이 세운 학교였다. 울타리도 번듯한 교문도 없었다. 강의실 건물은 블록을 쌓아서 만들었는데 마치 군부대 막사와도 같았다. 건물 내·외벽은 미장 작업도 하지 않았고, 페인트칠도 되지 않은 것이 임시로 사용하는 가건물(假建物)처럼 어설퍼 보였다. 경제적으로 어려워서 외장공사를 하지 않은 것으로 나는 생각했었다.

우리 지역에 있는 배재대학교 국제 언어생활관(Paitel) 건물이 건축가협회상 수상과 함께 매일경제신문사에서 주관한 제2회 대한민국 토목·건축대상에서 대통령상을 받았다는 이야기를 들었다. 어떤 건축물이기에 그런 큰 상을 받았는지 궁금했다. 배재대학교를 방문할 기회가 있어서 상 받은 건물을 찾아보았다. 노출 콘크리트 공법으로 지었다고 하는데, 외벽에 별도의 마감재를 사용하지도 않았고 도색 작업도 하지 않은 건물이었다.

대통령상을 받은 국제 언어생활관(Paitel) 건물이 내 눈에는 생소했다. 공사를 하다가 마감을 하지 못한 채 사용하는 건물 같았다. 마치 사십여 년 전 내가 대학생 시절에 우리 학교 강의실 건물을 보고 어설프게 생각했던 것과 같은 느낌을 받았다. 대상을 받은 건물은 외관을 잘 다듬어서 산뜻하고 화려할 것으로 크게 기대했는데 실상은 그렇지 않았다. 큰 상을 받은 명품 건축물을 보면서 외형에 지나치게 공들였던 건축물에 길든 나의 눈이 잘못된 것임을 알 수 있었다.

우리는 새로 지어 깔끔하고 아름다운 아파트에 입주하면서 하자보수를 한다는 이야기를 주변에서도 심심찮게 듣는다. 새집이 천장에서 누수 현상을 보이거나 벽면에 곰팡이가 피어 건축공사를 담당했던 업체 직원들이 드나드는 것도 목격했다. 잘 지은 건축물은 외관만 빼어난 것이 아니라 그에 앞서 생활하는데 편리하고, 실용성과 내구성을 갖추어야 할 것이라는 생각을 했다.

어느 회사에서 구두용 왁스를 수입하기 위해 구두를 닦는 사람들에게 제품을 나누어주고 의견을 물었다고 한다. 많은 사람이 반대하여 결국 수입을 포기했다는 내용의 기사를 오래 전에 읽은 기억이 있다. 우리나라 구두약은 광택제가 많이 들어 있어서 구두를 닦으면 반짝반짝 광이 잘 나는데 그에 비해 수입 제품은 가죽 보호제가 많이 첨가되어 오랫동안 구두를 신을 수는 있지만, 광택은 나지 않았기에 좋은 평가를 받지 못했다고 한다.

우리나라 여성들은 화장할 때 기초화장보다는 색채 화장을 강하게 한단다. 그러나 가까운 일본 여성들은 기초화장에 더 신경을 쓴다고 한다. 그래서 기초화장이 약하고, 색채 화장이 진한 우리나라 여성들은 피부 노화 현상이 빠르게 나타난다고 한다.

우리의 생활 속에 깊이 뿌리를 내리고 있는 문화는 실용적인 면보다는 눈에 보이는 겉모습에 더 많은 관심을 기울이고 있는 것 같다. 실용적이면서 외형도 아름답다면 말할 나위 없이 좋겠지만, 내실 있게 하지 못한다면 이는 외화내빈(外華內貧)에 지나지 않는다. 이런 현상을 우리 문화의 특색이라고 비하하는 사람들도 있다. 그 이유는 우리 문화형성기에 주변 강대국들의 눈에 어떻게 비치느냐 하는 것을 의식했기 때문에 나타난 결과라고 말하기도 하며, 유교 문화의 영향이라고도 한다.

요즈음은 남의 눈을 의식하기보다는 실용성을 따져 행동하는 젊은 이들이 점점 늘어나고 있다. 이것은 칭찬할만한 일이다. 이런 삶의 자세가 바람직스럽다고 생각하면서도 나는 일을 처리할 때 여전히 다른 사람을 의식하는 태도를 버리지 못하고 있다.

(금강일보, 2019. 06. 17.)

흔적 없애기

어렸을 때 우리 집 뒤꼍에는 돌을 깔아 만든 장독대가 있었다. 장독대에는 크고 작은 오지그릇들이 가지런히 놓여 있었고, 울타리 쪽에는 커다란 감나무가 초병처럼 곁을 지켰다. 여름이 지나고 선들바람이 불기 시작하면 나는 동생이나 동네 아이들과 아침저녁으로 사열하듯이 장독대 주변을 맴돌았다. 그리고는 떨어진 감을 주워 소금을 풀어 부뚜막에 올려놓은 작은 단지 속에 침을 담가두었다. 당시에는 떫은맛을 우려낸 날감이 우리의 요긴한 간식거리였다. 그러면서 양동이로 물을 길어다 장독대에 놓인 항아리를 정성스럽게 닦는 어머니의 모습을 가끔 보았다. 먼지나 떨어진 감으로 더럽혀진 옹기그릇들은 어머니의 손길이 스쳐 지나가면 물기를 머금은 채 햇빛을 받으면서 영롱하게 반짝거렸다.

지금 사는 집 울안에도 장승처럼 감나무가 서 있다. 여름철 비가 쏟아지거나 바람이 불 때는 새파란 감이 우수수 떨어지고, 가을에는 노란 날감이 바닥에 뒹군다. 어린 시절이었으면 모두 주워서 침을 담가 두었다가 친구들에게 나누어 주면서 으스댔을 것이다.

　그런데 지금은 먹을 것이 무척 넘쳐난다. 우리 아이들은 아이스크림보다도 더 달콤한 홍시나 호랑이도 달아난다던 곶감조차도 잘 먹지 않는다. 그래서 우리 집 감나무는 아이들에게 인기가 없다. 더군다나 골목에 세워둔 자동차 위로 날감이 떨어지면 덩치에 어울리지 않게 "앵 앵"거리면서 제 주인을 마구 불러대는 자동차도 있어서 아내마저도 좋아하지 않는다. 담장 안의 감나무는 자연스럽게 어머니와 나를 제외하고는 모든 사람의 눈 밖에 난 지 오래되었다.

　예년과 달리 유난히 올해 낙과가 많은 것은 기후 탓인지 아니면 감나무에 거름이 부족해서 그런지 알 수가 없다. 시도 때도 없이 뚝뚝 떨어지는 귀한 열매를 쓸어 모을 때는 마음 한구석이 아리다. 가을철이 되어 붉은 홍시가 자동차 위로 떨어져 터진 것은 아깝기도 하고 보기에도 흉측스럽다. 이내 물로 닦아내지 않으면 말라붙어서 자동차를 세워 둔 이웃에게도 여간 미안한 일이 아니다. 게다가 콘크리트 바닥에 떨어진 것을 그대로 놔두면 지나다니는 사람들이 밟아 바닥이 지저분하게 된다. 그래서 나는 이른 아침에 대문 밖으로 나가서 감이 떨어진 자동차나 길바닥에 물을 뿌리고 흔적을 지우면서 일과를 시작한다.

　우리 부부가 보수적이기는 하지만 남매를 기르면서 권위의식을 갖고 엄하게 대하지 않았으며, 남부럽지 않게 기르겠다고 생각하고 있었다. 그러나 경제적으로 윤택하지 않아 아이들이 원하는 대로 많은 것을 만족스럽게 해 주지는 못했다. 그렇지만 집 식구나 나의 성격이

까탈지거나 별나지 않기에 그들의 생활을 지배하려 하거나 걸림돌이 되는 일도 없었다. 비교적 두 아이의 의견을 존중하면서 자신들이 원하는 것을 할 수 있도록 지원하려고 노력했다.

이제는 성장해서 가정을 이룬 아이들이 제 부모에게 그런대로 좋은 점수를 주었다. 때에 따라 서운한 일도 조금씩 있었지만 커다란 아픔은 없이 자랐단다. 다른 집과는 달리 아들과 딸을 구별하지 않고 동등하게 대접해서 길러 준 것에 감사했다. 자기들이 의견을 비교적 잘 받아주는 민주적인 가정이고, 부모의 노력과 생활 태도가 자신들에게는 자랑스러웠다고 말했다. 그러면서 다른 사람들의 말을 너무 잘 듣는 것이 우리 부부의 단점이자 장점이라고 했다. 이런 이야기를 들으면서 다행스럽게도 아이들에게 낙제점은 면한 부모 같아서 안도할 수 있었다.

두 아이를 기르면서 꾸지람할 때도 있었고, 의견이 맞지 않아 서로 말없이 며칠을 지낼 때도 있었다. 그럴 때는 집 근처에 있는 목욕탕으로 아들을 데리고 갔다. 탕 안에 몸을 담근 채 이런저런 이야기를 나누다가 등을 밀어주면서 깊이 숨겨두었던 속마음을 벗겨내며, 서운했던 일들을 때 밀듯이 닦아내곤 했다. 그러면 마음도 상쾌하고 몸도 가벼워졌다. 여름철에는 가끔 계곡물에 발을 담그고 장난을 치면서 시원한 물소리에 담아두었던 감정의 찌꺼기들을 떠내려 보내기도 했다. 어쩌다가 바닷가에라도 가게 되면 해변을 거닐면서 말하지 못하고 묻어두었던 이야기들을 토해내기도 했다. 그러면 뒤따라오는 파도가 우리의 발자국을 삼켜버리듯이 쏟아놓은 갈등의 응어리들을 깊은 바닷속으로 쓸어갔다.

　마치 어린 시절 장독대에 놓인 오지그릇을 어머니가 물행주로 닦으면 지저분한 흔적이 사라지고 햇빛을 받아서 반짝이는 것처럼. 우리 부부의 언행 가운데 보기 싫은 것은 닦아내고 아름다운 것들만 아이들의 추억 속에 오래도록 자리 잡아 밤하늘의 별처럼 영롱하게 빛나기를 기도한다.

(금강일보, 2019. 07. 15.)

우는 아기를 달래면서

세 살짜리 외손자가 집으로 온다는 연락이 왔다. 모처럼 집 안팎을 대청소하고 안방에 이불을 깔아 두고 아기 손님을 맞았다. 외갓집 식구들이 낯설었는지 어린 손자는 제 엄마 옷자락을 놓지 않고 붙어 다녔다. 시간이 흐르니까 엄마의 치맛자락을 놓고 우리 품에 안기기도 하며 이리저리 돌아다닌다.

잠시 후 거실에서 안방으로 들어가는데 '쿠당탕' 하는 소리가 들려 달려가 보니 아기가 넘어졌다. 바닥에 깔아놓은 이불을 밟으면서 미끄러진 모양이다. 이마의 한쪽이 불그레하게 변했다. 얼른 안아주면서 괜찮다고 이마를 쓰다듬어 주었더니 울음보를 터뜨린다. 제 할머니가 쫓아와 아기를 살펴보고는 받아 안으며 "뚝 해야지. 울면 바보야."라며 달래본다. 그래도 울음을 그치지 않으니까 주방에서 일하던 딸아이가 뛰어왔다. 아기를 받아 안은 제 엄마는 "우리 아가 많이 아프지. 누가 그랬어?" 하면서 방으로 들어가 "떼찌"하고 방바닥에 깔아놓은 이불을 때려준다. 그러니까 아이도 제 엄마를 따라 이불을 한 대 때려주고는 울음을 멈추었다.

온돌문화에서 성장한 우리는 겨울철이면 방바닥에 이불을 깔아 두고 보온을 한다. 밖에 나갔다가 집으로 돌아오면 따끈한 방바닥에 앉아 언 몸을 녹이는 즐거움 때문에 항상 이불을 깔아놓은 채 겨울을 난다. 딸아이는 아기의 양말을 벗기지 못한 것이 자신의 실수라며 아기에게 "미안해. 엄마가 미안해."하면서 연신 사과를 했다. 그리고 아내는 이불을 깔아 둔 것이 자신의 잘못이라고 얼른 이불을 개어 이불장에 얹은 뒤에 아기의 이마를 호호 불면서 "우리 장군이 울지도 않고 잘 참는구나." 하며 칭찬했다.

최근에 우리 대전에서 일어난 김소연 시의원의 사태를 보면서 나는 안타까운 마음을 금할 수 없었다. 우리는 지난 2016년 말 국정농단과 정경유착의 사태로 일어난 촛불혁명으로 인해 대통령이 탄핵을 당하는 초유의 사태를 맞았다. 그리고 이듬해 5월에 치러진 제19대 대통령선거에서 문재인 후보가 41.1%의 득표율로 대통령에 당선되고, 취임식을 했다. '나라다운 나라, 새로운 대한민국'을 열망하는 국민의 뜻이 모여 대통령으로 선출하고 국정을 맡긴 것이다.

촛불혁명의 요구였던 적폐를 청산하고 정의로운 사회를 만들어 달라는 주문과 함께 국민의 뜨거운 지지를 받으면서 새로운 정부가 들어섰다. 이어 다음 해 6월 13일에는 제7회 전국동시지방선거를 통해 지방의회 의원과 지방자치단체장을 선출했다. 대전에서는 시장과 5곳의 구청장 그리고 비례대표를 제외한 19명의 시의원 당선자가 모두 더불어민주당 출신이다. 아마 대전지역 선거 사상 특정 정당의

후보만을 모두 선택해 지방자치를 맡긴 것은 처음 있는 일일 것이다. 그만큼 시민들은 민주당에 대한 기대와 아울러 무한한 신뢰를 보냈다. 이는 새로 출범한 정부와 집권당에 우리가 살아갈 세상을 밝고 투명한 사회, 정의가 구현되는 사회, 분배가 공정하게 이루어지는 사회를 만들어 줄 것을 간절히 염원했기 때문이다. 그런데 지방자치 단체장을 선출하고 지방의회를 구성하는 지방선거에서 공정한 경쟁이 이루어지지 않고, 구태의연하게 금품이 수수되며, 불법 선거가 이루어졌다고 하는 것은 부끄러운 일이 아닐 수 없다. 이것은 국민의 뜨거운 열망에 찬물을 끼얹는 일이다.

젊은 김소연 변호사는 시의원 후보로 집권당에 영입되었다. 그녀는 더불어민주당이 그동안 이뤄낸 민주주의와 촛불혁명, 문재인 정권 창출에 이르기까지의 훌륭한 성과를 지켜내는 데 일조하고 싶다면서 시의회에 진출했다. 그리고 이번 선거를 치르면서 자신을 도운 사람으로부터 법정 선거비용 이외의 금품을 요구받았다는 사실을 고백했다. 정치신인인 김소연 시의원은 밤잠을 이루지 못하고 고민하다가 우리 정치풍토가 깨끗해지기를 바라면서 양심선언을 하게 되었을 것이다. 많은 시민은 그녀의 용기 있는 결단에 힘찬 박수를 보내면서 새로운 정치풍토가 조성되길 기다렸다. 그런데 이를 두고 지역소속 정당에서는 해당 행위로 인정하고 제명을 했다.

김소연 시의원은 이에 굴하지 않고 중앙당에 재심을 의뢰하였으나, 중앙당에서도 받아들여지지 않아 이제는 무소속 의원으로 활동하고 있다. 문제를 제기하는 과정에서 다소 미흡하고 매끄럽지 못했다 하더라도 이를 바라보고 수용하는 기존 정치권의 시각이 여전히 문제가 아닐 수 없다. 그러기에 대전 시민들은 크게 걱정하는 것이다.

우는 아기를 대하는 아내와 나의 태도는 울음을 그치게 하는 데 아무런 도움이 되지 못하고 오히려 울음소리를 더 키웠다. 그러나 엄마인 딸아이는 아기의 요구에 공감하면서 이불을 야단치고 자신이 미안하다며 아기를 달랬다. 엄마한테 위로를 받은 아기는 금새 울음을 그쳤다.

이런 일을 겪으면서 어른들은 먼저 아이들의 이야기에 귀 기울이고 그들에게 다가가려는 자세가 필요하다는 것을 새삼 깨닫게 되었다.

(금강일보, 2019. 01. 28.)

감추어 둔
상패

가장 행복한 때

중국의 문호 린위탕(林語堂)은 하루 중 가장 행복한 때가 언제냐는 질문에 "식사를 마치고 안락의자에 앉아 파이프 담배를 한 대 피워 무는 시간"이라고 대답했다.

우리 가족에게도 같은 질문을 해 봤다. 어머니께선 "식구들이 모두 집에 돌아온 저녁시간"이라고 말씀하셨고, 아내는 "가족이 식탁에 모여 내가 만든 음식을 맛있게 먹는 것을 바라볼 때"라고 대답했다. 새벽같이 출근했다가 밤늦게 귀가하는 아이들은 "집에 돌아와서 식구들을 만나고 잠자리에 드는 시간"이라고 했다. 나 역시 가족이 한 상에 삥 둘러앉아 함께 식사하는 시간이 가장 행복하다고 생각한다.

구순이 넘은 어머니께선 일제의 혹독한 수탈정책에 초근목피로 어린 시절을 살았고, 민족말살정책으로 우리의 것을 송두리째 빼앗긴 채 생활하다가 해방을 맞았다. 잃어버렸던 나라를 되찾고, 감춰뒀던 우리말을 사용하는 기쁨을 누리기 무섭게 조국 분단의 아픔을 겪어야 했다. 그리고는 동족끼리 총부리를 겨누며 피를 흘린 6·25전쟁을 겪으면서 구사일생으로 살아남으셨다. 전쟁이 끝난 후엔 폐허가 된 땅 위에서 주린 배를 움켜잡고 자녀들을 낳아 길렀다. 가족의 생계를 꾸리기 위해 새벽부터 늦은 밤까지 두 손이 갈퀴 발이 되도록 일하면서 자녀들을 가르쳤다. 우리가 장성해 가정을 이룬 뒤에는 손주들을 길러주셨고, 이제는 증손들의 재롱떠는 모습을 보며 삶의 보람을 느끼신다. 이렇게 살아오신 어머니에게 지금까지 살아오면서 가장 행복했던 때가 언제냐고 묻는 질문에 "힘들고 어려웠지만 어린 시절"이라고 대답하신다.

한국전쟁을 겪으면서 태어난 내 또래들은 형제가 많아 입에 풀칠하기도 어려웠다. 그래서 초등학교를 졸업하지도 못한 채 생활전선으로 내몰린 아이들이 많았다. 당시엔 고등학교만 졸업해도 취업이 잘 됐다. 이때 우리나라 국민소득은 1인당 1,000달러를 오르내렸다. 이런 시대에 성장한 나에게도 가장 행복했던 때가 언제냐고 묻는다면 궁핍하게 살았지만 그래도 '어린 시절'이라고 대답할 것이다. 우리 세대는 대부분 1970년대 말이나 1980년대 초에 결혼해 가정을 꾸렸고, 정부에서 추진한 산아제한 정책 탓에 자녀를 많이 낳으면 가난을 대물림시킨다는 의식을 머릿속에 갖고 있었다.

'잘 기른 딸 하나, 열 아들 부럽잖다'라는 구호 아래 가족 계획을 실천한 우리 세대는 자신들이 배우지 못한 서러움을 대물림하지 않으려 몸부림쳤다. 결혼해서 낳은 아이들이 키가 크고 학교에 다니는 모습을 바라보면서 대리만족을 얻었고, 계층의 상승 이동을 이룰 수 있는 지름길은 교육뿐이라고 믿고 투자를 아끼지 않았다. 다행히 부모의 기대를 저버리지 않고 노력해 준 아이들의 대학 진학률도 90%에 가까웠다.

집 안에서 왕자와 공주로 자란 아이들은 험하고 어려운 일은 할 줄 모르고, 힘을 쓰는 일은 엄두도 내지 않았다. 손에 기름을 묻히거나 땀을 흘리는 노동은 직업 목록에서 자취를 감췄다. 사회가 안정될수록 취업문이 좁아지면서 젊은이들이 직장을 잡기 위해 애쓰는 모습을 바라보면 안타깝기만 했다. 이런 아이들에게도 가장 행복했던 시기가 언제냐고 물었더니 "부모님이 모든 것을 아낌없이 지원해 주던 어린 시절"이라고 대답한다.

어머니 세대의 어린 시절은 모든 것을 수탈당했던 일제강점기였고, 우리는 전란을 겪은 뒤 잿더미 위에서 자랐다. 다행히 우리 아이들은 경제적으로 윤택한 시기에 태어나 다복하게 유·소년기를 보냈다. 이렇게 3대가 성장한 시기는 제각기 다르지만, 행복했던 때를 물으면 한결같이 '어린 시절'을 꼽는다.

이를 보면서 요즈음 강원도 남대천에서 어미 연어 귀향맞이 행사를 하고 있다는 기사가 생각났다.

연어는 모천회귀성(母川回歸性)이 있는 물고기다. 우리나라 동해안에서 태어나 강물을 따라 머나먼 북태평양까지 갔다가 자신이 태어난 모천으로 돌아와 알을 낳고는 생을 마감한다. 부화한 어린 연어가 태어난 곳을 떠나 먼 바다로 나가 3~5년간 성장한 후에 길을 잃지 않고 고향으로 돌아오는 것을 어떻게 설명할 수 있을까?

연어도 우리처럼 가족을 그리면서 어린 시절에 대한 추억을 잊지 못하고, 치어(稚魚) 시기를 '가장 행복했던 때'로 생각하고 있는 것만 같다. 그래서 마음속 빛바랜 사진을 한 장씩 지닌 채 먼 바다를 떠돌다가 산란기를 맞아 제가 태어난 곳을 다시 찾아오나 보다.

(금강일보, 2018. 11. 26.)

감추어 둔 상패

5월을 펼치면 많은 기념일이 우리를 맞는다. 1일 근로자의 날, 5일 어린이날, 8일 어버이날, 15일 스승의 날, 18일 광주민주화기념일, 20일 성년의 날, 21일 부부의 날. 이런 날에는 각급 기관에서 행사를 치르며 시상식(施賞式)을 연다. 상 주는 까닭은 선행·공적·재능·실력 등이 뛰어난 사람이나 단체를 칭찬하고 그런 일을 장려하려는 의미이다.

우리는 근로자의 날에 우수한 사원을, 어린이날이면 모범 어린이를 그리고 스승의 날에는 존경받는 선생님을 가려 뽑아 표창하면서 그들의 업적을 기린다. 근로자의 날 고용주에게, 어린이날 어버이에게, 스승의 날 제자에게 상을 준다면 이것은 기념일을 제정한 취지에 맞지 않을 것이다. 마찬가지로 어버이날에는 장한 어버이를 표창해야 한다. 그런데 부모님에게 상을 드리는 것이 아니라, 자녀들 가운데 효자·효부를 골라서 상을 준다면 어떨까? 어른에게 효도해야 한다는 가르침을 담을 수는 있을 것이나, 부모님의 덕을 기리는 어버이

날의 의미를 퇴색시키는 꼴이 될 것이다.

지난해 5월에 있었던 일이다. 서부새마을금고 담당자로부터 어버이날 행사에 효자상 수상자로 선정되었으니 꼭 참석해 달라는 연락을 받았다. 전화를 받은 나는 난감했다. 우리 가족이 도마동에 거주한 지 60년이 넘었고, 지금 사는 집에서만 30년이 더 지난 세월을 살고 있다. 그래서 나를 우리 동네 터줏대감이라고 부르는 사람들도 있고, 오래된 이웃들은 웬만큼 얼굴을 알고 지낸다. 그렇지만 나를 효자라고 생각하는 사람이 얼마나 있을는지 알 수 없는 노릇이다.

우리 부부는 결혼하고 줄곧 부모님과 같이 살았다. 아내와 내가 효성스러운 것이 아니라, 두 아이를 출산해서 양육하고 공부시키는 동안에 우리 내외는 부모님의 도움을 많이 받았다. 그리고 아이들이 성장해서 혼례를 갖추고 분가하기까지 모든 것을 부모님과 상의하면서 처리해 왔다. 이제는 구순이 넘으신 어머님을 아내가 정성껏 보살펴드리지만, 우리는 부모님을 모신다기보다는 함께 생활하고 있을 뿐이다.

그런 나에게 효자상을 준다기에 어쩔 수 없이 행사에 참석했다. 정작 중요한 장한 어버이상이 빠진 채 효자·효부상만 시상했다. 나는 받아 온 상패를 혹시나 어머님이 보실까 봐 그대로 서가에 얹어두었다. 어머님이 아신다면 부끄러워서 어머님의 얼굴을 제대로 뵐 수 없을 것만 같았다. 염치가 없는 노릇이다. 그래서 아내에게만 이야기하고, 어머님에게는 말씀을 드리지 못한 채 지냈다.

어느 날인가 어머님이 서가에 있는 낯선 상패함을 열어보시고는 그 속에 담긴 패를 꺼내 놓으셨다. 그리고는 효자상을 받은 아들이 자랑스럽다고 칭찬해 주셨다. 어머님 앞에서 얼굴이 달아올랐다. 자식을 위해 가시고기나 우렁이처럼 헌신하신 어머니를 두고 효자라는 이름은 불경스러운 표현이라는 생각이 들었다.

가시고기는 암컷이 산란한 후에 수컷이 둥지를 지키면서 부화할 때까지 알을 보호한다. 부화하여 새끼가 태어난 뒤에도 수컷은 둥지를 떠나지 않은 채 어린 것들이 생존 가능한 상태로 자라기까지 돌보다가 그 자리에서 죽음을 맞이한다고 한다. 그리고는 자신의 몸을 새끼들에게 먹이로 내어준다는 것이다. 또 우렁이는 알에서 깨어난 새끼에게 어미가 자신의 살을 먹여 기른다. 어린 우렁이가 어미의 살을 파먹고 자라나서 혼자 움직일 수 있을 때쯤이면, 어미 우렁이는 살이 모두 없어져 껍데기만 남은 채 물에 떠내려간다고 한다.

우리들의 부모님도 이 가시고기나 우렁이처럼 자식을 위해 자신의 모든 것을 바치신 분들이다. 그리고 자녀들이 앞으로 더욱 행복하게 살기를 기도하면서 우리의 곁을 떠나신다. 이런 부모님 앞에 효자·효부가 어디에 있겠는가. 그렇지만 상패는 여전히 책장의 한 모퉁이에 자리 잡고서 오늘도 나를 내려다보고 있다.

(금강일보, 2019. 05. 20.)

코로나19 사태를 겪으면서

눈에 보이지도 않는 신종 코로나바이러스는 우리의 생활에 커다란 변화를 가져다 주었다. 우리나라 확진자 수는 1만 명이 넘었고 세계적으로는 170만 명에 이르러, 제2차 세계대전 이후에 나타난 가장 큰 재앙이라고 한다. 이번 사태는 국가적으로 경제와 산업 전반에 커다란 영향을 미쳤고, 나아가서는 전 세계를 충격과 고통 속에 빠뜨렸다.

우리는 정부에서 제공하는 국민 행동수칙에 따라 '흐르는 물에 비누로 손씻기' '마스크 착용하기' '사회적 거리 두기'를 생활화하면서 전염병 감염을 막으려고 노력했다. 아이들도 밖에 나갔다가 집으로 돌아오면 먼저 손을 씻으러 욕실로 들어간다. 처음엔 마스크를 쓴 채 숨 쉬는 것이 힘들어 자주 벗어던지기도 했지만, 이제는 종일 쓰고 있어도 커다란 불편을 느끼지 않는다. 모두 각종 모임도 뒤로 미루고, 일찍 귀가하여 가족 중심으로 생활을 이어가고 있다.

온라인으로 친구들과 이야기를 나누어보니 집집이 가족의 위생 관념이 무척 좋아졌다고 한다. 마스크를 쓰고 생활하는 여자들은 화장하는 시간이 짧아졌고, 말수도 퍽 줄어 오히려 부부간에 애정이 깊어졌단다. 밖에서 친구들과 어울리는 시간과 횟수가 줄고, 집 안에서 가족들과 함께 보내는 시간이 늘어나 화목한 가정이 되었다고 말하기도 한다. 책상에 앉아 그동안 가까이하지 못한 책을 읽거나, 아내와 함께 추억의 명화를 감상하면서 둘만의 오붓한 시간을 갖기도 한단다. 신앙생활을 하는 친구는 종교 활동에 참석할 수 없으니까 집안에서 예배를 드리며 생활 속에서 하나님의 뜻을 펼쳐 나가는 것이 참된 신앙이라는 것을 깨달았다고 한다.

지난 주말에는 햇살의 유혹을 뿌리치지 못해 아내와 함께 마스크를 쓴 채 봄나들이를 했다. 꽃 잔디, 개나리, 진달래가 피었고, 양지바른 곳의 벚꽃은 바람이 부는 대로 꽃잎을 흩뿌리고 있었다. 각 기관에서 봄꽃 축제를 열고 상춘객을 불러 모으던 행사를 모두 취소하는 바람에 우리는 조용한 봄 동산을 거닐면서 즐길 수 있었다. 곳곳마다 가족 단위로 움직이는 사람들이 마스크에 가려 얼굴은 보이지 않지만 빛나는 눈동자와 밝은 표정이 봄의 향연을 만끽하고 있는 것을 읽을 수 있었다.

지난 12월에는 아들 내외가 회사의 미국 주재원으로 발령받아 샌디에이고로 떠났다. 아들네를 떠나보내고 아내는 한동안 서운해 했다. 그러다가 중국 우한에서 발생한 신종 코로나바이러스가 우리나라에서 만연하자 아들이 미국에서 근무하게 된 것이 오히려 다행이라고 기뻐했다. 그러다가 우리나라의 감염률이 잦아들고, 오히려 미국에서 무섭게 확진자가 증가하자 아내는 아이들의 안부를 염려하기 시작했다. 미국에서는 출입에 제한을 두고, 모임을 금지하며, 회사의 업무도 재택근무를 하고 있다는 전화기 너머로 들려오는 아들의 목소리에 우리 부부의 마음이 편치 않았다.

아들이 마스크가 필요하다고 해서 우체국에 문의했더니 직계 가족만 한 달에 8매를 보낼 수 있다고 한다. 우리 집에서는 아들과 손녀의 것을, 며느리는 친정집에서 보내주어야 한다. 안내받은 대로 인터넷으로 우편접수를 하고, 송장번호를 받은 뒤에 우체국으로 갔다. 담당자가 마스크 두 묶음을 확인한 후에 건네주는 EMS 우편물 상자에 주소를 기록하며 언제 도착하느냐고 묻자 현지 사정에 따라 변동이 크다는 대답이다. 나는 마스크를 보내고도 마음이 가볍지 않았는데 일주일이 지나서 잘 받았다는 연락이 왔다.

미국에서는 돈을 주고도 마스크 사기가 어렵고, 사람들이 화장지와 일용품을 사재기하는 바람에 슈퍼마켓의 진열대가 텅텅 비기도 한단다. 문턱이 높아 병원 진료를 받기가 쉽지 않으며, 돈이 없으면 거리에서 그냥 쓰러져 들것에 실려 가기도 한다는 것이다.

그런데 우리나라에서는 누구나 손쉽게 감염 여부를 진단받고, 치료를 통해 정상적인 생활을 할 수 있도록 돌보고 있다. 이번에 코로나19 사태를 겪으면서 우리나라가 살기 좋은 곳임을 우리 가족은 깨닫게 되었다.

(금강일보, 2020. 04. 13.)

프로크루스테스(Procrustes)의 변명

출근 시간이 가까우면 몰려드는 차량으로 인해 정체되어 답답하고, 끼어드는 운전자들로 인해 짜증이 난다. 그런데 조금 일찍 나서면 자동차의 흐름이 원활하여 기분이 상쾌하다. 겨울철이어서 아침 7시 반이 훨씬 지났는데도 이른 시간이라는 느낌이다. 게다가 오늘은 토요일이기에 차량이 많지 않아 거리는 비교적 한산하다. 방학 때는 학생들도 없는데 추운 아침부터 학교엘 가느냐고 걱정하는 아내의 이야기를 못 들은 척 외면하고 집을 나섰다.

학교 주차장에 들어서니 아직 도착한 차가 없었다. 엘리베이터로 향하다가 그만 발길을 멈추었다. 정부 시책에 맞추어 절전 운동에 신경을 쓰느라고 토요일에는 엘리베이터를 운행하지 않는다는 사실을 깜빡했다. 그래서 계단으로 걸어 올라가 5층에 있는 연구실 앞에 도착했다. 열쇠를 꺼내 문을 열고 벽을 더듬어 형광등 스위치를 눌렀는데도 웬일인지 전등불이 켜지지 않았다. 몇 번씩 껐다 켜기를 반복해도 아무런 반응이 없다. 이상하다고 생각하면서 온풍기를 작동해

보아도 난방이 되지 않았다. 휴일에도 이런 일은 없었는데 이번 주부터 아예 관리실에서 전원 스위치를 내렸는지 아니면 고장으로 인해서 정전되었는지 알 수 없는 일이다. 그렇다고 학교까지 왔는데 그냥 발걸음을 돌리기도 멋쩍어서 창가로 다가갔다.

밖을 내다보니, 잎사귀를 떨군 나뭇가지 사이로 보이는 그늘진 곳은 눈 이불을 덮은 채 아침잠에서 깨어나지 않았고, 양지쪽에는 잎새들이 따사로운 햇살 아래 소곤소곤 정담을 나누는 것 같다. 한동안 바깥 풍경을 보고 있노라니 어린 시절의 일들이 떠올랐다.

이맘때면 친구들과 함께 썰매를 만들어 방죽에서 타고 놀다가 메기를 잡고는(물에 빠진 것을 가리키는 말) 논두렁에 불을 붙이거나 떨어진 나무 잎새를 긁어모아 불을 지핀다. 작은 불씨를 사이에 두고 여럿이 둘러앉아서 불을 쬐며 멍멍하게 언 손을 녹인다. 더러는 젖은 양말을 벗어서 물기를 꼭 짠 뒤에 손바닥에 끼워 말리다가 불똥이 떨어져 양말에 구멍을 만들기도 하고, 불장난하다가 뜨거운 불을 만지고는 얼얼한 손을 후후 불면서 깔깔대기도 했다. 밖에 나가서 놀지 못하면 처마 밑 양지바른 곳에 웅크리고 서서 고드름을 따다가 작은 것은 입속에 넣고는 알사탕처럼 빨아 먹기도 한다. 그리고 기다란 것은 위로 쳐들고 친구들과 칼싸움 놀이를 하다가 다투던 일도 생각이 나서 멋쩍게 웃었다.

이런저런 추억을 떠올리다가 시계를 보니 아직도 9시가 되지 않았다. 이 시간에 도로 내려갈 수도 없어서 온기가 없는 싸늘한 연구실에 앉아 창가에 비치는 햇살에 등을 맡긴 채 읽다가 접어둔 책을 펴들었다. 다른 사람이 보면 청승맞다고 구박할 터이지만, 딱히 갈 곳도 없고 아침부터 불러낼 친구들을 찾기도 쉬운 일이 아니다. 그래서 책장을 넘겨보지만, 머릿속에 들어오지는 않고 발과 무릎이 점점 시려 올라왔다. 그때 이희승 선생님의 수필 「딸깍발이」의 한 구절이 떠올랐다.

겨울이 오니 땔나무가 있을 리 만무하다. 동지 설상(雪上) 삼척 냉돌에 변변치도 못한 이부자리를 깔고 누웠으니, 사뭇 뼈가 저려 올라오고 다리 팔 마디에서 오도독 소리가 나도록 온몸이 곧아 오는 판에, 사지를 웅크릴 대로 웅크리고, 안간힘을 꽁꽁 쓰면서 이를 악물다 못해 박박 갈면서 하는 말이, "요놈, 요 괘씸한 추위란 놈 같으니, 네가 지금은 이렇게 기승을 부리지마는, 어디 내년 봄에 두고 보자."하고 벼르더란 이야기가 전하지마는, 이것이 옛날 남산골 '딸깍발이'의 성격을 단적으로 가장 잘 표현한 이야기다.

－「딸깍발이」에서

차가운 연구실에 혼자 앉아 덜덜덜 떨면서도 집으로 돌아가지 못하고 있는 자신의 모습을 보면서 언감생심 「딸깍발이」를 떠올리다니 기가 찰 노릇이다. 이러다가 감기에 걸리면 나만 손해다. 그렇지만 남자 체면에 금세 갈 수는 없고, 점심때는 되어야 집으로 돌아가겠다고 마음먹는다. 자존심이 세고 고집도 불통이며 융통성이 없는 사람이라는 것을 스스로 잘 알면서도 고치지 못한 채 초로의 나이에 접어

들었다.

그리스 신화에서 유래된 심리학 용어인 '프로크루스테스의 침대
(The Bed of Procrustes)'가 있다. 이는 자기의 기준이나 생각에 맞춰
타인의 생각을 바꾸려 하거나, 타인에게 손해를 끼치면서까지 자신
의 주장을 굽히지 않는 아집, 독단 등을 가리키는 말이다. 나 자신은
절대로 프로크루스테스가 아니라고 고개를 가로저으면서 책을 뒤적
이기도 하고, 서랍을 정리하다가 보니 12시가 다 되었다.

이제는 돌아가야겠다고 의자에서 일어서자 몸은 뻣뻣하고 콧물이
찔꺽거리는 것이 오늘은 틀림없이 감기에 걸릴 것만 같다.

(금강일보, 2018. 12. 23.)

음악회에 다녀와서

지난 주말에 아내와 함께 작은 음악회인 리사이틀에 다녀왔다. 이름 그대로 소극장을 빌려 관객 앞에서 자신의 기량을 선보이는 자리였다. 그동안 갈고닦은 실력을 여러 사람 앞에서 발표한 성악가의 노력에 우리는 모두 힘찬 박수를 보내면서 격려했다.

발표자는 우리나라에서 학부와 대학원을 졸업하고, 이탈리아 밀라노에 있는 대학에서 연주자과정을 마쳤다. 주인공이 오늘 무대에 서기까지 국내외에서 오랫동안 공부했으니 그동안 겪은 어려움은 말로 다 표현할 수가 없을 것이다. 발표회가 끝나고 주인공과 인사를 나누면서 돌아보니 넓지 않은 공간에 많지 않은 손님들의 응원이 얼마나 위로가 되었을까 안타까운 마음이 들었다. 그렇지만 자신이 잘 할 수 있고 좋아하는 일을 하면서 사는 것만큼 행복한 삶은 없을 것이라는 생각을 하면서 자리를 떴다.

파란 하늘 아래 펼쳐진 황금빛 벌판을 거닐면서 느끼는 가을은 어느 계절보다도 풍요롭다. 농부들은 수확한 농작물을 거두어 갈무리하고, 예술 분야에서 활동하는 사람들도 저마다 발표회나 전시회를 열어서 자신이 땀 흘린 결실을 많은 사람에게 선보인다. 전시회나 발표회장을 찾아가면 작가의 친지들이나 동료들이 드나드는 것이 전부이고, 음악회도 대부분 지인이나 관계자들이 참석하여 박수를 보내면서 그동안의 노고를 격려한다.

한 사람의 예술인이 무대에 서서 자신의 작품을 발표하기까지는 타고난 재능 외에도 남모르는 많은 땀과 눈물이 숨어있을 것이다. 서정주 시인의 "한 송이의 국화꽃을 피우기 위해 봄부터 소쩍새는 그렇게 울었나 보다. 한 송이의 국화꽃을 피우기 위해 천둥은 먹구름 속에서 또 그렇게 울었나 보다."라는 시구처럼 작품발표회는 많은 시간과 노력의 산물임이 틀림없다. 그리고 그 재능을 꽃피울 수 있도록 부모나 가족의 헌신적인 뒷바라지가 있었기에 가능한 일일 것이다.

예술세계는 우리들의 삶과 정신을 정화해 주고, 상한 영혼에 안식을 가져다 주기에 사람들은 예술 작품에 관심을 기울인다. 그러면서 앞으로 더 좋은 작품이 나타나기를 기다린다. 우수한 작품이 탄생하려면 좋은 예술인을 길러낼 수 있는 토양이 먼저 만들어져야 한다. 사회적으로 예술 활동하는 사람들을 지원하고 우대하는 풍토가 조성되어야만 할 것이다. 대학에 출강하면서 보니 예술학과에서 강의하는 강사들은 대부분이 해외유학파들이었다. 그분들이 강단에 서기까지는 오랜 기간을 공부하면서 자신의 재능을 가꾸는데 많은 투자를 했고, 작품 활동을 하는 동안에도 재정적인 부담이 컸을 것이다. 그런데 전업으로 활동하면서 얻을 수 있는 소득은 그리 높지 못하기 때문에 많은 사람이 예술 분야에 종사하기를 주저한다. 오죽하면 예술가는 입에 풀칠하기가 쉽지 않다는 말이 있겠는가.

지방자치제가 뿌리를 내리면서 동네마다 축제를 열고 지역주민들을 잔치 자리에 모은다. 축제 마당에는 먹거리가 주민들을 불러내고, 노래자랑과 춤이 흥을 돋우면서 참석자들을 신명 나게 만든다. 자치제의 문제점은 선거권을 가진 주민들의 비위를 맞추는 일에만 관심을 기울이는 것 같아 아쉬울 때가 있다. 어느 지역이든지 축제 마당은 하나같이 먹고 마시면서 향락적인 분위기에서 벗어나지 못하는 것만 같다. 지역별 축제가 고장의 특성에 따라 다양하게 이루어지고, 주민 삶의 질을 한 단계 높이는 방향으로 추진될 수 있으면 좋겠다고 생각해본다. 지역별로 고유문화와 예술을 접목하여 작품발표회나 전시회를 곁들이면 일회성으로 끝나는 오락적인 축제를 벗어날 수 있을 것이다. 그렇게 될 때 주민들도 자기 지역에 대한 애정과 자긍심을 갖게 될 것이다.

우리나라에서 예술 분야가 발전하기에는 많은 지원이 필요하다는 생각이 든다. 자치단체에서는 자라나는 아이들의 예술 활동을 지원하고, 전문 예술인들이 작품을 발표하거나 역량을 키울 방안을 마련하여 후원해야 한다. 그리고 주민들도 입장권을 구매하고 무대를 찾거나 작품을 사들이면서 전업으로 작품 활동하는 예술인들을 격려해야 할 것이다. 그러면서 예술인들이 생활에 어려움을 느끼지 않고 재능을 펼쳐 나갈 수 있도록 관심을 기울여야 하겠다.

(금강일보, 2019. 11. 04.)

설명절을 기다리며

해마다 설 명절이 가까우면 아이들에게 건넬 세뱃돈으로 신권을 챙긴다. 올해도 아이들에게 절값을 주려고 은행 창구를 찾았다. 은행원의 머뭇거리는 손놀림을 보니 교환하려는 액수가 많은 것 같아서 눈치가 보인다. 세뱃돈은 새하얀 봉투에 아이들의 이름을 정성껏 써넣고, 손때가 묻지 않은 깨끗한 새 지폐를 담아서 덕담과 함께 아이들에게 건넨다.

어린 시절 어느 해인가, 나는 친척으로부터 잉크 냄새가 풍기며 손이 베일 것 같은 세뱃돈을 받고서는 뛸 듯이 기뻤었다. 은행 창구에서 나오자마자 내 품에 안긴 새 생명과 같은 절값을 가슴에 품고 얼마나 기분이 좋았는지 모른다. 만지기도 아까운 귀한 돈을 과자부스러기와 바꾸어 버릴 수는 없었다. 오랫동안 고이 간직하고 싶은 마음에 두꺼운 책갈피 속에 끼워두고 이따금 책꽂이에서 꺼내 보며 냄새를 맡고는 다시 제자리에 갖다 둔 채 신줏단지 모시듯 했다.

어렸을 때는 설날 아침이면 부모님께 세배를 마친 뒤에 떡국을 먹고 아이들과 함께 동네를 한 바퀴 돌았다. 이웃에 사시는 할아버지, 할머니, 아저씨, 아주머니에게 절하기 위해서였다. 그때에는 세뱃돈이라는 것을 몰랐다. 절을 받으신 어른들은 "공부를 열심히 해라." "훌륭한 사람이 되어야 한다."라는 덕담을 해주셨다. 그러면서 준비해 두셨던 산자와 약과, 다식 같은 먹을거리나 얼음이 동동 뜨는 식혜를 내오시면 맛있게 먹곤 했다. 이어서 우리끼리 모여앉아 주사위나 윷가락을 던지고, 어른들 몰래 화투짝을 돌렸던 기억도 있다.

어린 시절에 명절날이 돌아오기를 손꼽아 기다렸던 것은 먹을 음식이 풍성했기 때문이다. 하루 세 끼 입에 풀칠하기도 힘들었던 시절, 벽장 안에 먹거리가 쌓여 있다는 것은 명절이 아니면 생각할 수 없는 노릇이다. 그때 아이들은 어른 몰래 벽장문을 살그머니 열고는 생쥐처럼 드나들면서 음식이나 과일을 꺼내다가 동생이나 친구들이랑 나누어 먹는 즐거움 속에 시간 가는 것을 잊고 지냈다.

어른이 되어 명절을 맞고 보니, 아이들의 관심은 세뱃돈에 있는 것 같았다. 도회지에 사는 어른들이 쥐어 주는 푸른색 지폐는 아이들의 입을 벌어지게 만들고, 시골에 계신 분들이 건네는 돈에는 미소를 찾기가 힘들었다. 형제들끼리 경쟁이라도 하듯이 자기가 받은 세뱃돈의 총액수를 자랑하면서 서로 시샘하는 것이 안타까울 때도 있었다. 어른들을 대하는 태도도 세뱃돈의 금액에 따라 달라지는 것을 보면 어린 것들한테도 돈이 지닌 위력은 대단히 컸다. 그래서 아이들에게 세뱃돈을 건네는 일은 조심스럽기도 하고, 액수도 여간 마음쓰이는 일이 아닐 수 없다.

우리 집에서는 설 명절에 아이들의 절값으로 어린이와 초등학생 이만 원, 중·고등학생 삼만 원, 대학생은 오만 원으로 정해 두었다. 나름대로 합리적이라는 생각이지만, 걸음마를 떼면서부터 세배하러 오는 아이들의 숫자가 해마다 늘어나니까 세뱃돈으로 나가는 금액도 만만치가 않다. 그렇지만 "할아버지 할머니, 새해에 복 많이 받으세요." 하면서 방바닥에 엎드려 절하는 어린아이들의 머리를 쓰다듬어 주고, 덕담과 함께 봉투를 건넬 때 벌어지는 입을 바라보면 저절로 행복을 느낀다. 정초에 친구들과 모여 이야기를 나누다 보면 자연스럽게 손주들 이야기로 옮겨가게 마련이다. 온 가족이 모여 명절을 지내면서 어린 것들에게 절값을 주는 것이야말로 행복한 삶이라는 데에는 모두가 동의한다.

그동안 우리들의 명절 풍속도 많이 바뀌었다. 예전에는 자녀들을 데리고 온 가족이 고향에 계신 부모님 댁으로 설을 쇠러 내려왔다. 그런데 요즈음은 역귀성으로 지방에 계신 어른들이 도회지에 사는 자녀의 집을 찾아 나서기도 한다. 또 아침에 떡국을 먹기 바쁘게 아이들 손을 잡고 휴양지로 뿔뿔이 흩어지는 집도 있단다. 연휴 기간을 이용해서 아이들과 함께 휴양지에 찾아가 쉬려고 숙소를 예약해 두었기 때문이라고 한다. 또 자녀들이 해외여행을 떠나는 바람에 쓸쓸하게 보내는 어른들도 있다는 이야기도 들린다. 글로벌 시대에 어느 곳에서든지 조상의 은혜를 잊지 않고 감사를 드리며, 가족과 함께 명절을 보낸다고 해도 잘못된 것은 아니다. 그렇지만 시대가 바뀌면서 변해가는 설날 풍속을 전해 들으니 왠지 모르게 입맛이 쓸쓸해진다.

일가친척이 함께 모여 세배하고, 떡국을 나누면서 덕담을 주고받는 떠들썩한 분위기가 내가 생각하는 설 풍경이다. 어른과 아이들이 둘러앉아서 집안 식구들의 이야기도 들려주고, 아이들 재롱떠는 모습을 바라보며 칭찬과 격려를 해 주는 것이 가족 간의 정을 도탑게 만들고 명절을 뜻깊게 보내는 방법일 것이다.

이렇게 설을 쇠는 것이 바람직스럽다는 고집을 버리지 못한 채, 올해도 설을 기다리고 있다.

(금강일보, 2020. 02. 03.)

자연재해가 주는 교훈

우리는 살아가면서 자연현상으로부터 많은 교훈을 받는다. 지난 연말 중국 후베이성 우한시에서 발생한 원인불명의 집단 폐렴이 우리나라에서는 1월 7일에 첫 환자가 나타났다. 그 후 감염자가 증가하면서 사람들은 '개인위생 지키기'를 통해 손 소독제를 사용하고, 마스크를 쓰고 다니며, 밖에 나갔다가 돌아오면 손씻기를 생활화하고 있다. 그리고 '사회적 거리 두기'를 일상화하면서 대면 접촉을 자제하는 분위기로 인해 우리의 생활에도 많은 변화를 가져왔다.

학교를 비롯하여 공공기관의 교육이 비대면 온라인으로 이루어지고, 회사의 업무도 재택근무를 하는 직장이 늘어났다. 또 체육·문화·종교 시설 등 여러 사람이 이용하는 장소가 문을 닫으면서, 비대면·비접촉이 일상화되어 경조사를 비롯한 크고 작은 행사에 참석하는 것도 조심스럽게 결정하기에 이르렀다.

이렇게 바깥 활동이 줄어들고 관계자들과 함께 하는 자리가 뜸해지면서 사람들은 가정에서 가족이 모여 배달이나 주문 포장 음식을 같이 나누는 경우가 늘었다고 한다. 또 외지로 여행을 다니거나 공연장이나 경기장을 찾아가서 즐기기보다는 많은 시간을 방안에서 독서나 TV를 시청하면서 컴퓨터와 가까이 지내기도 한다.

그동안 우리는 다른 사람 손봐주기를 주저하지 않았고, 갖고 싶은 것을 내 것으로 만들기 위해 손부끄러운 일도 많이 행했다. 가까이 있는 사람을 칭찬하거나 격려하기보다는, 비난하고 조롱하면서 입으로 상대방의 마음을 아프게 한 일도 잦았다. 또 끼리끼리 모여 행동하면서 다른 사람들은 안중에도 없는 패거리 문화에 취해서 이웃에게 많은 폐를 끼치기도 했다. 이런 우리에게 코로나19는 앞으로 항상 손을 깨끗이 하고, 입을 다문 채 조용히 자신을 돌아보면서, 가족을 사랑하며, 이웃에도 관심을 두고 살아가라는 가르침을 주는 것 같다.

보도에 따르면 최근에 전국적으로 집값이 폭등했다. 주택은 경제적 여건과 가족의 필요와 형편에 의해 학군이나 일터가 가까운 지역, 교통이 원활하고 쾌적한 곳, 편리한 시설을 갖춘 곳을 택하기 마련이다. 그리고 기호에 맞춰 아파트를 비롯하여 각양각색의 주택을 찾는다. 그런데 이번에 주택 가격이 무섭게 오른 것은 실수요자들에 의한 것이 아니라 투기꾼들의 작전 때문이라고 한다.

국토교통부에서는 폭등한 집값을 잡기 위해 종합부동산세율을 대폭 인상하고 다주택자와 법인에 대한 취득세율도 늘리겠다는 부동산 대책을 발표했다. 주택시장 안정 대책은 보유세 강화와 공급 확대라고 말할 수 있다. 정부에서는 많은 사람이 자기 집을 갖고 안락하게 살아갈 수 있는 방향으로 정책을 세워야 한다. 주택을 투기 수단으로 이용해서 집 없는 사람들에게 좌절을 안겨주거나, 치부의 수단으로 이용하여 부익부 빈익빈 현상이 심화하도록 방관해서는 안 된다. "뭐니 뭐니 해도 집 없는 설움이 가장 크다."라는 말이 있다. 먹고 쓰지 않으면서 평생을 모아도 내 집 한 칸 마련할 수 없다면 누가 희망을 품고 미래를 설계하겠는가. 젊은이들이 가정을 꾸리고 셋집에서 살아도 멀지 않은 장래에 내 집을 마련할 수 있다는 꿈을 가질 수 있어야 한다.

이번 장마 기간에 내린 폭우로 인해 강원도 철원부터 아래로 경남 하동에 이르기까지 전국에서 모두 물난리를 겪었다. 올해는 입추가 지나고 말복 때까지 장맛비가 내렸다. 기상청이 생긴 이래 50일이 넘는 가장 길고 늦은 장마라고 한다. 연일 큰비가 쏟아지고 제방이 무너지면서 많은 이재민이 발생했다. 전문가들은 이와 같은 사태는 앞으로도 이어질 것이라고 말했다. 이는 기후변화 때문이며, 원인은 인간의 자연환경을 훼손한 탐욕의 결과라는 것이다. 탐욕은 결국 파멸을 불러일으킨다.

가족과 함께 행복하게 살 수 있는 보금자리는 모든 사람에게 골고루 주어져야 한다. 투기 세력에 편승해서 집을 치부의 수단으로 악용하여 부당한 이득을 취하는 사람들의 탐욕은 남의 행복을 짓밟는 것이다. 하천에 넘실거리는 물살을 바라보면서 주택을 투기 수단으로 일삼는 사람들의 지나친 욕심은 하늘도 용서하지 않는다는 교훈을 우리가 모두 받았으면 좋겠다.

(금강일보, 2020. 08. 20.)

건강한 사회

올겨울은 눈이 내리지 않고 춥지도 않아서 엄동설한을 느끼지 못한 채 봄을 맞았다. 우수(雨水), 경칩(驚蟄)도 지나고 산수유가 꽃망울을 터뜨리면서 목련이 고개를 들기 시작한다. 창문을 열어 놓고 봄내음을 맡으면서 콧노래도 부르고 싶지만, 도무지 흥이 나질 않는다.

검찰개혁을 완수해 내겠다고 다짐하면서 지난 9월 9일 조국 법무부 장관이 취임했다. 그러나 장관 가족의 사모펀드 게이트와 자녀들의 대학원 입학을 위한 총장상과 인턴 증명서 조작 개입으로 인해 결국 35일 만에 사퇴하고 말았다. 이는 국가지도자의 도덕적인 문제일 것이다. 이어 언론에서 보도하는 추미애 법무부 장관과 윤석열 검찰총장의 대립을 바라보는 국민들도 마음 편할 날이 없었다.

12월에 접어들어서는 오는 4월 15일에 치를 제21대 국회의원선거를 앞두고 정당별로 예비후보자들이 얼굴을 알리기 시작했다. 언론매체와 SNS는 총선을 앞둔 각 정당의 활동과 예비후보자들에 관한 이야기로 채워나갔다. 지지를 부탁하는 후보자와 추종자들로 인해 핸드폰은 연신 울리고, 지인들은 소식을 퍼 나르면서 우리들의 눈과 귀를 묶어 두려 애를 썼다. 우리 지역의 일꾼으로 합당한 사람을 추천하는 것이 아니라 편 가르기를 하고 있었다.

우리나라에서 1월 20일에 코로나19 확진 환자가 발생했다. 세계보건기구(WHO)에서는 우한에서 발생한 코로나19가 세계 여러 나라로 확산하자 1월 30일 '국제 공중보건 비상사태'를 선포했다. 이어서 2월 17일에 우리나라의 확진 환자가 30명으로 증가했으나, 관계부처에서 손쓰기도 전에 신천지 교인들의 집단 감염으로 확진자가 증가하기 시작했다. 감염속도가 폭증하면서 대구지역에 거주하는 시민들이 어려운 사태를 맞았고, 국민을 불안과 공포 속으로 밀어 넣으며 마스크 대란까지 일어났다. 세월호 사건으로 인해 구원파가 서리를 맞았고, 코로나19 사태로 신천지의 실체가 드러났다고 이야기하면서 사이비 종파나 이단을 비판하기에 열을 올린다. 그러나 여기에는 기독교의 겸허한 자기 회개가 있어야 한다. 썩은 나뭇등걸에서 독버섯이 피어나듯이 부패한 종교 그늘에서 타락한 집단이 성장하게 마련이다.

2월 10일에는 봉준호 감독의 영화 『기생충』이 아카데미상 시상식장에 섰다. 한국 영화 최초로 작품상, 감독상, 각본상, 국제 장편 영화상 4개 부문을 수상하며 올해 아카데미 최다 수상을 기록했다. 빈부 격차와 사회적 부조리를 주제로 다루면서 우리 주변의 생활을 코믹하게 그려내어 호평을 받았다. 세계 영화 산업의 중심지인 할리우드에서 이렇게 커다란 상을 받은 것은 우리 영화가 국제무대에서도 인정받은 것으로 모든 국민이 기뻐해야 할 일이다.

이번 가을과 겨울을 지내면서 조국 법무부 장관 사태, 21대 국회의원 선거운동, 봉준호 감독의 아카데미상 수상 그리고 코로나19와 같은 커다란 사건을 겪었다. 그런데 이러한 사건을 바라보는 국민들의 시각이 너무 진영논리에 치우쳐 안타까운 마음을 금할 수 없었다. 똑같은 사건을 바라보면서도 서로 반목하고 투쟁하는 것을 보며 마음이 아팠던 사람은 나만이 아니었을 것이다.

우리는 자유민주주의 국가에서 살고 있다. 누구든지 자기 생각을 자유롭게 표현할 수 있다. 많은 사람이 살아가는 사회에서 구성원들의 다양한 목소리가 들리는 것은 건강하고 바른 사회일 것이다. 조용히 자신의 견해를 들려주는 것은 바람직하다. 그러나 묻지도 않은 일에 침을 튀겨 가면서 편향된 시각의 목소리를 높이는 것은 주변 사람들을 불쾌하게 만드는 일이다. 다른 사람의 이야기는 들으려 하지 않으면서 자신의 견해만을 일방적으로 남에게 강요하는 것은 민주시민의 자세가 아니다.

세대 간의 갈등으로 인해 가족 사이에도 소통이 어렵고, 상급자와 하급자 사이에도 보이지 않는 장벽으로 불신이 깊다는 것은 우리 사회가 건강하지 못하다는 증거다. 자신의 목소리는 낮추고 부드러운 시선으로 상대를 바라보며 웃으면서 이야기 나눌 수 있는 사회를 그려본다.

(금강일보, 2020. 03. 09.)

아름다운 환경을 물려주는 길

　우리나라가 해방되고, 정부 수립과 더불어 경무대의 주인은 초대 대통령이셨다. 대통령은 우리나라 최고의 통수권자다. 그런 대통령이 아침에 세수하고, 그 물로 양말을 빤 뒤에 화단에 부어 화초를 기르셨다는 이야기를 중학생 시절 선생님에게서 들었다. 이승만 대통령이 생활하고 근무하는 경무대에는 일하는 사람들이 많아 대통령이 직접 양말을 빨아 신을 정도는 아니었을 것이다. 그렇지만 그 이야기는 이승만 대통령의 검소한 생활습관을 우리에게 들려주시는 것으로 생각했다.

　'습관은 제2의 천성'이라고 한다. 한번 형성된 생활습관은 그만큼 바꾸기가 어려운 것이다. 경제적으로 어려운 시대에 태어나서 성장한 우리 세대는 비교적 검소한 편이다. 나도 우리 가족이 신고 다니는 구두는 내 손으로 약칠을 해서 닦는다. 방 청소를 하다가 화장대 위에 놓인 쓸 만한 휴지는 슬그머니 주머니 속에 넣었다가 화장실에서 사용하기도 한다. 그리고 세탁기에서 쏟아지는 맑은 물로 차를 닦으며 마당 청소도 한다. 우리 아이들은 그런 나의 생활 태도를 못마땅해 하지만 고집스럽게 바꾸지 않고 있다.

우리 국민의 삶이 윤택하게 된 것도 불과 30여 년밖에 되지 않았다. 그전에 어른들은 쌀 한 톨, 물 한 방울도 소중하게 생각했고, 양말도 꿰매고 기워 신었다. 우리 세대는 종이 한 장이나 몽당연필도 아껴 썼다. 음식을 먹다가 남긴다는 것은 생각하기 어려운 일이었다. 아이들이 먹다 남은 음식은 어른들 몫이었고, 부엌에서 나오는 음식물 쓰레기도 닭과 돼지 사료로 사용하여 밥알이 하수구에서 뒹구는 모습은 찾아보기 어려웠다.

적절한 소비는 미덕이라지만, 낭비는 부도덕한 일이다. 요즈음은 음식물 쓰레기가 넘쳐나는 집이 많고, 식당에 가면 손님들이 먹다 남긴 음식이 식탁 위에 수북이 쌓여 있는 모습을 어렵지 않게 볼 수 있다. 아이들 방에는 장난감이 방안 가득 흩어져 있고, 옷장에는 입지 않아 처치가 곤란한 옷들이 쌓여있다. 신발장에는 주인의 손길을 떠난 운동화나 구두에 먼지가 뽀얗고, 책상 서랍이나 필통 속에는 쓰지 않는 필기구가 가득하다.

작년 1월 필리핀에 불법 수출된 폐기물이 지난 3일 반입되어 우리나라로 되돌아왔다는 보도를 접했다. 필리핀 정부에서 '합성 플라스틱 조각'으로 수입한 폐기물을 확인하니 기저귀와 폐 의료용품 등 다량의 쓰레기가 섞여 있는 것을 파악하고 우리 정부에 반송을 요청했다는 것이다. 필리핀 민다나오 섬에서 국내로 반입한 컨테이너 51개(1,200t 분량) 중 2개를 조사하니 오물이 묻은 폐비닐·과자봉지·일회용 컵·노끈 등이 뒤섞인 생활폐기물 더미였다고 한다.

이 얼마나 부끄러운 일인가. 앞으로 필리핀과의 교역에 커다란 영향을 끼치게 되었고, 이번 사태로 인해 우리나라의 국제 신인도가 크게 떨어졌다. 물론 쓰레기를 몰래 수출하려 했던 악덕업자의 잘못이 크고, 이를 제대로 확인하지 못한 당국자들의 책임도 적지 않다. 그러나 이번 기회에 우리도 자신을 돌아볼 필요가 있다. 각 가정과 직장에서는 배출되는 생활 쓰레기와 산업용 폐기물을 줄이려고 얼마나 노력을 기울였는가. 사용하기 어려운 물건을 버리기 전에 재활용할 수 있는 방안을 찾아보았는가. 우리들이 만들어낸 쓰레기로 인해 후손들이 살아갈 환경과 생태계를 심각하게 위협하고 있다면 이는 다음 세대에 부끄러운 일이 아닐 수 없다.

우리가 어렸을 때는 '삼천리 반도 금수강산'이라고 노래를 불렀다. 그런데 요즈음은 미세먼지 농도가 나쁨으로 이어지면서 마스크를 쓰고 다니는 날이 많고, 공기청정기까지 들여놓는 집이 늘고 있다. 세탁물을 햇볕에 말리지 못해 건조기를 돌리고, 토양 오염으로 인해 수돗물도 마실 수가 없다면서 정수기 꼭지에 매달리기도 한다. 밤하늘에 쏟아지던 별을 구경하려면 이제는 텐트를 짊어지고 산속으로 들어갈 수밖에 없다.

이번 기회에 절약하고 아껴 쓰는 운동을 전개하면서, 아름다운 환경을 되찾을 방안을 마련해야겠다. 한때 아껴 쓰고, 나눠 쓰고, 바꿔 쓰고, 다시 쓰자는 줄임말로 '아·나·바·다'라는 구호를 외친 일이 있었다. 우리 모두 그 시절로 돌아가 쓰레기를 줄여가면서 후손들에게 아름다운 환경을 물려줄 수 있도록 노력을 기울여야 하겠다.

(금강일보, 2019. 02. 25.)

높임말 사용하기

6월 지방선거가 가까워져 오면서 정치판을 비롯한 우리 사회 여러 곳에서는 각종 유언비어가 쏟아지며 인신공격적인 발언이 난무하고 있다. 언어는 그 사람의 얼굴이며 그 사회의 거울이라고 말할 수 있다.

초등학교 시절에 방학을 맞아 작은아버지 집에서 여러 날 묵은 일이 있었다. 교직에 계신 작은아버지는 일상생활에서 부부간에 서로 존댓말을 사용하셨다. 그때까지 우리 집은 물론이고 동리에서도 부부의 언어생활에서 높임말을 쓰는 집이 없었다. 그래서 그 뒤로 나는 작은아버지와 작은어머니를 더 좋아하게 되었다.

우리 아버지는 점잖고 때로는 엄하셔서 우리뿐만 아니라 어머니도 그 앞에서는 '아니오'라는 대답을 하지 못했다. 그러나 어쩌다가 부부간에 언쟁이 벌어지면 어머니도 밀리지 않았고, 아버지 입에서는 험한 말이 나오기도 했다. 그럴 때면 작은아버지 내외분이 생각나면서 나도 결혼하면 부부간에 높임말을 쓰면서 살겠다고 생각했다. 부부 사이에 존댓말을 사용하면 존경심도 생기고 사랑이 깊어지면서 언쟁도 일어나지 않을 것 같았다.

결혼하면서 아내에게 공대하자 아내는 부담스럽게 생각했다. 특히 부모님이 계실 때는 민망스러워했으나, 그런대로 한동안 잘 지키면서 살았다. 그러다가 아내와 말싸움이 벌어지면 막말을 하면서 점차 존댓말을 쓰지 않았지만, 아내는 여전히 높임말을 썼다.

우리 부부가 서로 존댓말을 사용하자는 약속을 끝까지 지키지 못하고 중간에 무너뜨린 것은 전적으로 나의 잘못이다. 가부장적인 가정에서 성장한 나의 생활 태도나 언어습관으로 인해 화가 날 때는 함부로 말하게 되면서 그만 실패하고 말았다. 그래서 언어생활도 습관이 중요하다는 것을 깨달았다.

사람들은 우리 사회가 각박하고 하루하루 살아가기가 힘들다고 말하기도 한다. 이것은 우리의 마음이 여유가 없고 경제적으로 어려우며, 사회적으로도 안정되어 있지 못하다는 것을 의미한다. 이러한 현상은 우리가 사용하는 언어 속에도 고스란히 나타나고 있다. 세심하게 살펴보면 우리 사회의 정치지도자들뿐만 아니라 구성원들 대부분이 일상생활에서 사용하는 언어가 자극적이고 날카로우면서 거친 표현이 많다는 것을 쉽게 알 수 있다.

'아이들은 어른의 거울'이라고 한다. 어른들의 언어생활이나 행동양식이 아이들에게 그대로 대물림하여 나타난다. 그래서 우리 아이들도 순화되지 못한 언어를 많이 사용하고 있다. 물론 온종일 학교와 학원에서 공부에 시달리고, 시험에 대한 심한 압박감 속에서 스트레스를 많이 받는다. 아이들은 그러한 정신적인 압박을 받을 때마다 건전한 운동이나 취미 생활을 통해서 해소하지만, 그렇지 못할 때는 욕설과 폭력적인 언어를 통해서 발산하기도 한다. 그러다 보니 매일매일 무의식적으로 거친 어휘를 사용하거나 다른 사람을 탓하고 비방하면서 저속한 언어를 스스럼없이 남용하는 아이들이 점점 늘어나고 있다. 심지어 의미도 알지 못하는 욕설을 습관적으로 입에 달고 생활하기도 한다. 그러니 그들의 심성이 고와질 까닭이 없다. 그렇기에 학교에서는 아이들의 정서 함양을 위해서 어떻게 하면 거친 언어를 순화시킬 수가 있을까 고민하고 여러 가지 대책을 세우기도 하지만 효과가 매우 적다.

우리가 일상생활에서 상대방에게 서로 높임말을 사용하는 것에 대해서도 찬성하지 않는 사람들도 있다. 존댓말을 사용하게 되면 상대방을 배려하면서 존중하는 느낌이 들기는 하지만, 반대로 친밀감이 없어지고 거리감이 느껴지기 때문에 싫다는 것이다. 그러나 가까운 사이라고 하더라도 적당한 거리를 유지하고 어느 정도 긴장 관계를 이어가는 것이 안정된 사회를 이룩하는데 더 바람직스럽다는 생각이 든다.

사람의 말과 행동은 그 사람의 인격을 나타낸다. 우리 아이들이 바른 가치관을 갖고 건전한 언어생활을 통해 바람직한 인격을 형성하였으면 좋겠다. 그래야만 앞으로 우리가 살아갈 사회가 더 밝고 건강하게 바뀔 수 있을 것이다. 몇몇 선생님들이 수업 시간이나 학교생활을 통해서 학생들에게 먼저 '높임말 사용하기' 운동을 펼치고 있다는 소식을 전해 들었다. 여기에는 학생을 존중하고 사랑하는 선생님의 마음과 거친 언어생활을 순화시켜서 우리 사회를 안정되게 만들려는 의도가 깃들어 있는 것으로 보인다. 따라서 이 운동이 널리 퍼져서 우리가 살아가는 세상이 점차 아름답고 살기 좋은 사회가 되기를 바라는 마음 간절하다.

(금강일보, 2018. 04. 10.)

왼손잡이

　왼손을 주로 사용하는 왼손잡이는 살아가면서 불편한 점을 많이 느낄 것이다. 이것은 우리 사회의 생활 습관이나 구조가 오른손을 사용하는 사람 중심으로 짜여 있기 때문이다. 그래서 집에서는 어린 아이들을 기르면서 왼손으로 물건을 잡기 시작하면 곧바로 오른손으로 바꾸어 준다. 나도 남매를 기르면서 숟가락을 쥐기 시작하자 오른손으로 잡게 했고, 연필을 쥘 때도 왼손을 사용하면 오른손으로 옮겨 주면서 길렀다.

　우리가 자랄 때는 왼손을 사용하는 친구들이 드물었다. 그리고 오른손을 쓰지 않고 왼손을 쓰는 아이들을 만나면 '왼손잡이' '짝잽이' 라고 놀렸던 기억이 있다. 그때에는 왼손잡이라고 해도 수저를 들거나 연필을 잡을 때만큼은 오른손을 썼다. 왼손을 사용하면 어른들이 서둘러 오른쪽으로 교정해 주어서 장애인을 제외하고는 왼손으로 밥을 먹거나 글씨를 쓰는 사람은 찾아보기가 힘들었다. 그래서 왼손만 쓰는 아이를 보면 가정교육을 받지 못해서 그렇다고 오히려 그 부모에게 비난의 화살을 쏟아붓기도 했다. 그런데 요즈음에는 음식을 먹을 때 왼손으로 숟가락과 젓가락을 잡거나 두 손을 모두 사용하는 사람들이 자주 눈에 띈다. 그리고 교실에서도 왼손으로 글씨 쓰는 학생들을 쉽게 찾아볼 수 있다.

해마다 입학식 전인 2월이면, 고등학교에서는 새로 배정받은 예비 고교생들을 소집해서 배치 고사를 치르고 그 성적을 바탕으로 학급을 편성한다. 그리고 학교생활에 대한 안내 책자와 함께 가정에 통보해서 입학 준비를 하도록 지도한다. 어느 해인가 입학예정자들을 학교로 불러 시험을 치르던 날, 감독 교사로 교실에 들어가서 학생들에게 문제지와 답안지를 나누어주고 평가를 진행했다. 그런데 한 학생이 왼손으로 답안지를 작성하는 것이 눈에 띄었다.

우리 한글은 한자나 일본 문자와는 달리 가로쓰기에 알맞아서 왼쪽에서 오른쪽으로 글씨를 써나가야 한다. 그리고 일본 글자와 영문자에 없는 받침 글자가 있음으로 왼손잡이들은 한글을 쓰기가 몹시 불편하다. 책상에 앉아서 왼손으로 글씨를 쓰면 자세가 반듯하지 못하고 몸을 오른쪽으로 돌린 채 왼 손목을 틀어서 글씨를 쓰게 된다. 그러므로 앞에 서 있는 사람이 보기에도 불편하고 비뚤어진 자세가 눈에 금방 들어온다. 그리고 써 놓은 글자는 크기도 고르지 않고 모양이 반듯하지 않아서 글씨가 가지런하지 않으며 글자도 아름답지 못하다.

시험 감독을 하면서 답안지를 작성하는 학생들 사이를 천천히 돌다가 왼손으로 글씨 쓰는 학생이 있어서 뒤로 다가가 어깨너머로 바라보았다. 그런데 답지에 빈칸이 없이 가득 채운 것을 보고서는 대견하다는 생각이 들었다. 시험과목이 내가 가르치는 국어 교과이어서 작성해 놓은 주관식 답안을 살펴보니 성적이 뛰어난 학생이라는 것을 금방 알 수 있었다. 인물도 잘생기고 성적도 매우 우수한 학생에게 어떤 사연이 있어서 왼손으로 글씨를 쓰게 되었는지 내심 궁금하면서 안타까운 마음이 들었다. 내 생각에는 오른손이 불구라서 왼손으로 글씨를 쓰는 줄 알고 측은하게 생각했던 것이다.

시험이 끝난 뒤에 그 학생을 불러 이런저런 이야기를 나누면서 오른쪽 손을 가만히 살펴보았다. 다행히 다친 것 같지가 않아서 슬며시 손을 잡으며 왼손으로 글씨 쓰는 이유를 물었다. 그때 학생인 K군의 입에서 나온 대답을 듣고 나는 매우 놀랐다. 어렸을 때 왼손으로 글씨 쓰는 것을 부모님께서 일부러 바로잡아 주지 않았다고 한다. 서양 사람들은 왼손으로 글씨를 많이 쓴단다. 왼손을 자주 사용하면 우측 뇌가 발달해서 균형감각, 공간인지력, 예술적 감각이 우수해진다고 한다. 그래서 K 군의 아버지가 아들이 왼손을 사용하도록 그냥 놔두셨다는 것이다. 그래서 자연스럽게 왼손잡이가 되었단다. 그러면서 레오나르도 다빈치, 아인슈타인, 뉴턴, 피카소와 같은 유명한 사람들이 모두 왼손잡이였다고 말하는 게 아닌가.

시험 감독을 하는 시간 내내 K 군이 장애인인 줄로 알고 측은하게 여기면서 안타까워했던 내 생각이 잘못되었다는 것을 알고는 오히려 미안한 마음이 들었다. 그러면서 왼손을 사용했을 때 나타나는 장점을 알지 못했던 나 자신이 한없이 부끄러웠다. 지금은 학교에서 왼손을 사용하는 학생들도 많이 있고 선생님들도 계시다. 교육상으로나 미관상 좋아 보이지는 않지만, 우측 뇌가 발달하면서 균형감각, 공간 인지력, 예술적 감각이 우수해진다는 과학적인 근거가 있으니 믿을 수밖에 없었다.

앞으로는 어린아이들을 억지로 오른손을 사용하게 만들어 오른손 잡이로 기를 필요도 없다고 생각해 보았다. 그러면서 먼 훗날 왼손잡이들 가운데 역사적으로 이름을 남길만한 훌륭한 사람이 더 많이 나타나길 기대해 본다.

(금강일보, 2018. 06. 05.)

새해에 바라는 복(福)

연말이 되면 새로 받은 이듬해 달력을 벽에 건 뒤에 명절과 가족의 생일을 표시하기도 하고, 새해에 치를 행사나 계획하는 일을 점검하면서 푸른 꿈을 펼치곤 한다. 이렇게 새해를 맞는 즐거움은 달력 속에서 시작된다.

지난 시절에는 세밑에 도착하는 연하장을 책상 위에 펼쳐놓고 보내온 사람에게 감사를 표하며, 그의 안부를 물으면서 행복을 기도하곤 했다. 그러나 요즈음은 연하장 대신에 SNS를 이용해서 새해 인사를 주고받는다. 새해에 보내는 인사말은 주로 '복 많이 받으세요'라는 글귀이다. 복(福)은 생활 속에서 누리는 좋은 운수로 얻게 되는 기쁨과 즐거움을 가리킨다. 흔히 오복(五福)이라면 수(壽), 부(富), 강녕(康寧), 유호덕(攸好德), 고종명(考終命)을 꼽는다.

수명이 짧았던 시절에는 누구나 오래도록 살기를 바라는 마음을 첫손가락에 꼽았을 것이다. 통계청 자료에 의하면 1960년대에 우리나라 국민의 평균수명이 53세였으나, 1970년 62세, 1980년 66세, 1990년 72세, 2000년에 76세, 2018년에는 82세(남자 79세, 여자 85

세)로 증가하였다고 한다. 이렇게 평균수명이 연장하면서 65세 이상 고령 인구가 14.3%로 고령사회에 진입했으니 장수를 바라는 사람들도 이젠 많지 않을 것이다.

경제적으로 어려운 시절을 살아오면서 많은 사람은 재물이 넉넉한 부자(富者)가 되었으면 하는 염원도 컸을 것이다. 1인당 국민소득은 한 나라의 국민 생활 수준을 보여주는 지표로 통한다. 우리나라는 1960년대와 1970년대의 고도성장기를 거쳐 1980년대에 국민소득 1만 달러를 달성했고, 1995년에 2만 달러에 도달했으며, 2018년에 3만 달러를 넘어서서 세계 30위권 안에 드는 잘 사는 나라가 되었다. 아직도 생계가 어려운 가정이 많이 있지만, 국가에서 사회적 약자에 대한 복지정책을 강화하면서 점점 삶의 질이 향상되고 있으니 부유하게 살기를 바라는 마음도 이젠 버려야 할 것이다.

앞으로는 몸이 튼튼하고 마음이 평안한 강녕(康寧)을 바라고, 도덕을 좋아하여 즐겨 행하는 유호덕(攸好德) 그리고 자신의 명대로 살다가 편안히 죽음을 맞이하는 고종명(考終命)을 수(壽)와 부(富) 앞에 놓아야 할 것이다. 우리가 오래 살면서 부자로 지낸다고 하더라도 몸과 마음이 건강하지 못하면 그것은 의미가 없는 일이다. 중요한 것은 자신의 두 발로 걸어 다니고 건강하게 활동하며 맑은 정신으로 노년을 보내는 삶이 되어야 한다. 그리고 다른 사람에게 덕을 베풀면서 살다가 자신의 타고난 수명을 다한 뒤에 편안하게 이 세상을 떠나는 것이 바람직하다.

새해 벽두인 지난 3일 미군의 공습으로 이란의 솔레이마니 사령관이 숨졌다. 이란에서는 그의 장례식을 마치고 이라크 공군기지 2곳에 탄도미사일 공격을 가해왔다. 이처럼 피는 피를 부르는 법이다. 또다시 미군의 보복이 이루어진다면 중동은 다시 커다란 불바다를 이룰 것이 뻔하다.

최근에 정신과 전문의 정혜신 씨가 펴낸 심리 치유서인 『당신이 옳다』(해냄출판사)를 읽었다. 저자는 우리가 상대방을 대할 때 적극적 공감이 필요하다고 말한다. 그러면서 '당신이 옳다'는 자세로 살아가야 한다고 당부한다. '당신이 옳다'는 생활 태도를 가지고 살아간다면 위기에 처한 사람들도 구해낼 수 있다는 것이다. '당신이 옳다'고 하는 태도는 상대방이 행한 행위에 대해 무조건적인 긍정을 의미하는 것이 아니란다. 상대방의 감정에 대해 그럴만한 이유가 있으리라 생각하고, 지지해주며 인정해 주는 입장에 선다는 것이다. 그러면 그 사람이 마음을 열고 다가서게 되며 상대방과 소통할 수 있다고 한다. 자기 생각이나 고집을 버리지 않고 다른 사람을 대하게 되면 갈등이나 대립을 피할 수가 없다는 것이다.

우리가 유호덕(攸好德)의 자세로 살다가 고종명(考終命)하면 우리의 삶은 가을날 단풍으로 곱게 물들어 떨어지는 나뭇잎과도 같을 것이다. 고운 낙엽을 주워 책갈피에 꽂아두고 펼쳐보는 사람들이 있는 것처럼 우리의 삶의 태도를 기리는 사람들도 있을 것이다. 훗날 우리를 양지바른 언덕에 묻어두고는 슬퍼하고 안타까워하는 사람들을 가까이에 둘 수 있다면 더없는 복이 아니겠는가.

(금강일보, 2020. 01. 09.)

우리의 밝은 내일을 위해

    운전하면서 이따금 '아이가 타고 있어요.' '위급한 경우에는 아이를 먼저 구해주세요.' 이런 글귀를 창에 붙이고 다니는 자동차를 만난다. 이런 차를 볼 때마다 요즈음 젊은 부모들의 남다른 자녀 사랑을 느낀다. 아이들 먹거리도 유기농 제품만을 찾는 엄마들도 많이 있다는 이야기를 들으면서 경제적으로 윤택하여 아이들 사랑이 예전과는 다르다는 것을 알게 되었다. 그런데 최근에 일어난 아동학대 사건 보도를 접하고서는 마음이 몹시 아팠다.

    지난달 29일 경남 창녕의 한 시민이 도로에서 눈자위가 멍들고 발은 화상을 입어 얼굴부터 발끝까지 성한 곳이 없는 9살 여아를 발견하여 경찰에 신고했다. 학대받은 흔적이 역력한 아이는 4층 테라스에 유리문이 잠긴 상태로 갇혀 있다가 부모가 없는 틈을 이용해서 옆집을 통해 맨발로 집을 나왔다고 한다. 아이의 의붓아버지가 목줄을 채워 가두기도 하고, 지문을 없애기 위해 프라이팬으로 손가락을 지져 화상을 입혔으며, 쇠막대기와 빨래 건조대로 폭행하였고, 쇠젓가락을 달구어 발바닥 등을 지지기도 했다는 것이다.

그리고 지난 3일에는 천안에서 10살짜리 남자아이를 계모가 여행용 가방에 가둬두었다가 7시간이 지나 사망한 사건이 일어났다. 아이가 게임기를 고장 내놓고 거짓말하여 훈육 차원에서 이루어진 일이라고 한다. 그렇지만 지난 5월에도 어머니가 아이를 옷걸이 등으로 때려 치료를 받는 과정에서 병원 의료진이 경찰에 신고해 수사를 받는 중이었다고 전한다.

창녕의 학대받은 아동의 경우에는 계부가 성장기인 어린 시절에 어른들에게서 사랑을 받지 못하고 학대를 받으며 자란 사람일 가능성이 크다. 성장 과정에서 맞고만 자라면, 어른이 되어서도 자기 아이들에게 심한 체벌과 학대를 가하게 된다. 그리고 천안의 사례는 계모가 거짓말하는 아이를 바로잡기 위해 훈육 차원에서 체벌을 가했다는데 이는 지도 방법을 몰라서 아이를 죽음에 이르게 했을 수도 있다. 그렇지 않으면 어머니가 조현병을 앓고 있었다니 심신이 쇠약하여 아이들을 양육하기에 버거운 사람일 수도 있다. 이렇게 자신의 아이를 학대하는 사람들의 상당수는 사랑받지 못하고 성장했거나, 지적장애와 심신미약, 생활고를 겪으면서 원치 않는 임신으로 아기를 유기하는 등 사회적으로 취약한 처지에 놓여있는 경우가 대부분이다.

우리나라에서 일어난 아동학대 사건은 집계된 것만 해도 2014년 1만 27건에서 2018년 2만 4,604건으로 2배 이상 늘었고, 사망 아동은 5년간 130여 명에 달한다는 통계를 보았다. 설령 자기가 낳지 않았다고 해도 어린아이를 이처럼 학대하는 행위는 도저히 용서받을 수 없는 일이다.

　그러므로 당국에서는 각 가정에서 예방접종이나 영·유아 건강검진을 받지 않았거나, 어린이집·유치원, 초·중등학교에 장기 결석 중인 학생들을 전수 조사하여 학대받는 아동을 찾아내야 하겠다. 피해 아동의 경우 일찍 발견하여 예방하지 못하면 학대가 장기간 지속해서 이루어지고, 나중에는 돌이킬 수 없는 사건으로 이어질 가능성이 높다. 다행히 교육부총리의 발 빠른 발표를 접하면서 정부의 적극적인 대응에 안도의 숨을 쉴 수 있게 되었다.

　아이들이 생활하는 데는 본인의 가정이 가장 좋다는 주장도 있지만, 고통당하는 아이들을 찾아내어 이들을 부모로부터 격리해 양육하는 방법도 생각해야 할 것이다. 자녀를 학대하는 집은 아이들의 보금자리가 아니라 피해 아동이 고통 속에 하루하루를 견뎌야 하는 지옥과도 같은 곳이다. 그러므로 먼저 부모가 아이들을 바르게 양육할 수 있도록 교육한 후에 자녀를 가정으로 돌려보내거나, 그렇지 못한 경우에는 아이들을 부모에게서 격리하여 전문기관에 위탁해서 보호할 수 있도록 깊은 관심을 기울여야 할 것이다.

　"꽃으로도 아이들을 때리지 말라."고 했는데 자신이 낳은 아이가 아니라고 하여 함부로 대해서는 안 된다. 요즈음은 우리나라에도 이주여성들의 증가로 인해 다문화가정이 많이 생겨나고 있다. 다문화가정에서 태어난 아이들도 모두 우리의 소중한 보배들이다. 이 아이들은 얼굴 모양이나 피부 색깔이 우리와 다르기에 쉽게 눈에 띈다. 피부색이나 생김새가 우리 아이들과 다르다고 하여 편견을 가져서는 안 된다. 자기가 낳은 자녀만 소중하게 생각하고 의붓자식을 학대하는 사람들처럼 다문화가정의 자녀들을 이방인 취급하거나 방임한다면 우리 사회의 장래는 어두울 수밖에 없다.

(금강일보, 2020. 06. 22.)

감추어 둔 비수

　미인의 조건 가운데 '단순호치(丹脣皓齒)' 혹은 '주순호치(朱脣皓齒)' 라는 말이 있다. 앵두처럼 붉은 입술에 옥같이 하얀 이를 가진 여인 을 일컫는 말이다. 그래서 여성들이 붉은 립스틱을 짙게 바르며, 치 아를 뽀얗게 만들려고 표백제를 사용하는가 보다. 이따금 잡지를 뒤 적이다 보면 붉은 입술을 벌리고 하얀 미소를 날리는 예쁜 여인들을 만나게 된다. 그럴 때마다 절로 입이 벌어지는 것은 나만은 아닐 것 이다.

　희고 깨끗한 치아를 생각하면 양치질을 할 때 거품이 풍성하게 피 어오르는 치약이 떠오른다. 좋은 치약으로 이를 닦으면 입 안 가득 거품이 일어나면서 오래도록 입속에 향내를 남겨 두고, 하얀 이로 바꾸어 주기 때문에 하늘을 날것처럼 기분까지 상쾌해진다. 그래서 이를 닦을 때마다 치약을 듬뿍 묻혀서 오랜 시간 입속에서 피어오르 는 거품을 즐기곤 한다. 치약 제조회사에서는 소비자들의 이러한 심 리를 이용하여 치약을 생산하는 공정에 계면활성제를 첨가한다.

계면활성제는 때나 찌꺼기를 분해해서 없앨 뿐만 아니라, 거품이 잘 일도록 역할을 한다. 그런데 이 계면활성제는 입속을 건조하게 만들고 구취를 유발하며, 많은 양이 인체에 축적되면 위의 점막을 보호하는 지방을 녹여 위장장애를 일으키게도 한다. 그리고 각종 효소의 기능을 떨어뜨려 백혈구를 파괴하기도 한다는 것이다. 따라서 치약으로 이를 닦은 뒤에는 입속에 남아있는 계면활성제를 말끔하게 씻어내야 한다고 말한다. 이 성분은 치약, 비누, 샴푸 같은 생활용품에도 들어가지만, 못된 장사꾼들은 우리가 먹는 식품에도 사용해서 빛깔을 하얗고 보기 좋게 만들기도 한다는 것이다.

딸아이의 결혼을 준비하면서 우리 집 부근에 마련한 신혼 살림집을 돌아보았다. 아파트의 내부를 젊은이들의 취향에 맞도록 리모델링을 했다. 벽지의 색상이나 디자인도 아름답고 아기자기했으며, 전등과 문의 손잡이 그리고 욕실의 장식물도 어린아이들이 소꿉장난하는 것처럼 귀엽고 예쁜 것을 골라서 달아놓았다. 방을 비롯한 거실과 베란다까지 신혼의 단꿈을 꾸기에 적합하도록 새롭게 바꾸어 놓았다. 집을 둘러보니 나도 살고 싶은 마음이 들 만큼 깔끔하고 아늑했다. 공사담당자를 만나보니 열흘 정도 창문을 열어서 환기하고 뒤처리를 잘한 뒤에 사용해야 한다고 일러 주었다. 그렇게 하지 않으면 집을 새로 수리한 뒤에 나타나는 새집증후군으로 인해서 어려움을 겪을 수 있다고 한다.

새집증후군은 리모델링할 때에 사용하는 페인트, 벽지, 바닥재, 접착제 같은 건축자재 속에 들어 있는 수은, 납 등 인체에 해로운 중금속과 여기에서 나오는 유해 물질인 폼알데하이드가 호흡기와 피부를 통해서 우리 몸속에 들어와 각종 질병을 일으키는 것을 가리킨다. 이런 물질이 우리들의 눈, 코, 목, 피부에 자극을 주면 비염, 폐렴, 신장 기능장애, 아토피 피부염 등을 앓게 된다고 한다. 그러니까 새집을 장만하거나 건물을 수리해서 처음으로 입주할 때는 새집증후군으로 인해 어려움을 겪지 않도록 미리미리 대비해야 한다고 알려주었다.

이 이야기를 들으면서 구약성서 사사기에 나오는 삼손이란 장수가 생각났다. 미인계에 빠진 삼손이 결국은 어려움을 겪는다는 이야기이다. 이스라엘 장수인 삼손은 적국 블레셋 사람들과 싸움에서 나귀의 턱뼈 하나를 들고 천 명씩 죽이기도 했으니 남다른 괴력을 타고난 사람이었다. 그런데 아름다운 블레셋 여인 들릴라에게 마음을 빼앗겨 그녀를 사랑하게 되자, 그만 실험실에 갇힌 흰쥐와 같이 방향감각을 잃어버리고 만다. 블레셋 사람들은 삼손을 사로잡으려고 들릴라를 매수해서 그의 힘이 어디에서 나오는지 물어보고 그 힘을 제거하려 하지만, 삼손은 몇 차례나 거짓으로 알려준다.

삼손을 사로잡으려던 계획이 번번이 실패하자 들릴라는 당신의 마음이 내게 있지 아니하면서 사랑한다고 희롱하느냐며 화를 내기도 하고, 아양을 떨면서 삼손을 졸라댄다. 최면에 걸린 사람처럼 삼손은 들릴라의 유혹에 넘어가 그녀의 무릎을 베고 누워서 자신의 힘이 머리카락에 있다고 진심을 털어놓는다. 자신의 머리카락을 밀면 힘이 떠나가고 다른 사람들과 같이 된다고 알려주었다. 이러한 비밀을 전해 들은 들릴라는 잠든 삼손의 머리카락을 밀고는 흔들어 깨운다. 머리카락이 없어져서 힘이 달아난 삼손은 독 안에 든 쥐의 신세가 되어 마침내 블레셋 사람들에게 사로잡힌다. 삼손은 포로가 되어 눈을 뽑히고, 놋 줄에 묶인 채 커다란 연자방아를 돌리는 노예의 신세로 전락하고 만다.

하얀 이를 더욱더 뽀얗게 만드는 치약이나, 시장에서 팔고 있는 보기 좋고 깨끗한 식품 그리고 새로 단장한 집에는 우리 몸에 질병을 유발하는 물질과 건강을 해치는 성분이 많이 들어 있다. 이러한 사실을 보면 겉으로 보이는 아름다움 속에는 감추어 둔 비수가 들어 있을 수도 있다는 것을 생각해야 하겠다.

인사하는 아름다운 모습

창문 밖에서는 여름을 부르는 매미들의 애절한 울음소리가 더욱 크게 들린다. 정년퇴임 후에 집 가까운 대학에서 강의를 맡아 대학생들과 함께 생활할 기회를 얻은 것이 나에게는 얼마나 커다란 축복인지 모른다. 오랫동안 강의를 하지 않았기에 눈높이를 맞추느라 고생은 좀 했지만, 시간이 흐르면서 학생들과 점점 가까워질 수 있었다. 젊은이들과 만남은 남은 인생을 열정적으로 살아가라는 하늘의 뜻으로 알고 힘차게 교정을 걸으며 강의실에서 목소리의 톤을 높인다.

내가 사용하는 연구실은 유아교육과 학생들이 전용으로 사용하는 하워드 기념관 건물 안에 있다. 연구실을 오가면서 "안녕하세요?" 하는 학생들의 인사가 전공학과 교수님이나 선배들을 향해서 고개를 숙이는 것인 줄만 알았다. 시간이 흐르면서 보니까 그 인사는 일면식도 없는 나를 향해서 예를 갖추는 것이었다. 마주치는 사람들을 향해서 상냥하게 "안녕하세요?"하고 안부를 물으면서 고개를 숙이는 태도가 한동안 낯설고 어색했다. 이렇게 공손하게 인사하는 모습은 내가 몸담았던 중·고등학교에서도 좀처럼 보기 드문 현상이어서 나도 몹시 놀랐다.

요즈음 학생들은 자기를 가르치는 선생님 외에는 인사를 하지 않는다. 그것도 가까이에서 마주칠 때 가볍게 묵례(默禮)하는 정도이지 "안녕하세요?"하고 문안을 곁들이는 경우는 매우 드물다. 학교를 찾아온 손님들과 동행할 때도 좁은 복도에서 고개를 뻣뻣이 들고 지나거나, 본체도 않고 장난치는 아이들을 만나면 학생 지도를 잘못한 것만 같아서 내 얼굴이 후끈 달아오른다. 그래서 조회 시간이나 훈화를 할 기회가 있으면 학교를 찾아오는 어른들은 학부모님이나 학교와 관련이 있는 분들이니 인사를 잘하도록 당부하기도 했었다. 그렇지만 학생들이 낯선 방문객을 향해서 인사한다는 일은 쉽지 않은가 보다.

머리가 큰 대학생들이 강의실이나 복도, 그리고 건물 입구와 캠퍼스 구석구석에서 마주칠 때마다 서로 경쟁하듯이 "안녕하세요?" 하고 인사를 한다. 여러 명이 모여 함께 모여 있을 때는 건물이 울리기도 한다. 교직원들이나 선배들뿐만 아니라 학교를 방문한 낯모르는 사람들에게도 예의를 갖추어 인사한다. 자신에게 하는 인사인지 모르기 때문에 아예 반응을 보이지 않는 분들도 계시지만 아랑곳하지 않고 여전히 인사를 잘하고 있다. 교수님들과 만났을 때 이런 사실을 이야기했더니 인사 예절은 오랫동안 이어 온 유아교육과 학생들의 아름다운 전통이라고 한다.

로버트 풀검이 지은 『내가 정말 알아야 할 모든 것은 유치원에서 배웠다』라는 책에 나오는 이야기처럼 우리는 어렸을 때 중요한 것을 이미 학습했다. 어떻게 살 것인가. 무엇을 할 것인가. 어떤 사람이 될 것인가. 이런 문제를 해결할 수 있는 기본습관과 질서를 모두 배웠다. 그러니까 유년기의 교육이 중요해서 '세 살 버릇이 여든까지 간다.'라는 말이 있나 보다.

밝게 웃으면서 인사하면, 받는 사람이나 인사를 건네는 사람 모두를 기분 좋게 만든다. 상대방에게 먼저 인사하는 자세가 생활화되면 그 사람은 예의 바른 사람, 좋은 인성을 지닌 사람으로 인정받는다. 그러므로 이런 태도도 어린 시절부터 몸에 익혀야 할 것이다. 그리고 이런 습관을 기르도록 가르치는 사람은 부모님이나 유치원 선생님들이다. 그래서인지 '신붓감으로는 유치원 선생님이 최고'라는 이야기를 들었던 기억이 있다.

몇 년 전에 아이돌 그룹 오프로드(OFFROAD)가 인사성이 밝아서 '개념돌'로 인정받았다는 보도를 접한 기억이 있다. 데뷔곡으로 「Bebop」을 발표하고 활발하게 활동 중인 오프로드는 방송가 관계자들로부터 '인사 잘하는 개념돌'이라는 칭찬을 받고 있다고 한다. 구성원들은 선배 가수 대기실을 직접 찾아 인사하고, 방송 제작진은 물론 경비원, 다른 가수 팬클럽에도 예의 바른 모습을 보여주고 있다는 내용이었다.

우리 속담에 "인사만 잘해도 굶지는 않는다."라는 말은 인사하는 일이 사회생활을 하는 데 그만큼 중요하다는 이야기이다. 강의를 준비하면서 우리 학생들의 "안녕하세요?" 하는 밝은 인사 덕에 오늘도 기분 좋은 하루를 시작한다.

(수필예술 제39권, 2018년 6월)

우리 세대가 겪고 있는 변화

어린 시절엔 눈에 보이는 것만이 전부인 줄 알고 보이지 않는 것은 믿으려고 하지 않았다. 온종일 밖에 나가서 놀다가 집에 들어와서도 손에 흙이나 더러운 것이 묻지 않았으면, 그 손으로 음식을 집어 먹곤 했다. 커가면서 현미경으로 손바닥을 관찰하니 놀랄 만큼 많은 세균이 붙어 있었다. 이 세균이 여러 가지 질병을 일으킬 수 있다는 것을 알고는 밖에 나갔다가 돌아오면 손을 씻기 시작했다. 그러면서 우리 아이들을 낳아서 기를 때 손을 씻은 뒤에야 음식을 먹도록 가르쳤다.

입안에는 여러 가지 병균이 많이 살고 있어서 음식을 먹으면 잇속에 낀 찌꺼기와 어울려 충치를 만든다. 그렇지만 밥을 먹은 뒤에도 양치질을 제대로 하질 않았다. 치과병원에 다니면서 음식을 먹으면 30분 이내에 3분씩 이를 닦아야 한다는 의사 선생님의 말씀을 금과옥조(金科玉條)처럼 지키며 아이들과 함께 이를 닦고 있다.

잠을 잘 때 사용하는 베개와 이부자리에는 엄청나게 많은 진드기와 세균이 살고 있다. 그런 사실을 모르고 형제들과 어울려 한 이불을 덮고 누운 채 베개를 가지고 장난을 치다가 끌어안고 잠을 잤다. 입고 있는 속옷에도 많은 병원균이 기생하고 있지만, 어린 시절에는 겨우내 목욕도 몇 차례 하지 않으면서 내복도 자주 갈아입지 않았다. 그러나 요즈음에는 베갯잇이나 이부자리를 자주 햇볕에 말리거나 빨고 삶아서 사용한다. 그리고 아이들과 함께 자주 샤워를 하고 속옷을 갈아입는다.

우리가 생활하는 방이나 사무실 그리고 학교의 교실이나 공간 속에는 많은 미세먼지와 바이러스가 살고 있다는 것을 예전에는 알지 못했다. 그래서 어린 시절에는 추운 겨울철이면 밖에 나가지 않고 먼지가 풀풀 일어나는 작은 방에서 문을 꼭꼭 닫아놓은 채 종일 뛰어 놀았다. 그러나 지금은 청소기로 먼지를 몽땅 빨아들이고 공기청정기까지 갖추어 놓고 산다.

어른들은 "사람은 저 먹을 것은 갖고 태어난다."라고 말씀하셨다. 그래서인지 예전에는 자녀를 많이 낳아서 길렀다. 한 집에 아이들이 대여섯 명이 보통이고, 많은 집은 아홉 열 명이 되기도 했다. 집마다 아기들의 울음소리가 그치지 않았고, 골목마다 아이들로 넘쳐났다. 도회지 학교에서는 복식 교실에서 2부제 수업에 콩나물 교실을 벗어날 수 없었다. 그러나 요즈음은 결혼해도 자녀를 낳지 않거나 하나 아니면 둘만 둔다. 그래서 학교는 문을 닫거나 빈 교실을 특별실로 사용하고 있다.

일찍 젖을 뗀 갓난아이들은 할머니나 엄마가 먹던 밥을 입속에서

씹다가 먹여 길러도 무럭무럭 자랐다. 개떡 한 쪽이라도 있으면 여러 형제가 달려들어 빼앗아 돌려가며 한 입씩 베어 먹어도 배앓이도 하지 않았다. 고뿔에 걸려서 누런 콧물이 흘러도 감기약을 먹지 못했고, 넘어져 무릎이 깨져 피가 흘러도 흙을 뿌리거나 담뱃가루를 얹고서 두드리고는 그냥 지냈다. 벌에 쏘이거나 해충에 물리면 침이나 된장을 바르고 병원에는 가보지도 못한 채 지냈지만, 요사이는 도로변에 병원과 약국이 줄을 지어 늘어섰다.

어렸을 때는 집집이 공동우물에서 물을 길어다 먹었다. 물통이나 양동이에 바가지로 물을 퍼 담아 남자는 물지게로 지고, 여자는 머리에 이고 집에 가져와 식구들이 세수하고 식수로 사용했다. 우물터는 아낙들이 모여서 빨래하고, 채소도 씻으며, 설거지하는 공동생활 터전이었다. 그런데 요즈음은 각 가정에서 수돗물을 사용하고 그것도 미덥지 못해서 정수기를 통과해 나오는 물을 마시고 있다.

이렇게 우리들의 생활환경은 몰라보게 변했고 위생과 청결은 말할수 없을 만큼 정갈해졌다. 그런데도 큰길가 높은 빌딩에는 대형 약국과 병·의원 간판이 서로 경쟁하고 안으로 들어가면 환자들로 북새통을 이룬다. 아무리 생각해 봐도 깨끗한 환경 속에서 깔끔하게 살아가는데 환자가 많은 이유는 무엇 때문인지 알 수가 없다. 전문가들은 우리 아이들의 면역력이 약해졌기 때문이란다. 너무나 깨끗한 환경에서 성장하여 병원균을 이길 수 있는 저항력이 떨어졌다는 것이다. 그래서 감기와 소화불량에 피부질환을 달고 산단다. 깨끗하면 모든 것이 다 좋은 줄만 알았는데, 그렇지 않았다.

우리가 어렸을 때는 아이들을 돌봐줄 손도 귀했다. 그래서 형제들이 서로 업어서 기르고, 손잡고 다니면서 함께 뛰어놀며 자랐다. 학교에 갈 때는 십리 길도 같이 걷고 뛰어다녔으며, 공부는 형제간에 가르쳐 주고 배우면서 졸업을 했다. 들일, 집 안 청소, 물긷기, 밥짓기, 설거지, 땔감 장만, 눈 치우기 등 웬만한 집 안팎의 일은 서로 도와 가면서 해치웠다. 그래서 그런지 형제간에 우애가 깊고 친구들과의 관계가 남다르기도 하다.

　어렵게 자라난 우리는 70년대 이후에 직장을 잡으면서 경제적으로 안정을 찾고 가정을 꾸렸다. 지난날 무지했던 자신의 굴레를 벗어버리고 가난을 대물림하지 않으려고 애를 썼다. 정부의 산아제한 정책에 발맞추어 집마다 하나 아니면 두 자녀만 낳아서 길렀다. 물질적인 풍요 속에 태어난 아이들은 우리의 어린 시절과는 사뭇 달랐다. 얼굴에는 버짐이 사라지고 윤기가 흘렀으며, 걸어서 학교에 가는 것이 아니라 자가용을 타고 등교한다. 뒷동산이나 학교 운동장에서 노는 것이 아니라 에버랜드 같은 놀이동산을 찾아가 즐긴다. 냉난방이 잘 되는 아파트에서 엄마가 주는 맛있고 좋은 것을 먹고 마시며, 유명 업체에서 만든 옷을 입고 운동화를 신고서 왕자와 공주처럼 자란다.

　어느 집이든지 아이들이 우선이고, 언제나 공부가 먼저였다. 부모에게 대들고 큰소리를 쳐도, 동네에서 어른들에게 인사를 하지 않아도 책망하는 사람이 없다. 버스나 전철 안에서 경로석이나 노약자좌석에 앉아서 핸드폰에 고개를 묻고 일어나지 않아도, 거리에서 길을 묻는 어른에게 대꾸하지 않고 못 들은 체 길을 가도 꾸짖는 사람이 없다. 집안 행사에 과외공부를 핑계 대고 빠져도, 학교 성적표에 '수'만 받아오면 최고가 된다. 그래서 아이들이 자기밖에 모르는 사람으로 성장한다.

우리는 자식을 교육하기 위해서 땅을 팔고 소를 팔아 등록금을 마련해 주신 부모님을 먼저 생각했다. 그래서 악착같이 공부해서 직장을 잡고 봉급을 타면 먼저 부모님 속옷을 사드리고 형제들 몫도 챙겼다. 자신을 위해서 헌신하신 부모님을 봉양하면서 형제간에 우애 있게 지내려고 신경을 썼다.

그런데 요즈음에는 그런 모습을 찾아보기가 어렵다. 자기를 낳아서 길러준 부모를 봉양하고 함께 모시고 살 마음은 먹지도 않는다. 왕자와 공주가 대접만 받았지, 누구를 섬기고 모실 생각을 할 수 있겠는가. 마찬가지로 어른들도 한집에서 살려고 하지 않는다. 왕자와 공주를 모시고 살아가자면 얼마나 힘들고 어렵겠는가. 자신의 노후 문제는 스스로 준비하거나 국가에 기댈 수밖에 없다고 믿고 있다.

돌이켜 보니 우리 세대는 엄청나게 많은 변화를 겪어왔다.

「우리 가족 요리 페스티벌」 시상식을 보고

　텔레비전을 켜면 가족이 출연하는 예능 프로그램을 쉽게 볼 수 있다. 연예인 부모와 10대 자녀들이 출연해서 가족에 관한 이야기를 나누는 토크쇼인 「유자식 상팔자」, 인기스타들이 자녀와 함께 오지 마을로 1박 2일 여행을 떠나 생활하면서 벌어지는 체험기를 그린 「아빠! 어디 가?」, 고부간의 갈등을 유쾌하게 풀어가는 스타들의 「웰컴 투 시:월드」 등이 그것이다. 이런 프로그램은 시청자들에게 웃음을 선사할 뿐만 아니라, 자신의 가족을 돌아보게 만들기도 한다.

　지난날 우리의 생활 속에는 가족 단위의 행사가 많지 않았다. 그러나 이제는 가정경제도 윤택해졌고, 여가가 늘어나면서 가족공동체의 활동도 많이 생겼다. 식구끼리 손잡고 전시회나 음악회장을 찾거나, 영화와 연극을 관람하기도 하며, 캠핑을 떠나거나 가족여행을 다녀오기도 한다.

　이런 행사에는 식구들이 빠지지 않고 모두 참여해야 더욱더 재미있고 즐겁게 지낼 수 있으며, 그 속에서 행복을 맛보게 된다. 며칠 전 대한어머니회 대전광역시연합회에서 주최한 「우리 가족 요리 페스티벌」 시상식에 참석한 일이 있었다. 시상식장에 들어가면서 아빠·엄마·아들·딸이 함께 식장에 앉았다가 수상자 가족이 호명되는 순간 시상대 앞으로 뛰어나가는 모습을 그려보았다. 그리고 상을 받는 가족에게 힘찬 박수를 보내면서 소감을 물으면 한마디씩 건넬 때마다 식장이 웃음바다로 변할 것으로 알았다. 그런데 식장을 메운 것은 어머니들이었고 가족은 보이질 않았다. 「우리 가족 요리 페스티벌」이 아니라 '어머니 요리대회'여서 크게 실망했다. 내년부터는 아들·딸이 재료를 다듬고, 아빠·엄마가 볶고 지지면서 온 가족의 솜씨와 웃음이 담뿍 담긴 요리 경연대회로 발전시켰으면 좋겠다고 생각한다.

가족이 모여 웃음과 땀을 섞어 만든 음식을, 온 식구가 삥 둘러앉아서 이야기꽃을 피우며 맛있게 먹는 모습은 상상만 해도 즐거운 일이다. 온 식구가 머리를 맞대고 음식을 만드는 동안 끈끈한 정이 솟아나고, 웃음을 터뜨리면서 함께 먹을 때에 하나가 되면서 가족 간에 믿음이 깊어갈 것이다. 이런 화목한 가정에서 성장한 아이들이 우리 사회의 주역이 될 때 우리나라도 서구 유럽국가처럼 삶의 만족도가 높은 선진국으로 갈 수 있을 것이다. 내년에는 대한어머니회에서 주최하는 요리 경연대회가 가족 단위로 참가해서 구성원들을 하나로 결속시키며, 화기애애한 가정을 만들 수 있도록 많은 홍보와 아울러 지역사회의 적극적인 지원이 있어야 할 것이다.

「대한민국 어머니 헌장」 3항에 '어머니는 아들·딸에게 가정과 사회에서 사람 구실을 할 수 있도록 보람 있는 교육을 해야 한다.'고 되어있다. 집에서 보면 이따금 아들아이는 주방에 들어가서 엄마와 설거지를 하거나, 음식을 만드는 것을 돕기도 한다. 이런 모습을 보면 은근히 부러움을 느끼기도 하면서 미더운 생각이 든다.

　나는 엄한 어머니에게서 남자는 부엌에 들어가는 것이 아니라는 교육을 받고 자라 부엌에 들어가는 것은 생각하지도 못하고 성장했다. 어머니가 안 계실 때에는 여동생들이 밥상을 차려 내왔다. 그렇지만 휴일이나 방학 때에도 늦잠을 잘 수는 없었다. 어머니는 우리가 잠자리에서 일어나 이불을 개고 방 청소를 한 뒤에 세수해야만 아침밥을 주셨다. 그러니까 밥을 먹기 위해서라도 일어나 청소를 마치고 세수를 해야 했다. 결혼한 뒤에는 아내가 전업주부로 부모님을 모시고 살았기에 더욱 부엌 출입을 하지 않았고, 가끔 방 청소를 하면서 아내를 도왔다. 그리고 정년퇴직한 지금은 다람쥐 쳇바퀴 돌듯이 아침이면 집 안 청소를 하고 식사를 한 뒤에 하루의 일과를 시작한다.

　요즈음 학생들과 이야기를 나누다 보니 요리하는 것이 자연스러운 일이라는 것을 알게 되었다. 엄마가 "오늘은 우리 딸이 만드는 비빔국수를 먹어보자."라고 하면 딸은 국수를 삶고, 아빠는 준비한 양념을 넣고 비벼서 고명을 얹은 비빔국수를 식탁에 내놓는단다. 또 아빠가 "우리 아들이 부치는 김치전을 먹어보자."라고 말하면 아들이 엄마와 밀가루 반죽에 묵은지를 썰어 넣고 프라이팬을 달구어 부침개를 부쳐 내오는 일은 그리 어렵지 않단다. 이렇게 집에서 아빠·엄마가 자녀들과 같이 요리하는 것은 단순히 음식을 만드는 일만은 아닐 것이다.

콜맨 보고서(Coleman Report)에 의하면 학습자들의 학업성취에도 영향을 미치는 것은 학교가 아닌 가족 배경 즉, 가족의 환경이라고 한다. 부모의 신뢰가 깊고 의사소통이 잘 이루어지는 화목한 가정에서 자란 아이들의 성적이 우수하다는 것이다. 그러므로 아이들에게 공부하라고 강요할 것이 아니라, 먼저 온 가족이 팔을 걷어붙이고 음식을 만들어서 거리낌 없는 대화를 나누며 함께 먹는 가정을 만드는 것이 중요하다는 것을 알 수 있다.

대전에서 시작한 「우리 가족 요리 페스티벌」을 통해 전국 방방곡곡에서 앞치마를 두르고 요리를 하는 딸과 아빠, 아들과 엄마의 모습을 그려본다.

아는 만큼
보인다

얼굴에 번진 흐뭇한 미소

퇴직이 가까워져 오면서 남은 삶을 어떻게 꾸려가야 할까 고심할 때였다. 만나는 선배들의 조언은 비슷했다. 평생 직장생활을 하느라고 가족을 위해서 시간을 할애하지 못했으니, 먼저 아내와 함께 해외 여행을 다녀오란다. 그런 다음에 취미 생활하면서 건강에 투자하라는 이야기였다. 그래서인지 은퇴 후에 맘에 맞는 사람들끼리 어울려 운동을 하거나 악기를 불고, 그림을 그리면서 지내는 사람들이 많았다.

예·체능 방면에 전혀 재능이 없는 나는 무엇을 해야 할지 몰라 고심하다가 학생들을 가르치던 일을 이용해서 남은 삶을 의미 있게 꾸려가고 싶었다. 그러던 차에 지인에게서 한글을 해독하지 못한 채 일생을 불편하게 지내는 어른들을 위해서 문해교육(文解敎育)을 맡아줄 수 있겠냐는 제안을 받았다. 초등학교에서 한글 교육을 담당했던 경험은 없지만, 국어교사였기에 웬만하면 가르칠 수 있을 것으로 생각하고 그분들과 함께 생활하면서 인생 이모작을 시작하겠다고 마음

먹었다.

　내가 초등학교에 다니던 시절에는 가정형편 때문에 상급학교에 진학하지 못하는 아이들이 대부분이었다. 초등학교에 다니다가 졸업도 하지 못한 채 대도시에 있는 공장에 취직하거나 친척 집의 가정부가 되어 고향을 떠나는 여자아이들도 있었다. 어떤 집에서는 농사철이 돌아오면 자녀들을 학교에 보내지 않고 일손을 돕도록 했다. 또 어린 동생들을 기르면서 부모님을 도와 가정 살림을 꾸려가기에 바빠 학업을 이어갈 수 없었던 아이들도 어렵지 않게 찾을 수 있었다. 그런 친구들이 성장하면서 토해내던 아픔을 알고 있었기에 한글을 깨치지 못한 어른들의 마음을 조금은 헤아릴 수 있을 것 같았다.

　퇴직을 하면서 3월 첫 주에 곧바로 복지관으로 출근했다. 관계자들을 면담하고 공부하는 학생들을 만나보니 한글을 읽고 쓰지 못하는 비문해자들이 생각보다 많았다. 교재를 받고서 한글을 공부하는 것이기에 쉽게 생각하고, 첫날 교실에 들어가서 학생들과 상견례를 가졌다. 교실에 앉아 있는 학생들은 모두 나이가 지긋한 할머니들이었고, 남자는 두 분이 등록했지만 출석하지 않는다고 했다. 수업을 시작하면서 학생들의 수준을 파악해 보았다. 더듬거리면서 읽는 학생, 읽기가 수월하나 쓰기가 어려운 학생, 읽고 쓰기가 모두 버거운 학생, 열 명도 안 되는 사람들의 수준이 모두 달랐다. 역시 다른 사람을 가르치는 일은 생각보다 쉽지 않았다. 시간이 지나면서 가르치는 방법을 조금씩 터득하게 되었고, 쉬는 시간이면 학생들과 이런저런 이야기를 나누면서 더욱 가까워졌다.

공부하는 할머니들은 일평생 글자를 읽지 못해 혼자 속앓이를 하면서 살아왔다고 저마다의 아픔을 토로했다. 그러다가 문해 교육을 통해 한글을 깨우치면서 비로소 얼굴을 들고 다니게 되었다고 이야기한다. 까막눈이었다가 길거리의 상점이나 병원의 간판을 혼자 읽어가면서 찾아가게 되자, 마침내 글자를 터득했다는 사실에 커다란 희열을 느끼게 되었다고 자랑하기도 했다. 이제는 시내버스 승차장에서 다른 사람의 도움을 받지 않고 버스를 기다리다가 노선과 번호를 읽어가면서 차에 오를 때면 그렇게 기쁠 수가 없다고 아이들처럼 좋아했다. 예전에는 은행 창구에서 여직원에게 출금전표를 내밀 때면 손이 떨리고 얼굴이 빨개졌단다. 그러면서 남몰래 귓속말로 속삭였으나 이제는 스스로 전표를 작성해서 돈을 찾거나 송금할 수 있게 되었다고 으스대기도 한다. 또 나이 어린 손주들이 동화책을 펼쳐 들 때는 덜컥 겁이 났지만, 지금은 떠듬거리면서 읽어나가는 자신이 대견스럽다고 이야기하면서 눈시울을 붉히는 분도 계셨다.

한글 깨친 것을 기뻐하는 할머니들과 즐겁게 생활하면서 한 해를 마치고, 장애인 야학에서 검정고시를 준비하는 학생들을 지도하는 곳으로 옮기게 되었다.

성인 문해 교육은 낮에 이루어지지만, 장애 학생들은 야간에 검정고시 준비를 하고 있었다. 몸도 불편한 학우들이 낮에는 직장에서 일하고, 저녁 일곱 시부터 밤 열 시가 넘도록 주경야독을 하고 있었다. 일하면서 학업을 병행하는 생활이기에 힘들고 어려움이 많을 터이지만 모두가 의욕이 대단했다. 수업 시간에 비록 졸지라도 결석하지 않고 열심히 출석하는 모습이 눈시울을 촉촉하게 만들며, 힘이 닿는 데까지 돕고 싶다는 마음이 들었다. 문해 교육이나 장애인 야간학교 수업에 참여하면서 우리 사회에는 아직도 그늘진 곳이 많이 있다는 사실을 비로소 깨닫게 되었다.

장애인 야간학교에는 교사 외에 사무, 운전, 청소, 예체능 지도 등 많은 자원봉사자의 손길이 필요했다. 알고 보니 대학생들을 비롯한 가정주부나 직장인들이 자원해서 봉사 활동에 참여하고 있었다. 모두 자신의 시간을 쪼개서 어려운 이웃들을 돕고 있었다. 야간학교 수업에 참여하면서 우리 사회에는 숨은 봉사자들이 많다는 사실도 새롭게 알게 되었다.

한 학기를 마치고 종강식 날 우리는 함께 둘러앉았다. 무더운 여름 늦은 밤 교실 안의 선풍기는 힘겹게 돌아가지만, 땀을 닦으며 검정고시를 준비하는 장애 학생들과 이들을 뒷바라지하는 봉사자들의 얼굴에는 흐뭇한 미소가 번졌다.

(그린에세이 제27호, 2018년 5 · 6월호)

'세월호' 참사를 보면서

　정부에서는 에너지를 절약하고 교통난을 해소하기 위해 차량 10부제 운행을 추진했다. 공공기관을 비롯한 금융기관과 대기업이 이에 적극적으로 동참하고 국민들도 호응하면서 정착되고 있었다. 그런데 공직에 있는 나는 차량이 십부제에 적용되는 날에는 학교 주차장 대신 골목길에 차를 세워두고 출·퇴근하면서 울며 겨자 먹기 식으로 참여했다.

　하루는 직장이 먼 거리에 있는 아들이 자기가 타는 승합차를 정비 공장에 맡겼다면서 내 승용차를 빌려달란다. 집에 있는 두 대의 차를 가족들이 운전할 수 있도록 보험에 들었기에 잘 되었다는 생각으로 열쇠를 넘겨주었다. 다음 날 아침에 보니 승용차 전면 유리창에 붙어 있는 커다란 스티커가 눈에 번쩍 띄었다. 깜짝 놀라 집으로 들어가서 어제 자동차를 어디에 두었기에 주차위반 스티커가 붙었느냐고 아들에게 큰소리를 쳤다. 회사 주차장에 세워두었는데 등록된 자동차가 아니라 스티커가 붙었다는 것이다.

그 후에 어느 날인가는 아들 자동차에도 스티커가 붙어있었다. 십부제를 위반했다는 것이다. 그러면서 개인회사이지만 대기업들은 국가시책에 따라 법규나 제도를 철저하게 지키고 있다는 이야기도 덧붙였다. 나는 슬그머니 부아가 치밀어 직원들이 출·퇴근하는데 어렵지 않도록 해 주어야지 스티커만 남발하면 어떻게 하느냐고 불평을 했다. 그 뒤로 아들은 차를 운행하면서 십부제를 꼭꼭 지켰다.
　군악대에 근무했던 동료에게서 들은 이야기이다. 부대에서 애국가 연습을 하는데 미군 차량이 가다가 서기를 반복하더라는 것이다. 그래서 자동차에 이상이 생긴 줄 알았는데 다음에도 그런 일이 또 있었단다. 그 후에 알고 보니 미군들은 국가가 들리면 운행하는 차량을 정차한다는 것이다. 주둔하는 나라의 국가가 들려도 반드시 차렷 자세를 취하고 차량은 운행을 멈춘다고 한다. 그러면서 그는 미국 시민들은 철저하다고 혀를 찼다. 그렇지만 나를 포함해서 우리 대부분은 그렇게 하질 않는다.
　우리는 각종 행사에 참석하여 의식을 진행할 때에는 식순에 따라 국기에 경례하지만, 그 이외에는 애국가가 들려도 자신이 하던 일을 멈추지 않는다. 나부터도 훈련이나 연습에는 반복이 중요하다는 것을 알면서도 참여하기를 꺼린다. 그래서 민방공 훈련 때에는 사이렌 소리에 맞추어 차를 정차하거나 차에서 내려 대피하는 훈련을 하는 것이 귀찮아서 민방공 훈련이 있는 날에는 그 시간을 피해서 다니곤 했다.
　2014년 4월 16일에 일어난 세월호 사건은 정말로 안타까운 일이 아닐 수 없다. 476명의 승객을 태우고 제주도로 운항하던 배가 진도 앞바다에서 물에 잠기는 광경을 목격하면서 손도 써보지 못하고 생때같은 아까운 목숨을 300여 명이나 희생시켰다. 그 사고는 누구 한 사람의 잘못이 아니다. 국민들이 모두가 안전 불감증에 걸렸으며, 우리 사회의 곪은 것들이 밖으로 드러난 것이라고 말할 수 있다.

그동안 GDP를 거론하면서 선진국의 대열에 들어섰고, OECD에 가입한 것을 자랑하며 세계열강들과 어깨를 나란히 하는 것처럼 정부나 언론이 떠들어댔다. 그러나 그것이 산 채로 수장되는 주검 앞에서 무슨 의미가 있는 일인가? 선진국이란 국민 한 사람의 생명이라도 고귀하게 생각하고, 위기에 빠졌을 때 구출하며, 소외된 사람이 없이 모두가 행복하게 살아가는 나라를 가리키는 말일 것이다. 낡은 배를 불법 개조해서 물건을 적재량의 세 배나 싣고, 대형선박을 나이 어린 삼등 항해사가 운항하며, 관제소와 출동한 해경과 구조작업을 지휘하는 대책본부가 우왕좌왕하는 모습에 국민들을 분노케 했다. 승객들을 버려두고 자신들만 먼저 피신한 선장과 승조원들을 향해서 무슨 말을 어떻게 할 수 있겠는가?

평소에 매뉴얼 대로 훈련받고 대피했으면 이런 어려움은 없었을 것이다. 그런데 모두 그런 일이 나에게 닥치지는 않을 것이라는 안이한 생각으로 매뉴얼에 따른 훈련을 생략했고 피했다. 그러다가 위기가 닥치면 허둥대면서 안타깝게도 시간을 놓치고 만다.

이번 세월호 사건에서도 초기에 한 시간 이상을 허비하며 아까운 목숨이 배와 함께 바다로 빠져들어 가는 것을 발을 동동 구르며 바라보고만 있었던 우리가 누구를 탓할 수도 없고 원망할 수도 없는 공범이 되고 말았다.

세월호 사고가 일어난 뒤 열흘 후에 스페인 카나리아제도 근해에서 승객 334명을 태운 여객선이 화재로 인해 긴급 회항하는 사고가 벌어졌다. 이때에는 승무원과 구조 당국의 매뉴얼에 따른 빠른 대응으로 탑승자 모두가 부상자도 없이 구조된 것으로 전해졌다. 이 사건은 우리나라의 해상사고와 너무나 대조적인 모습을 보여주어서 우리들을 더욱더 안타깝게 했다.

이번 참사를 바라보면서 그동안 훈련을 피하고 법규를 준수하지 않으면서 살아왔던 나의 생활을 반성하게 되었다. 마음속으로 꼭 안전수칙을 지키면서 살아야 하겠다는 다짐을 하면서 고물이 되어 내다 버린 빈자리에 빨갛고 예쁜 가정용 소화기를 사다 놓았다. 아울러 가족들에게 사용 방법을 설명해 주면서 모든 일에 규정을 잘 지키고 재난이나 위기의 순간에는 침착하게 매뉴얼에 따라야 한다고 단단히 일러두었다.

고령사회의 문제점

　연일 한낮에는 35℃를 오르내리는 폭염이 계속되고 있다. 낮 동안 뜨거운 햇볕으로 달궈진 열기가 대기 중으로 빠져나가지 못해 밤중에도 무더위가 지속하는 열대야 현상으로 밤잠도 설치게 된다. 기상청 관계자는 폭염주의보와 경보를 발표하며 "고온인 상태가 장기간 지속하면서 열사병과 탈진 등 온열 질환과 농·수·축산물 관리에 특히 유의하기 바란다."라고 당부하기도 한다.

　집집이 선풍기와 에어컨을 밤낮으로 켜놓고 그 밑에서 지낸다. 그런데 이렇게 숨이 막히게 더운 날에도 아침저녁으로 작은 손수레를 끌고 폐지를 줍는 노인들의 행렬이 이어지는 것을 어렵지 않게 목격할 수가 있다. 이런 모습을 바라보면서 고령화가 급속하게 진행되고 있는 우리 사회의 빈곤층 노령인구를 돌보거나 독거노인에 대한 보호 대책이 미흡한 것을 두고 마음 아파하는 것은 나만은 아닐 것이다.

　세계보건기구에서 2017년에 발표한 우리나라 남성 평균수명은 79.3세, 여성 평균수명은 85.4세가 된다고 한다. 지난달에는 일곱

분의 부음(訃音)을 전해 듣고 문상(問喪)을 다녀왔는데, 네 집안의 어른들이 아흔이 넘은 나이에 유명(幽明)을 달리하셨다. 이분들은 1920년을 전후해서 태어나 격동기의 한국 현대사를 맨몸으로 부닥치면서 살아오신 우리 부모님 세대로 어찌 보면 '가장 불행했던 세대'라고 말할 수도 있다.

혹독한 일제(日帝)강점기에 태어나서 유·소년기를 보냈고, 청년기에 조국 해방을 맞았다. 그러나 광복의 기쁨을 누리지도 못하고, 좌·우의 극한 이념대립으로 혼란한 정국 속에서 대한민국을 건국하셨다. 그러면서 단란한 가정을 이루었으나, 비참한 동족상잔의 포화 속에 가족과 형제자매가 뿔뿔이 흩어지는 아픔을 겪어야 했다. 6·25동란이 끝난 뒤에는 폐허 위에서 초근목피로 연명하며 전후 복구 활동에 전념했다. 그리고 국가재건에 앞장서서 잘살아 보려는 일념으로 밤낮을 가리지 않고 일을 하면서 가족의 호구지책도 마련하고, 자녀들을 교육 시켜서 조국 근대화를 달성하신 분들이다.

자신들이 배우지 못한 한(恨)을 자녀들의 교육에 쏟아부어 우리나라를 교육 강국으로 만들고, 장성한 자녀들의 짝을 맺어 분가시키느라고 미처 자신의 노후대책을 마련하지 못한 채 노년을 맞으신 분들이다. 국가에서는 이렇게 헌신해 오신 어른들이 노년을 안락하게 지낼 수 있도록 노후보장 제도를 마련했어야 한다. 그런데 OECD에서 발표한 우리나라 빈곤율(가구소득의 평균 50%보다 적은 사람들의 비율 기준임)은 15.0%로 OECD 회원국의 평균 11.1%에 비해 높고, 더욱이 65세 이상 노인 빈곤율은 46.7%(2016년 기준)로 OECD 회원국의 평균 15.1%보다 3배 이상 높은 것으로 나타났다. 이 수치는 65세 이상 노인 두 명 중의 한 명은 빈곤층이라는 이야기이다.

앞으로 정부의 적극적인 대책이 없으면 빈곤계층 노인들은 더욱 증가하면서 심각한 사회문제로 대두될 수밖에 없다. OECD 회원국 중에서 우리나라는 노인 복지에 쓰는 비용이 최하위이고, 노인 빈곤율은 1위라고 말한다. 그리고 가족이나 의지할 대상이 없어서 홀로 사는 노인들이 경제적인 문제로 인해서 스스로 목숨을 끊는 노인자살률도 1위인 것으로 발표되고 있다.

우리는 평균수명 100세를 바라보는 시대를 살아가게 된다. 올해에 이미 65세 이상의 노인 인구가 14.3%로 고령사회로 진입했고, 2026년에는 20.8%로 초 고령사회가 될 것으로 전망하고 있다. 그리고 2030년에는 24.3%로 선진국 가운데 고령화 속도가 가장 빠른 나라가 될 것으로 전망하고 있다.

우리가 자랄 때에는 조부모를 모시고 삼대가 한집에서 사는 대가족 형태의 가정이 많았다. 그런데 점점 부부 중심의 핵가족 형태로 바뀌면서 노인들의 삶이 황폐해지고 있다. 독거노인 가운데 아침저녁으로 길에서 폐지를 줍고, 공원 벤치에 앉아서 고개를 묻고 시간을 보내다가 무료급식 시설에 길게 줄을 서는 어른들도 점차 늘고 있다. 또 소일거리가 없어서 다리 밑에서 장기판이나 화투장을 펼쳐놓고 하루해를 보내는 할아버지들이나, 지팡이 대신 부서진 유모차에 몸을 의지한 채 보행하는 할머니들도 많이 있다. 우리나라의 경제 규모로 볼 때 아직도 극빈층 노인들의 세 끼 식사를 해결해드리지 못하고,

여가활동을 위한 프로그램을 마련하거나 건강을 돌볼 의료시설을 준비하지도 못한 채 지내고 있다는 것은 부끄러운 일이 아닐 수 없다.

　현재 우리나라는 국민연금 수급률이 선진국 수준에 미치지 못하고, 기초노령연금의 보장 수준도 높지 않다고 한다. 그러니까 경제활동을 할 수 없어서 폐지를 줍거나, 무료급식소 앞에 줄을 서서 끼니를 해결하려는 노인 인구가 증가하는 것이다. 우리 모두가 힘을 모아 공적인 노후보장 제도를 튼튼하게 마련하여 궁핍한 노인들이 생계를 걱정하지 않고 지낼 수 있도록 노후 불안을 제거해 드려야만 하겠다.

또 하나의 대학이 아니길 바라며

P 선배를 만난 것은 다소 의외의 장소였다. 학창 시절을 회상하면 그는 어느 작은 교회의 목회자로 시무하면서 살아가고 있으리라고 생각했는데, 뜻밖에도 한국교원대학교 교장 자격연수 과정에서 연수생으로 만나게 되었다. 그날 저녁 우리는 학교 앞 찻집에 마주 앉았다.

1970년 세례교인들만 신입생으로 선발하던 대전대학 시절, 우리는 캠퍼스에서 선·후배로 만났다. 처음 만난 P 선배는 전교생이 4백 명도 안 되는 작은 캠퍼스에서 아침 기도회로 학교생활을 시작하고, 기독 동아리 활동과 성경 공부를 부지런히 하면서 신학대학원에 진학하려는 꿈을 꾸던 학생이었다.

우리는 그동안 만나지 못했던 30년의 세월을 거슬러 올라가 쌓였던 이야기를 나누었다. P 선배가 2학년 재학 중에 입대하여 군 복무를 마치고 복학을 하고 보니 예전에 다니던 대학은 사라졌단다. 숭실 대학과의 통폐합으로 새롭게 바뀐 숭전대학교란 교명은 더 공부하고 싶은 학교가 아니었단다. 그래서 학교생활에 정을 붙이지 못하고, 졸업하면서 호구지책(糊口之策)으로 교직에 몸을 담게 되었단다. 대학 시절 기도했던 목회자의 길을 놓고 무척이나 고민했지만, 가족들의 생계를 책임진 까닭에 쉽게 결단하지 못한 채 그만 학교에 눌러앉고 말았다는 것이다. 그러면서도 모교에 대한 애정은 남달랐기에 이따금 들려오는 모교의 소식은 언제나 P 선배의 마음 한구석을 아리게 만들었단다.

모교는 미국 남 장로회 성도들이 뜨개질하고, 노동하면서 벽돌 한 장 두 장을 헌금하고 기도로 지원하여 세운 학교였다. 그런데 학생들에게 기독교의 근본정신을 가르치지 못하고, 채플 시간에 출석 체크나 교양강좌로 학점을 채우고 있었다. 그러면서 언제나 기독교 대학이라는 간판을 벼슬처럼 달고 있는 것에 안타까움을 느꼈단다.

무감독 시험을 치르던 교실 안의 책상은 검푸른 볼펜 자국으로 도배를 했고, 함께 모여 찬양하고 기도하던 운동장에는 여기저기 빈 담뱃갑과 담배꽁초가 뒹굴었다. 복음송을 부르면서 신입생 환영회를 열었던 연못가의 벤치에는 맥주 캔과 소주병이 자태를 보였고, 급기야는 술 취한 학생이 익사했다는 보도를 접하면서 실망을 금할 수 없었단다.

독재 타도를 외치면서 스크럼을 짜고 뛰던 학생들을 향해 응원하던 교직원들은 어디에도 보이지 않았다. 다만 정의감에 불타는 학우들을 가로막는 비열한 학생회 간부들의 비위를 맞추는 일에 바빠 보였다. 강의실에서 가르치던 학생들의 손목을 끌고 학교와 기업체의 경영자를 찾아가 직원으로 추천하면서 책임지겠다고 다짐하던 교수님들은 찾기가 힘들었다. 강의를 마치고 월급봉투를 받아든 뒤에 유흥가를 배회하는 교수들의 모습에서 삯꾼의 모습을 보게 되었다면서 슬퍼했다.

정문도 없던 학교에 상징탑을 만들어 놓고 동문회와 총장이 멱살을 잡은 채 법정에 서기도 했다. 부활의 기쁨을 노래하던 캠퍼스에선 교수의 분신 시도 소식이 들려 모두를 우울하게 만들었다. 예수 냄새도 피우지 못하는 학교에서 쏟아져 나온 홍보물에는 기독교 정신, 예수 사랑, 진리 탐구를 외치면서 외식하는 바리새인들의 악취가 진동하고 있었단다. 정말로 대학 캠퍼스가 예수를 팔아먹고 사는 많은 무리 가운데 하나에 지나지 않아서 오히려 동문인 것이 부끄러울 때도 많았단다.

당시 경상남도 거창 시골에 있는 한 고등학교는 SKY대학에 입학생을 무더기로 보내는 것도 아닌데, 전국적으로 많은 수재가 몰려들고 있단다. 사람들은 누구나 쉽게 가기를 원하고, 비단길을 걸으면서 앞장서기를 바라지만, 그 학교에서는 전혀 반대로 학생들을 가르치고 있단다. 그러면서 시골 고등학교의 신화처럼 전해오는 직업 10계(戒)를 내게 들려주었다.

*거창고등학교 직업 10계
  1. 월급이 적은 쪽을 택하라.
  2. 내가 원하는 곳이 아니라, 나를 필요로 하는 곳을 택하라.

3. 승진의 기회가 거의 없는 곳을 택하라.

4. 모든 조건이 갖추어진 곳을 피하고, 처음부터 시작해야 하는 황무지를 택하라.

5. 앞을 다투어 모여드는 곳은 절대 가지 마라. 아무도 가지 않는 곳으로 가라.

6. 장래성이 전혀 없다고 생각되는 곳으로 가라.

7. 사회적 존경 같은 것을 바라볼 수 없는 곳으로 가라.

8. 한가운데가 아니라, 가장자리로 가라.

9. 부모나 아내 약혼자가 결사반대하는 곳이면 틀림없다. 의심치 말고 가라.

10. 왕관이 아니라, 단두대가 기다리고 있는 곳으로 가라.

그러면서 대한민국의 동쪽 끝 포항에 있는 한동대학교의 이야기도 들려주었다. 이 대학에서는 자기를 희생하는 교수, 기도로 후원하는 학부모, 등록금을 없애려고 장학금을 맡기는 동문의 열정으로 오늘이 있게 되었다는 것이다.

한동대학교에서는 개교 이래 모든 시험을 무감독으로 치르고, 전체 수업의 30% 이상을 영어로 강의하고 있다는 것이다. 세상 물정에 어두운 정직한 교수들은 학생들을 열심히 지도하여 진리 탐구에 매진하게 만들고 있단다. 교수들이 학생들의 취업을 위해 온정적으로 학점을 뻥튀기하여 A 학점을 남발하는 일도 없는데도 취업률이 높다는 것이다. 그래서 회사에선 한동대 졸업생을 서로 데려가려고 한단다. 또한, 로스쿨을 마친 학생들은 미국 변호사 시험에 60%가 넘는 합격률을 보인단다.

그러다 보니 해가 갈수록 한동대학은 지원율이 점점 높아지고, 학부모들은 시골로 학생들을 보내고는 지역마다 학부모 모임을 만들어서 학생들과 학교를 위해 기도하고 있단다. 이러한 부모 밑에서 공부하는 학생들이기에 신입생 환영회부터 술독에 빠져 허우적거리면서 대학 생활을 시작하다가 학교가 맘에 들지 않는다고 중도 탈락하는 학생들이 거의 없다고 한다. 그리고 재학생들이 편입시험이나 재수학원으로 달려가는 일은 찾아보기 어려운 학교라고 이야기해 주었다.

졸업한 동문은 취업하면 등록금 걱정하는 재학생들을 위해 봉급에서 십일조를 떼어 후배들을 위해 후원한다는 이야기를 들려주었다. 그러면서 선배는 기독교 신앙을 갖고 기독교 대학을 선택해서 졸업한 뒤에 교직에 몸담은 자신이 한없이 초라해 보였단다.

식은 커피잔을 집어 들면서 P 선배는 우리들의 모교가 또 하나의 대학으로 남을 바에는 차라리 학교 문을 닫든지, 아니면 기독교 정신을 실천하는 대학으로 탈바꿈하든지 선택해야만 한다고 일갈했다. 선배의 이야기를 들으면서 나의 머릿속도 말끔하게 정돈되었다.

함부로 말하지 않기

유조선 시대 문인 이수광이 편찬한 『지봉유설(芝峯類說)』에는 동물이라도 비교해서는 안 된다는 황희 정승의 일화를 소개하는 글을 싣고 있다.

황희 정승이 젊었을 때의 이야기다. 길을 가다가 농부가 소 두 마리로 밭 갈고 있는 것을 보고, 농부에게 다가가서 두 마리의 소 가운데 어느 소가 일을 더 잘하느냐고 물었다. 농부는 황희의 손을 끌고 소들이 보이지 않는 곳으로 가더니, 귓속말로 누런 소가 검은 소보다 일을 잘한다고 이야기했다. 그리고는 농부의 행동을 의아하게 생각하는 황희에게 말 못 하는 짐승이라도 저를 욕하고 흉을 보면 기분이 상하게 된다고 이야기하면서 밭으로 들어갔단다. 이에 황희는 크게 깨닫고 다시는 다른 사람의 장·단점을 함부로 말하지 않았다고 한다.

집에서 두 아이를 기르며, 나는 그들의 성격이나 행동과 생활 태도가 다른 것을 두고 견주어 야단치기도 했다. 딸아이는 자기 물건을 깔끔하게 정리해 두고 누구도 만지지 못하게 했다. 그런 아이의 정갈한 성품을 칭찬하기보다는 어쩌다가 동생이 누나의 물건에 손을 대기라도 하면 목소리를 높이는 것을 나무라면서 동생한테 양보할 줄 모른다고 윽박질렀다. 활력이 넘쳐 이리저리 뛰어다니는 아들 녀석에게는 씩씩하다고 격려하지 못하고, 회초리를 들고서 차분한 누나를 본받으라며 으름장을 놓기도 했다. 늦게 잠자리에 들기 때문에 조금 늦은 시간에 일어나는 큰아이에게는 동생처럼 일찍 자고 일찍 일어나야지, 그렇지 않으면 게으름뱅이가 된다고 엄포를 놓을 때도 있었다.

학교에서 통지표가 날아들면 성적이 뒤떨어진 아이를 격려하는 것이 아니라, 꾸중하여 자존심을 상하게 만들고 자존감을 떨어뜨리기도 했다. 학업성적이 자신의 선호도에 따라서 교과목별로 우열의 차이를 보이는 것은 당연하다. 그런데도 성적이 우수한 과목을 칭찬하기보다는 석차가 떨어진 교과목만 거론하면서 아이들의 기분을 상하게 만들기도 했다. 아이들과의 대화는 학교생활이나 교우 관계보다도 학업성적에만 관심을 기울였다.

아이들이 장성한 뒤에는 직업의 장래성, 직장생활, 경제활동, 친구 관계를 두고서도 조언한다고 아이들 마음에 생채기를 남기기도 했다. 그리고 결혼 적령기에 이르러서는 배우자를 선택하는 문제를 두고도 나의 잣대로 비교 평가하면서 배우자상을 강요하기도 했다. 모두 다 자식들이 잘되라고 조언하는 것이라고 말하지만 돌이켜보면 실은 나의 욕심을 강요한 것에 지나지 않았다.

어려운 아이들에게 먼저 다가가야 한다는 생각으로 교직생활을 시작했지만, 한 교실에 앉은 학생들을 암탉이 병아리를 품듯이 모두 다 골고루 사랑하지 못했다. 공부를 잘하는 아이들에게 더욱 관심을 가졌고, 선생님 이야기를 잘 듣는 학생들을 가까이했으며, 열성적으로 학교 일에 협조하는 부형의 자제들에게 더욱 친절하게 대했다. 선생님이라고 학생들을 마음대로 비교하고 평가하면서 어린아이들의 마음을 아프게도 했다.

담임 업무를 맡았을 때는 담임 반 아이들의 성적이 나오면 개인 상담을 한다. 상담 시간에는 지난번보다 성적이 떨어진 학생에게 분발하라거나 혹은 아무개보다도 성적이 낮으면 어떻게 하느냐면서 비교하여 독려하기도 했다. 이런 성적으로 어떻게 원하는 대학에 진학하겠느냐면서 면박도 주었다. 좋은 성적을 받지 못한 학생 입장에서는 이런 상담 시간이 무척 괴로웠을 것이다. 교사는 성적이 떨어진 학생들을 위로하고 스스로 문제점을 발견해서 개선할 수 있도록 조언하고, 성적이 향상된 아이들은 격려하여 정진할 수 있도록 도와주어야 한다. 그런데 성적이 좋은 학생들의 등은 두드려주고, 그렇지 못한 학생들에게 함부로 말하면서 마음 아프게 했다면 그 상처는 오래도록 아물지 못했을 것만 같다.

학교를 졸업하고 대학에 입학한 뒤에 혹은 사회생활을 하면서 선생님을 찾아오는 졸업생들을 만난다. 이런 제자들을 만나면 얼마나 고맙고 대견스러운지 알 수 없다. "선생님, 고맙습니다."하고 머리를 숙이는 졸업생들을 보면 부끄럽게도 그런 인사를 받을 만큼 학생들을 사랑하지 못했다는 것을 고백하지 않을 수 없다. 학교생활을 하는 동안에 나의 모습이 그들에게 어떻게 각인되었는지 궁금하기도 하면서, 개인적으로 서운했던 일은 없었는지 염려가 되기도 한다. 성인이 된 졸업생들을 만날 때면 교우들과 비교하고 경쟁을 부추기던 옛날과는 다르게 조언한다. "고등학교 시절의 친구들만큼 소중한 벗이 없으니까 서로 도와가면서 어려움을 함께 헤쳐 나가라."라고 권면한다.

눈에 띄는 친절

많은 학교에서는 교장실에 외부 사람들의 출입을 통제하느라고 행정실을 통해서 들어가도록 하고 있었다. 일반인의 출입은 업무에 방해를 받을 수도 있고 도난과 보안도 걱정되기 때문일 것이다. 그러나 사람들과 가까이 지내기를 좋아하는 나는 교장실을 자유롭게 출입할 수 있도록 개방해 두었다.

어느 날, 오십 대 초반의 아주머니가 찾아오셨다. 졸업생의 학부모라고 말씀하시면서 새로 부임한 것을 축하하며 격려해 주셨다. 전임 교장선생님 시절에 학교 운영위원으로 활동을 하셨다고 소개하기에 고맙다는 인사까지 건네면서 예의를 갖추었다. 아들이 다니던 학교에 선생님을 찾아가는 것도 쉬운 일이 아니다. 그런데 새로 부임한 교장에게 인사를 한다는 것은 여간 어려운 일이 아니라고 생각이 들어 고마운 마음을 지울 수 없었다.

달포가 지난 뒤에 그분이 다시 방문하셨다. 본인은 카드회사에 근무한다면서 신용카드 발급신청을 권하셨다. 나는 체크카드를 주로 쓰기 때문에 사용하지도 않는 카드를 여러 장 갖고 있을 필요가 없어서 거절하고 싶었다. 그렇지만 학부모셨고 내가 부임한 것을 축하해 주셨던 분이기에 앞에서 거절하기도 어려워 내키지 않는 마음을 진정하면서 신청서를 작성했다. 카드를 발급받는 대로 파기하면 나도 손해 보는 일이 없고, 상대방에게 결례가 되지 않을 것 같아서 다행스럽게 생각했다. 그리고 며칠 후에 집으로 배달된 카드를 조각내어 쓰레기통에 던졌다. 그런데 월말에 은행에서 날아온 카드사용 대금 청구서를 보니 카드 신규가입비 5만 원이 눈에 크게 들어왔다. 큰 금액은 아니었지만, 가입비에 대한 예고도 없이 대금이 청구된 것을 보고 나서 소매치기당한 것처럼 매우 불쾌한 마음이 들었다.

동생이 교통사고를 당했다는 연락을 받고 병원으로 달려갔더니 응급실 병상 위에 공포에 질린 모습으로 오그리고 있었다. 자전거를 타고 가다가 자동차가 달려드는 바람에 넘어져서 발목에 골절상을 입었다는 것이다. 의사가 다녀가고 X-ray 촬영한 뒤에 간호사들이 침상을 옮기면서 주사기로 찌르고 다리를 붕대로 감아 두었다. 가해자는 원무과에 접수하고서 업무를 마친 뒤에 다시 오겠다며 돌아갔단다. 동생은 불안 속에서 밀려오는 통증을 감추느라고 얼굴을 펴지 못한 채 이를 악물면서 견디다가 병실로 옮기고서야 겨우 잠이 들었다. 늦은 시간에 만난 가해자는 미안하다고 고개를 떨궜다. 좁은 길에서 액셀러레이터를 밟는 실수를 저질렀다는 것이다. 농협에서 물건을 배송하는 임시직원으로 배달 도중에 불미스러운 사고를 저질렀다며 자신의 불찰이기 때문에 모든 다 책임을 자신이 지겠다고 했다.

풀이 죽은 채 어깨를 늘어뜨린 젊은 사람이 딱해 보여 어깨를 토닥였다. "서로가 운이 나빠서 일어난 일이니 어쩌겠느냐? 많이 다치지 않았으니 천만다행이다."라고 위로하면서 안심시켰다. 그렇지만 쪼그라든 검은 얼굴은 석고상처럼 펴지지 않았다.

다음 날에는 가해자가 아내와 함께 어린 아기까지 데리고 찾아왔다. 어려 보이는 그의 아내도 죄송하다며 고개를 숙였다. 자신들이 부담할 터이니 염려하지 말고 치료를 잘 받으란다. 고마운 말이었다. 남편의 실수로 인해서 벌어진 일에 아내까지 송구스럽게 생각하면서 어쩔 줄 몰라 하는 것이 요즈음의 젊은이답지 않고 예의 바르다는 생각도 들었다. 그러면서 보험회사에는 자신이 출·퇴근하는 승용차로 교통사고를 냈다고 신고했단다. 자기의 과실로 인해 회사에 어려움을 끼치고 싶지도 않고, 이러한 사실이 회사에 알려지면 인사상의 불이익을 당할 수도 있어서 그렇게 했다며 경찰서에도 신고하지 않았다고 말했다. 그러면서 도와달라고 했다.

가해자가 이튿날에 와서는 승용차로 보험처리를 하려 했더니 보험회사에 근무하는 친구가 어렵다기에 자기가 돈을 마련해서 개인적으로 병원비를 해결하겠다고 한다. 그의 말대로 개인이 부담하도록 허락할 것인지 아니면 서둘러 보험으로 처리하기를 종용할 것인지 결정하기가 쉽지 않았다. 가해자는 퇴근 후에 식구와 함께 병원에 들르면서 수술하기 전까지 성의를 보였다. 주변 사람들과 상의하니 보험으로 처리하는 것이 바람직스럽단다. 만일 수술 결과가 좋지 않아서 후유증이 생기면 가해자의 부담이 커질 수 있으므로 서로가 어려움을 겪게 된단다. 간신히 가해자를 설득해서 사고 차량의 자동차 보험으로 처리하도록 신고를 마치고 나니 자동차 보험회사에서 담당 직원이 다녀갔다.

그 뒤로 가해자의 얼굴은 보이지 않았다. 전화기를 타고 들려오는 목소리는 싸늘했다. 경찰서에 신고해도 10대 중과실에 해당하는 사고가 아니므로 형사책임을 질 일이 아니고 벌금으로만 처리된단다. 모든 것은 보험회사에서 처리할 것이라고 말하면서 끊었다. 이전까지 피해자와 가족에게 보여주었던 태도와는 너무 달랐다. 동생은 발목에 철심을 박는 수술을 마치고 한 달 동안 입원해 있던 대학병원에서 집 가까이에 있는 개인병원으로 옮겼다. 그리고 깁스를 풀고 재활 치료를 받는 동안에도 가해자의 그림자는 볼 수도 없었다. 보험회사 직원만 다녀갔다.

가해자에 대해서 은근히 괘씸하다는 생각이 들기 시작했다. 법적인 책임은 없다 해도 자신의 실수로 인해서 어려움을 겪는 환자와 그 가족들에게 도의적으로 그럴 수는 없을 것 같았다. 이번 사건을 겪으면서 우리는 보험회사에 신고하도록 종용한 것이 얼마나 다행스러운 일인지 모르겠다면서 안도의 한숨을 쉬었다. 처음에 가해자가 요구하는 대로 응낙했더라면 지금쯤 더 큰 어려움에 맘을 졸일 수도 있을 것 같았다. 딱한 사람 도와주겠다는 마음도 있었지만, 주위 분들의 의견을 따라 결정한 것이 잘된 일이라는 생각이 들었다.

우리는 살아가면서 이따금 겉사람과 속사람이 다른 경우를 만나게 된다. 친절한 언행은 다른 사람들의 기분을 즐겁게 만들기도 하지만,

때때로 계략을 숨긴 채 베푸는 호의는 마치 발톱을 감추고 살금살금 다가오는 고양이와 같아서 진의를 파악하기가 어려울 수도 있다. 그러나 시간이 흐르면 언젠가는 먹잇감을 향해서 발톱을 드러내는 고양이처럼 감추어 두었던 의도를 밖으로 드러내게 마련이다.

모두가 함께한 행복한 시간

한 학기를 마무리하면서 동문 교사들과 함께 유창수 선생을 만나기 위해 대전 가오중학교를 방문했다. 유 선생은 우리 학교 졸업생으로 시각장애를 딛고 교사로 임용된 자랑스러운 동문이다. 유 선생을 찾아가 축하하고 격려해 주면서 어려움을 딛고 교단에 서게 된 이야기를 들을 수 있었다.

유 선생이 들려주는 이야기는 한 편의 드라마와도 같았다. 중학생 때 원인도 모르게 망막에 이상이 생기면서 시력이 점점 약해져 물체가 뚜렷하게 보이지 않기 시작했단다. 고등학교 시절에는 더욱 악화되어 자율학습 시간에 글씨를 읽기가 힘들어 교실에서 혼자 스탠드를 켜놓고 공부를 했다고 한다. 오래전부터 교사의 꿈을 갖고 있었기에 서울교육대학에 응시했으나 시력이 약해 신체검사에서 떨어졌다. 그렇지만 교단에 서서 학생들을 가르치고 싶은 마음은 포기할 수가 없었다고 했다.

장애가 있는 사람은 교사 자격을 취득하기도 쉽지 않고, 더구나 교단에 서서 학생들을 가르치는 일은 여간 어려운 일이 아니다. 그래도 교사가 되고 싶은 마음을 버릴 수가 없어서 한남대학교 국어국문학과에 입학하여 공부했다. 대학 생활하는 동안에 완전히 실명(失明)했으나, 다행히 교직을 이수하면서 졸업할 수 있었다. 유 선생은 신체검사 결과 시각장애 1급 판정을 받아 영영 교단에 설 수 없게 되자 크게 낙심하여 삶을 포기할 생각도 했었단다. 시각장애인이 할 수 있는 일은 거의 없었지만, 생계를 이어가기 위해 비디오 가게를 운영하기도 했다. 그러다가 아내를 만나 결혼한 뒤에는 아내와 함께 어린이 집에서 아이들을 맡아 가르치는 일을 했다.

그 뒤 2006년에 장애가 있는 사람도 교사로 임용될 수 있도록 법이 개정되었다. 유 선생은 하나님이 주신 기회로 알고 마음을 다잡으며 임용고시를 준비했다. 건강한 사람들도 대학을 졸업한 뒤에 몇 년씩 고시학원에서 준비해야 합격할 수 있는 어려운 시험이 임용고시다. 앞을 볼 수 없는 유 선생은 컴퓨터와 스크린 리더 프로그램을 가지고 혼자서 시험 준비를 했다니 얼마나 많은 노력을 기울였는가 하는 것은 미루어 짐작할 수 있을 것이다. 본인도 공부하기 힘들었을 테지만, 그의 아내도 어려움이 무척 많았을 것이다. 가정 살림을 꾸려가며 아이들을 낳아서 기르고 남편을 내조한 헌신적인 그녀의 뒷바라지가 없었다면 아마 불가능한 일이었을 것이다. 유 선생은 전적으로 아내의 덕이라고 우리에게 귀띔해 주었다.

임용고시에 합격하고 교사로 발령을 받게 되자 유 선생은 기쁨보다 두려움이 크게 앞섰다고 한다. '아이들을 잘 가르칠 수 있을까?'

하는 걱정으로 여러 날 밤잠을 이룰 수가 없었다. '학생들이 장애가 있는 자신을 어떻게 받아들일까?' '잘 가르치면 장애를 극복할 수 있을까?' '동료 교사들과는 좋은 관계를 유지할 수 있으려나?' 하는 염려가 떠나지 않았다. 그런데 학교생활을 시작하고 보니 자신이 걱정했던 것과는 달리 학생들의 적극적인 수업 참여와 동료 선생님들의 따뜻한 배려 속에 하루하루 즐겁게 생활하고 있다고 말해 주었다. 장애가 있는 자신이 교단에 설 수 있도록 학생들을 맡겨주신 학교 당국과 학부모님들께 감사하다는 말도 잊지 않았다. 유 선생은 자신에게 수업을 받거나 수업을 받지 않는 학생들이 모두 다 자신을 믿고 따르는 덕에 학교생활이 마냥 행복하다고 말했다.

마음 문을 열고 다가가서 선생님의 눈이 되어 즐겁게 가르침을 받는 학생들과, 보이지 않는 제자들을 사랑으로 감싸 안으며 그들에게 꿈을 심어주는 유 선생님이야말로 행복한 사람들임이 틀림없다. 아기처럼 해맑게 웃으면서 달려와 유 선생님의 따뜻한 가슴에 안기고 함께 손을 잡고서 걸어가던 아이들의 모습이 나의 머릿속에 깊이 새겨져 좀처럼 지워지지 않았다.

9월에는 유창수 선생이 짬을 내어 모교를 방문했다. 유 선생은 대전 대신고등학교 14회 졸업생(1988년 졸업)이다. 그러니까 43세의 늦깎이 새내기 교사다. 유 선생은 자신을 가르쳐 주셨던 선생님들에게 일일이 감사의 인사를 드렸다. 그리고 후배들 앞에서는 교단에 서게 된 자신의 이야기를 들려주면서, 어떤 역경이 닥치더라도 꿈을 포기하지 말고 그 꿈을 이루어 나가는 사람이 되라고 당부했다.

마이크를 잡은 유 선생의 입가에 번지는 미소와 역경을 헤치고 꿈을 이룬 선배의 이야기를 들으면서 얼굴에 결연한 의지를 보여주는 학생들과 함께 우리는 모두 행복한 시간을 보냈다.

행복도 유전(遺傳)이래

몇 해 전에 어머니를 모시고 치과에 갔다. 담당 의사가 어머니 잇몸이 생각보다 튼튼하다면서 틀니보다는 임플란트 시술이 좋겠다고 권했다. 연세가 여든다섯이나 되셨는데 괜찮겠냐고 물었더니 걱정하지 말라기에 의사의 권유에 따랐다. 칠 년이 지난 지금도 어머니는 큰 불편 없이 생활하고 지내신다. 치과의사는 나에게 어머니를 닮아서 이가 퍽 튼튼하다고 말했다. 이런 사실을 보면 눈에 보이지 않는 '유전인자(遺傳因子)'가 매우 중요하다는 것을 알 수 있다.

'유전자'는 유전형질을 발현시키는 인자로 생명체의 체세포 핵 속에 있는 염색체에서 관찰할 수 있다. 사람의 염색체는 총 23쌍이라고 한다. 이 염색체상에 존재하는 DNA의 염기 배열에 의해 유전정보가 결정된다고 한다. 따라서 각 사람의 피부색, 생김새, 질병에 대한 내성이 있는 점이 DNA의 차이라고 한다. 사람들은 서로 다른 부모에게서 태어나 각기 다른 '유전자'를 갖고 있다. 흥미로운 것은 이란성 쌍둥이도 같은 날 태어났을 뿐이지 유전적으로는 형제와 같고, 일란

성 쌍둥이도 미미하지만 이미 태어나기 전부터 유전적인 차이를 갖고 있다고 한다.

많은 사람은 행복은 마음먹기에 달렸다고 말한다. 똑같은 일도 자신이 생각하기에 따라서 행복하게 느끼는가 하면 그렇지 못한 예도 있다고 한다. 자기의 처지가 어렵고 힘들어도 다음에 좋은 기회가 올 것이라고 믿으면서 낙관적으로 생각하는 사람도 있고, 불평과 불만을 늘어놓는 사람들도 있다. 같은 일을 하더라도 주어진 여건을 긍정적으로 바라보는 사람과 부정적으로 생각하는 사람은 결과에 있어서 커다란 차이를 보인다고 한다.

이따금 떠오르는 영화 장면이 있다. "장미꽃 잎의 빗방울과 고양이들의 작은 수염, 밝게 빛나는 금속의 솥과 따뜻한 털 벙어리장갑, … 이것들은 내가 좋아하는 것이지. 개에게 물리고 벌에 쏘이고 맘이 슬플 때도, 내가 좋아하는 것들만 생각한다면 행복해질 수 있지." 영화 『사운드 오브 뮤직』에서 주인공 마리아가 천둥소리에 놀란 아이들에게 불러주던 「My Favorite Things」의 노랫말 내용이다. 아이들이 무섭고 외로움을 느낄 때, 가장 좋아하는 것들만 생각하면 슬프지 않다면서 머릿속에 자기가 좋아하는 것을 떠올리도록 한다.

최근에 『행복의 기원』(서은국 지음, 21세기 북스)을 읽었다. 그런데 이 책의 관점은 조금 달랐다. 많은 사람은 행복해지려면 자기 일에서 의미를 찾거나, 혹은 가진 것에 만족해하거나, 모든 일을 긍정적으로 생각하라고 조언한다. 이러한 주장은 행복을 하나의 관념이나 생각으로 취급하는 데에서 나타난 현상이라고 저자는 지적한다. 그러면서 우리는 행복에 대한 희망을 머리와 가슴으로 호소하고 있는데, 이는 전체를 보는 것이 아니라 한쪽만을 바라보는 잘못된 태도라고 꼬집는다. 인간은 행복하기 위해서 사는 것이 아니라, 살기 위해서 행복감을 느낄 수 있도록 설계되어 있다고 한다. 따라서 행복의 가장 큰 결정 변인은 마음먹기에 달린 것이 아니라 바로 그 사람의 '유전자' 속에 숨어있다는 것이다.

예전에 어른들은 결혼 적령기에 이른 자녀들에게 "사람을 선택할 때에는 그 집안을 봐야 한다."고 말씀하셨다. 당시에는 그 말의 의미가 부모님이 살아계시고 형제가 있으며, 경제적으로 너무 어렵지는 않은지 하는 정도로 집안 배경을 파악하라는 것으로만 알았다. 그러나 집안을 봐야 한다는 말은 외형적 조건인 가족관계, 재력, 사회적인 지위와 같이 눈에 보이는 것보다 더 깊이 감추어진 환경, 성격, 정서, 심리 등 '유전자'를 파악하라는 깊은 뜻이 담겨있었다는 것을 이 책을 읽으면서 깨닫게 되었다.

한 학기 수업을 마치고 학생들과 이야기를 나누면서 "배우자감을 고를 때 얼굴이 예쁘고 성적이 우수한 여학생을 쫓아다니거나, 돈을 펑펑 쓰는 잘생긴 남학생을 선택하는 것보다 더 중요한 것이 있다." 라고 말해 주었다. 그러니까 모두 나의 얼굴을 바라보면서 무슨 이야기를 하려나 궁금해하는 눈치들이었다.

"건강하고 작은 일에도 감사할 줄 아는 밝은 성격의 소유자를 고르면 여러분은 평생을 행복하게 살 수 있다. 그런 사람은 후천적으로 만들어지는 것이 아니라 타고난다. 여러분은 그와 같은 '유전자'를 가진 사람을 골라 일생의 반려자로 삼아라."라고 말하자 마치 어항 속의 금붕어처럼 놀라서 입을 벌린 학생들의 모습이 보였다. "그런 사람을 찾기가 어려우면 자신이 낙관적이고 긍정적인 태도를 보이도록 노력하라."라는 말을 남기고 나는 강의실을 나왔다.

(한국산문 제132호, 2017년 4월호)

부모님과 선생님의 마음

　인터넷에 떠도는 재미있는 글이 있다.

　결혼해서 아이를 낳았습니다. 세계적으로 유명하고 똑똑한 아이가 되라고 '아인슈타인 우유'를 먹여 키웠습니다. 이놈이 초등학교 다닐 때, 영~ 세계적 인물은 못될 것 같아서 우유를 바꿨습니다. 서울대학에 가라고 '서울 우유'로요. 그런데 중학교엘 들어가니 서울대학도 입학하기 힘들 듯했습니다. 아쉽지만 한 단계 낮춰야 할 것 같아 '연세 우유'로 바꿨습니다. 그래도 실력이 턱도 없어서 마음을 비우고, 건국대학이라도 가라고 '건국 우유'를 먹였습니다. 고등학생이 되니. 건국대학 근처에도 못 갈 것 같았습니다. 그래서 다시 우유를 바꿨습니다. '저지방 우유'로요. 저어~쪽 지방에 있는 대학이라도 붙어주길 간절히 기원하면서. 하지만 그것도 힘들어 보여서 또다시 '3.4 우유'로 바꾸게 되었답니다. 3년제, 4년제 가리지 않고 합격만 해달라고. 이 이야기를 친구에게 했더니, 그 친구는 아이들에게 '매일 우유'를 마시게 한단다. 매일매일 빠지지 말고 학교라도 잘 다니기를 바라는 마음으로.

우스운 이야기 같지만, 이것이 자녀를 기르는 부모의 마음이다. 아이들이 먹는 우유 하나를 고를 때도 부모는 아이들의 장래를 생각하게 된다. 자녀들을 기르면서 아이들의 소질이나 재능보다는 부모의 욕망이나 이웃의 시선을 생각해서 일류대학에 진학시키려고 욕심을 부리기도 한다. 예전에 시골에서는 재산목록 1호인 소를 팔아서 자녀들의 대학등록금을 마련하였기에 학문의 전당인 상아탑을 가리켜 '우골탑(牛骨塔)'이라고 부르기도 했다. 교육에 투자하는 것이 최선이라고 생각한 어른들은 자녀들을 명문대학에 보내기 위해 자녀의 특기나 적성을 찾기보다는 어렸을 때부터 사교육에 매달린다.

서울에 있는 한 대학에서 재학생들에게 학교에 다니는 이유를 물었더니 34%의 학생들이 '취업'이라고 답했고, 22%는 '학벌' 때문이라고 말했다는 것이다. 5%의 기타 의견 가운데는 '다들 대학에 다니니까.' '부모님의 권유'라고 솔직하게 이야기하기도 했단다. 이런 조사를 보면서 우리 사회의 대학진학률이 80%에 가까운 이유를 알 수 있었다. 대학을 졸업하지 않으면 취업을 할 수도 없고, 장가들고 시집가는 데에도 어려움이 뒤따를 수밖에 없기 때문이다.

사람들이 출신학교와 학벌로 낙인찍어 편을 갈라놓으니 명문대학 진학을 위해 울며 겨자 먹는 격으로 재수나 삼수를 선택할 수밖에 없다. '국적은 바꾸어도 학적은 못 바꾼다.'는 이야기가 사람들의 머릿속에 깊이 각인되어 있어 대학 편입시험 시장도 그 규모가 엄청나게 커졌다. 그러니까 학부모와 학생들은 명문대에 진학하기 위해서 삼수(三修), 사수(四修)도 불사한다. 수도권의 유명한 대학을 나와야 대기업에 취직하고, 유능한 배우자를 선택할 수 있기에 명문대학은 항상 높은 경쟁률을 자랑한다. 그리고 살아가는 동안에 학연으로 연결하고, 마지막 가는 빈소에는 동문회에서 보내는 조화로 장식하기에 많은 사람들은 명문대학 진학을 동경한다.

여름방학이 시작되면 학교는 조용하다. 그러나 고등학교 3학년 교실은 공부에 열을 올리는 학생들의 눈동자가 빛을 발한다. 교무실에서는 학교생활 기록부를 정리하는 선생님들의 손놀림도 무척 빠르다. 그리고 상담실에 마주 앉은 선생님과 학생들은 마냥 진지하기만 하다. 길게는 2년 반, 짧게는 반년씩 지도하면서 선생님은 학생 한 사람 한 사람을 속속들이 파악하여 그들에게 판사가 결심 판결을 하듯이 대학과 학과 선택에 대해 최후통첩을 하고 있다.

학생들은 SKY대, 수도권 대학, 지거대(지방의 거점대학), 지잡대(지방의 잡스러운 대학)로 나누어 놓고, 위에 있는 학교를 골라잡으려고 서로 경쟁한다. 각 지역에도 대학별로 유능한 교수진, 우수한 시설, 전통 있는 학과와 졸업생들의 활약이 눈부신 학교가 많다는 것도 잘 알고 있다. 그렇지만 자신의 능력이나 가정형편은 생각지 않고, 학교와 학문의 특성은 아랑곳하지 않는다. 무조건 서울에 있는 대학을 찾아서 인(in)서울 하겠다거나, 수도권대학을 기웃거린다. 선생님도 이런 학생들을 붙들고 알맞은 학교를 추천하면서 학생들을 설득하기보다는 그래도 위를 바라보고 더 나은 대학을 선택해야 한다고 종용한다. 이러한 모습은 마치 우유를 골라 먹이던 부모님의 심정과 같은 마음이라고 생각한다.

　사람들이 살아가면서 추구하는 가치와 욕망은 각기 다르다. 그러나 '행복한 삶'을 살기를 원하는 것은 모든 이들의 공통된 소망일 것이다. 행복이란 자신이 원하는 것을 이루거나 실현했을 때 얻게 되는 만족감 즉, 자아실현을 가리킨다고 할 수 있다. 그러므로 학부모와 선생님은 아이들에 대한 올바른 이해를 바탕으로 진로를 설계하고, 미래의 직업을 그리면서 개개인에게 맞는 준비를 할 수 있도록 지도해야 한다.

　공부하기 싫은 학생이 굳이 대학에 진학할 필요는 없다. 대학은 고등교육기관으로 국가와 인류사회의 발전에 필요한 심오한 학술이론과 응용 방법을 교수하고 연구하며, 지도적 인격을 도야(陶冶)하는 곳이다. 대학 졸업장이 출세의 보증수표이던 시절은 오래전에 이미 지났다.

아르바이트하는 젊은이들

아르바이트로 일하는 젊은이들을 쉽게 만날 수 있다. 그들은 편의점, 커피숍, 주유소, 음식점 등에서 땀 흘리며 돈을 벌어 생활비에 충당하거나 등록금에 보탠다고 말한다. 공부하면서 시간을 쪼개 자기 힘으로 홀로서기를 하려는 학생들을 만나면 대견스러워 꼭 안아주고 싶은 마음이 든다. '젊은 시절 고생은 사서도 한다.'라는 말도 있지만 공부하면서 아르바이트를 병행하는 것은 쉬운 일이 아니다.

힘들게 아르바이트를 하며 학업을 이어가면서도 보이지 않는 가르침을 찾아내어 소중한 자산으로 만드는 젊은이들도 있다. 남보다 먼저 사회생활을 경험하며 자신의 진로를 탐색하여 그 분야로 진출하기도 하고, 대인관계의 중요성을 터득하여 인적 네트워크를 형성하기도 한다. 또 노동의 대가로 받은 재화를 저축하면서 돈의 소중함을 배운다는 이야기를 들으면 정말 값진 경험을 하고 있다는 생각이 들어 믿음직스럽기만 하다.

내가 대학에 다닐 때에는 아르바이트할 만한 일터가 매우 적었다.

학비를 조달할 방법은 중·고등학생의 과외교사로 입주하거나 그룹 지도를 하는 일 이외에는 마땅한 일거리가 없었다. 그러므로 등록금은 오로지 부모님께 의존할 수밖에 없어 어려운 가정형편을 생각하면 열심히 공부해서 장학금을 받아야만 했다. 그래서 그때 우리는 책값이나 교통비 이외의 용돈은 생각하기가 힘들었다.

지금은 우리가 성장하던 시절과는 매우 다르다. 가정경제도 윤택해졌고, 물질적으로 풍요로운 사회가 되었다. 이런 속에서 성장한 젊은이들은 자신에게 필요한 것이 있으면 주저하지 않고 사들인다. 경제적으로 어려우면 아르바이트를 해서라도 재원을 쉽게 마련할 수가 있기 때문이다. 그래서인지 요즈음 젊은 학생들에게는 귀하고 소중한 것도 없으며, 자신의 물건을 아낄 줄도 모르는 사람이 많이 있다.

학생들 가운데는 능력껏 벌어서 마음껏 쓰는 사람을 동경하는 젊은이들의 숫자가 점점 늘어나는 것 같아 안타깝기도 하다. '손님이 왕'인 시대에 금전의 위력을 증명해 보이기라도 하듯이 카드를 꺼내 마구 긁어대는 젊은이들도 의외로 많다. 친구를 사귈 때도 소유한 물건이나 소비성향의 정도를 보고서 상대와의 관계를 지속해 가는 것처럼 보이는 경우도 있어서 때로는 서글픔을 느끼기도 한다.

우리는 작은 물건을 하나 고를 때에도 가격과 비교하여 성능을 따져가며 '가성비(價性比)'를 생각하고 물건을 집어 든다. 그런데 요즈음 젊은 세대의 구매요인은 브랜드와 디자인과 유행 그리고 가격이 아닌, 마음의 만족을 뜻하는 '가심비(價心比)'라고 한다. 제품의 가격이나 성능보다 '나에게 얼마나 만족을 주는가?' 하는 것을 소비의 중요한 기준으로 삼는단다.

경제에 대한 개념이 아직 성숙하지 못한 젊은이들 가운데는 마치 소비가 미덕인 것처럼 생활하는 사람도 있다. 대학가 주변의 상가들은 불황을 모르는 상권을 누리고 있다. '푼돈은 모아도 푼돈'이라는 생각으로 대수롭지 않게 여기면서 지출하는 젊은이들이 있기 때문이다. 그래서 가로등이 불을 밝히기 시작하면 대학가의 골목들도 잠에서 깨어나 활기를 찾는다. 이들 덕분에 학교 입구에 들어섰던 서점이나 문구점은 커피전문점, 패스트 푸드점, 게임방, 노래방으로 얼굴을 바꾸어 호황을 누린다.

학생들과 이야기를 나누다 보면 아르바이트를 부업이 아니라 주업처럼 생각하는 젊은이들도 있다. 새벽 시간까지 일하고는 낮에 학교에 와서 부족한 잠을 보충하고 휴식을 취하기도 한다. 이런 학생들은 공부하는 데 필요한 돈을 버는 것이 아니라, 돈을 벌기 위해서 학교에 적을 두고 있는 것 같다. 공부하기 위해서 틈틈이 아르바이트로 학비나 생활비를 버는 것이 아니라, 자신의 소비생활을 충족시키기 위해 많은 시간 일을 하면서 지낸다. 그들은 어렵게 번 돈을 유흥비, 의상비, 게임비, 통신비로 마구 지출하면서 살아간다. 이처럼 젊은이들의 소비를 위한 아르바이트 문화를 염려스러운 눈으로 바라보는 것은 단지 나만은 아닐 것이다.

그런데 이와는 달리 열심히 공부하면서 틈을 내어 일해서 번 돈을 아주 유익하게 사용하는 젊은이들도 있다. 최근에 만난 한 학생은 주유소에서 아르바이트로 받는 월급을 매월 복지재단에 기부하고 있다고 말했다. 땀 흘리며 번 돈으로 어려운 사람들을 돕는 일에 사용한다는 이야기에 나도 무척 감동했다. 자신도 어렵게 성장했기에 사회복지공동모금회에 정기적으로 기부하며, 그곳 아이들에게 용기를 북돋워 주고 있단다. 나는 그 학생의 이야기를 들으면서 그의 두 손을 꼭 잡아주었다.

아는 만큼 보인다

벌써 십여 년 전의 일이다. 우리들이 따르고 존경하던 안병룡 교장 선생님께서 정년퇴임을 하신 후에 건강하게 지내시더니, 뇌혈관 계통의 질환으로 자리에 누우셨다가 이내 유명을 달리하셨다. 비보를 접한 우리들은 슬픔을 억누르며 장례를 치르고, 며칠 후 사모님과 유족들을 위로하고, 생전에 교장선생님께서 우리에게 보여주신 덕행을 기리기 위해 몇몇 선생님이 자리를 함께했다.

모임을 파하고 일어서는 데 사모님께서 말씀하시기를, 교장선생님께서 서가에 있는 자신의 책은 모두 박 선생에게 가져가도록 하라고 말씀하셨다면서 나에게 필요한 책을 가져가라고 빈 상자를 갖다 주셨다. 교장선생님께서 아끼시던 서적을 나에게 물려주신다는 것이다. 나는 어안이 벙벙했고, 어찌해야 좋을지 몰라서 한동안 망설였다. 그러나 고인의 유언을 어길 수도 없었다. 교장선생님은 무척 학문을 사랑하시고 책 읽기를 즐기셨던 분이시다. 평소에 말씀하시기를 해방 이후에 적은 월급을 쪼개어 한 권 두 권 사서 모은 책들을

6·25전쟁 통에 비닐로 싸서 땅속에 묻었다가, 피난을 다녀와서 다시 꺼낸 책이라고 서가에 꽂힌 책을 가리키면서 자랑도 하셨다.

고인이 애지중지하던 책을 받는다는 것이 마음에 커다란 짐이 되었지만, 그래도 나를 아끼셨던 마음을 생각하니 가슴이 뭉클했다. 그렇다고 많은 책을 선뜻 가져오기도 어려워서 몇 권을 뽑아 상자에 담았다. 박 선생이 안 가져가면 나머지는 헌책방에 가져다줄 수밖에 없다고 사모님께서 말씀하셨지만, 그래도 그냥 냉큼 가져오기가 민망스러워서 좋은 장정본(裝幀本)은 차마 손대지 못하고, 허름해 보이는 책을 주섬주섬 빈 상자에 담아서 포장해 왔다.

교장선생님 댁에서 가져온 책을 서가 한 모퉁이에 대충 꽂아두었다. 하루는 대학에 출강하는 후배가 찾아와서 책을 몇 권 빌려갔다고 아내가 이야기했다. '책 도둑은 도둑도 아니다'라는 이야기처럼 우리는 가끔 서로 책을 빌려다가 오늘내일하면서 돌려주지 못하고 갖고 있거나, 깜빡 잊고 지내다가 본인이 와서 자신의 책이라고 들고 가는 경우도 있는 가까운 사이이다. 그래서 책을 빌려주고는 상대방이 책을 가져다주기만을 바라거나, 그 집에 가서 서가에 꽂혀있는 자신의 책을 발견하고 가져오기 전에는, 특별한 경우가 아니면 돌려받지 못하고 마는 일도 있는 절친한 관계다.

그런데 하루는 후배가 낡은 책을 한 권 들고 왔다. 나에게서 빌려간 책이라고 하면서, 김소월의 『진달래꽃』이란 시집을 내놓았다. 빌려가서 살펴보니 1940년대 초에 간행된 것으로, 우리나라 초창기 출판계의 사료적 가치가 있는 책이라면서 차마 자기가 갖고 있을 수가 없어서 가져왔으니 잘 보관하라는 이야기를 곁들였다. 후배에게 고마웠다. 하마터면 소중한 책을 잃어버리고도 전혀 모를 뻔했는데 얼마나 다행스러운 일인지 몰랐다. 안도의 한숨이 절로 나오면서 후배에게 고마운 마음이 들었다.

책을 받아들고 보니 돌아가신 교장선생님이 더욱 그리워졌다. "박선생, 공부하는 선생이 학생들을 가르치는 거야"하면서 격려하시던 말씀이 떠오른다. 가끔 교무실에 들르시면 공부다운 공부도 하지 못하지만, 그래도 책을 좋아하여 틈틈이 책 읽는 모습을 아끼시면서 어깨를 두드려주셨다. 학생들 대학입학 원서를 쓸 때는 "소꼬리보다는 닭 머리가 더 낫지" 하시면서 전공을 무시한 채 명문대학만을 선호하는 학생이나 선생님들을 향해서 넌지시 타이르시던 모습이 떠올랐다.

전쟁 통에 피난 다니면서도 소중하게 보관하셨던 귀한 책을 맡겨주셨는데, 못난 후배 교사가 대수롭지 않게 생각하여 하마터면 고귀한 가치를 상실할 뻔했으니, 죄송스러운 마음 금할 수가 없었다. 그래서 돌려받은 유물을 서가 깊숙이 감추어두었다. 정말 가치를 모르면 안보이고, 아는 만큼만 볼 수 있다는 말이 진리인 것만 같다.

새로운 교실 풍경

올여름은 일찍부터 불볕더위와 열대야가 이어지면서 찜통더위 속에서 지내고 있다. 장마전선이 오르내리며 시원한 비를 뿌려주면 고마울 터인데, 중부지방과 남부지방 사이에 눌러앉아 꼼짝 않는다. 그러니까 한쪽 지역에서는 폭우를 쏟아부어 물난리로 비명을 지르고, 다른 지방에서는 불볕더위로 아우성친다. 가뜩이나 견디기 힘든 계절에 원전 3기의 정지로 인해 사상 최악의 전력난이 예상된다고 한다. 정부에서는 전력 다소비 업체들에 전력사용량을 의무적으로 감축하도록 하고, 문을 열어 둔 냉방 영업행위를 단속하면서 실내온도를 26℃ 이상 유지하도록 권장하고 있다. 이렇게 국가적으로 에너지사용 제한조치를 통해 전력 위기를 극복하려고 노력하기 때문에 학교에서도 땀을 뻘뻘 흘리며 에어컨을 바라만 보고 있다.

이럴 때, 여름방학을 맞는 학생들의 마음은 어떨까? 방학식을 하는 날이면 등교하지 않는다는 사실에 신바람이 난 교실 안은 장터를 방불케 한다. 손뼉을 치며 환호성을 지르는 아이, 책상과 걸상 위에 올라서서 노래하는 아이, 핸드폰으로 친구들에게 방학의 기쁨을 전하는 아이들로 교실은 난장판이 된다. 그런데 오늘 교실에 들어가 방학 소식을 전하면서 나는 전혀 예상치 못했던 새로운 현상을 목격하고 매우 놀랐다. 한 달 동안 여름방학을 갖고 8월 26일에 개학한다는 소식을 전하자 탄식하는 소리가 여기저기서 들렸다. 그 순간 "아이고, 한 달씩이나 방학하면 어떻게 하느냐?"라는 커다란 소리가 나는 쪽을 바라보면서 내 귀를 의심하지 않을 수가 없었다. 이런 현상은 지금까지 근무했던 학교에서는 상상할 수 없던 일이었기에 어안이 벙벙했다.

내가 이 학교에 와서 수업하며 새롭게 느낀 것이 한둘이 아니다. 평소에 선생님들은 교실에서 수업을 진행하며 잠자는 아이들을 깨우느라고 여간 신경을 쓰지 않는다. 엎어져 자는 아이를 깨워도 아예 일어날 생각을 하지 않거나, 짜증을 내고는 다시 책상에 엎드리기도 한다. 벌을 주느라고 밖에 세워두면 선 채로 잠을 자는 녀석도 있다. 그런데 이 학교에서는 수업 시간에 잠을 자는 학생들을 한 명도 본 일이 없다. 밤늦도록 일을 하고 학교에 온 학생도 책상에 앉아서 하품은 하지만 엎드려 잠을 자는 것은 보질 못했다.

다른 학교에서는 학생들이 휴대하고 있는 핸드폰 때문에 선생님들이 여간 골치를 앓는 것이 아니다. 등교할 때 가져오지 못하도록 지도해도 선생님에게 들키지 않는 비법을 뽐내면서 친구들에게 숨겨 온 핸드폰을 자랑하는 아이도 있다. 심지어 수업 시간에 고개를 푹 박고 게임에 몰두하는 녀석들, 친구에게 문자를 보내면서 대화를 즐기거나 동영상을 감상하면서 킥킥거리기는 아이들도 있다. 우리 학교에서는 핸드폰을 지참하도록 허락하고 있는데도 교실에서 휴대전화 벨 소리를 들어본 적이 없다. 수업 시간에 전화기에 손을 대는 학생들이 한 명도 없는 속에서 공부하고 있다. 다른 학교에서는 한 교실 안에서 수업을 받는 학생들의 숫자가 무척 많다. 그러니까 선생님의 눈길이 미치지 못해 교묘하게 딴짓하거나 수업과 관계없는 책을 펴들고 앉은 아이들도 있다. 그런데 우리 학교 교실에는 그런 학생들이 한 명도 없다. 모두 선생님을 따라서 읽고 계산하며, 공책에 글씨를 써 가면서 수업에 열중한다. 그런 학생들과 함께 공부하는 나는 수업 시간이 얼마나 재미있고 신나는지 모른다.

2월 말에 정년퇴직하면서 나는 담쟁이 시민학교에서 한글을 깨치지 못한 노인들에게 문해교육(文解敎育)을 담당하고 있다. 사전에 연수를 받으면서도 잘할 수 있을까 걱정이 많았다. 나의 염려와는 달리 교실에 앉아 있는 여덟 명의 학생들은 학업에 열중했다. 전임자는 내게 책을 건네주면서 할머니들이 연세가 많고 체력이 약하니까 9시 30분부터 10시 30분까지 60분간만 수업을 하라고 조언해 주었다. 첫날 교실에 들어가서 60분간 수업을 하고 마치려고 하자, 학생대표가 일어서서 "선생님 수업을 왜 한 시간만 합니까?" 하고 항의한다. 머뭇거리는 나에게 "두 시간씩 수업해 주세요."라고 요구하는 바람에 쉬는 시간도 없이 매일 120분간 수업을 하고 있다. 70대의 할머니들은 여러 가지 형편으로 학업을 닦을 수 없었던 어린 시절의 아픔을 갖고 계신 분들이기에 공부에 대한 열정이 남달랐다.

지금까지 경험해 보지 못한 교실에서 인생 이모작을 새롭게 시작하고 있는 나는 향학열에 불타는 학생들을 만난 덕에 열정적인 삶을 살고 있다. 우리 학교 교실의 수업 분위기를 자라나는 학생들에게 보여 준다면 아이들도 학습 태도가 크게 달라지리라 생각해보았다. 방학을 한 달씩이나 길게 한다고 안타까워하며, 방학 숙제가 너무 적다고 섭섭해하는 할머니들을 다독이면서 교실을 나왔다.

새 학기에는 할머니들의 열정에 나의 수업 시간이 더욱더 즐거울 것만 같아 지금부터 설레는 마음을 감출 수가 없다.

김장을 담그면서

　입동(立冬)이 지나고 소설(小雪)이 가까워지자 집집이 김장을 담근
다. 그동안 집안 살림을 돕지 못했던 나는 아내를 돕겠다고 팔을 걷
고 나섰다. 친구가 농사지은 배추 30포기를 뽑아다 손질해서 고무
양동이에 물을 받아 소금을 풀어 넣은 뒤에, 배추를 두 쪽으로 갈라
소금물에 절였다. 한나절이 지나자 속잎이 샛노란 배추가 소금물을
머금고는 새들해졌다. 풀이 죽은 배추를 채반에 쌓아 두었다가 다시
두 쪽으로 갈라 차가운 물에 담갔다 꺼내면서 소금기를 빼내고는 마
루에 비닐을 깔고 쌓아두었다.

　아내는 무채를 커다란 양동이에 담아두고 고춧가루와 쪽파, 갓,
마늘, 파, 생강 같은 향미가 있는 부재료를 얹었다. 황태를 넣어 끓인
육수와 찹쌀 풀을 쑤어 섞고는 액젓과 새우젓을 넣어 간을 맞추었다.
그리고 배를 갈아 넣고 미원을 조금 뿌린 뒤에 고무장갑을 끼고 있는
나에게 뒤섞으라고 한다. 어머니와 아내는 절인 배추의 노란 고갱이
를 젖히면서 소를 넣고 한쪽씩 싸서 김치냉장고용 김치 통에 담았다.
김장을 다 끝내고는 뒤에 남은 소와 배추에다 생굴을 넣어 겉절이를

만들어서 수육과 함께 일한 사람들이 모두 맛있는 점심을 먹었다.

김장김치 소에는 여러 재료가 많이 들어간다. 그것들이 각각 제 맛을 지키면서 조화를 이루어 시간이 지날수록 김치를 더욱 맛있게 만들어 준다. 학교 교육도 마찬가지인 것 같다. 다양한 아이들이 초·중학교 때에는 기초지식 수준의 이론과 기술을 습득하고, 고등학교에서 응용을 위한 학문의 기초와 함께 민주시민의 교육을 받는다. 이렇게 학교생활을 통해 성장한 아이들이 자신의 재능과 희망에 따라 대학교에서 선택적 교육을 받아 우리 사회의 구성원으로 자리매김해 나간다.

지난달 28일 유은혜 교육부 장관은 "서울 소재 16개 대학을 대상으로 2023학년까지 정시 수능 위주 선발 비율을 40% 이상으로 유도하겠다."라고 발표했다. 수시에서 뽑는 학생부종합전형에 대한 불신이 커서 수능시험 성적으로 선발하는 정시 인원을 늘리겠다는 것이다.

그동안 교육 현장에서는 2007년에 시범 도입된 학생부종합전형으로 학교 교육이 다양하고 창의성 있게 이루어지고 있다고 반겼다. 학생부종합전형은 교과 성적뿐만 아니라 동아리·봉사·진로 활동 등 비교과영역을 종합적으로 반영하는 선발 방법이다. 지난날 예비고사나 학력고사, 수학능력시험에 의한 전형은 객관식 시험을 통해 획득한 점수만으로 선발하는 방법이었다. 학생 개개인의 점수에 따라 한 줄로 세우는 제도이기에 공정성에서 인정을 받을 수 있을지는 몰라도, 수험생의 역량을 바르게 평가할 수 있는 전형은 아니었다. 학생들은 점수에 따라 학교나 학과를 선택해야 했기에 수학 과목에 흥미가 없어도 수학과에 진학하고, 과학점수가 낮아도 과학계열에서 공부해야만 하는 형편이어서 대학 생활에 적응하지 못하고 중도에 탈락하는 사례도 많았다.

학생부종합전형을 준비하는 학생들은 다양한 학교 활동을 통해 자신의 역량을 강화해 나가며, 서로 협력하면서 공동으로 입시에 대비할 수 있다. 대학에서는 이러한 학생들의 적성·특기·전공 적합성 등을 평가해서 합당한 사람을 가려 뽑는다. 그러므로 교육관계자들은 수능성적의 영향력을 높이고 학생부종합전형을 축소하겠다는 이번 대입 공정성 강화방안을 두고는 크게 걱정을 하고 있다. 당장 이번 방학 때부터 학교 현장은 수능 문제 풀이 교육을 강화하는 쪽으로 바뀔 것이다. 그러면 교실은 예전처럼 객관식 문제 찍기를 되풀이하는 암기 교육, 협동이 아닌 한 줄 세우기 교육이 이루어지고, 가정에서는 사교육비 지출이 가계를 위협하는 지경에 이를 것이다.

이번에 교육부 장관이 발표한 대입 공정성 강화방안은 학생 중심 교육을 강조해 온 학교 교육을 무위로 돌리게 될 것이 뻔하다. 그동안 어렵게 쌓아 온 공든 탑을 무너뜨리고, 우리의 교육이 파행으로 치달을 것이라고 교육 현장에서는 염려하고 있다. 대학 입시는 대학에 맡겨야 한다. 대학에서는 학생부종합전형을 악용하는 사람들을 걸러낼 수 있는 입시 부정 방지책을 마련하고, 자신의 전공 분야에서 능력을 발휘할 수 있는 학생들을 선발하여 우리 사회의 역군으로 길러내야 하겠다.

금강일보 2019. 12. 02.

습관 바꾸기

어느 곳을 가든지 몇 년 사이에 몰라보게 달라진 것이 우리나라의 화장실 문화다. 특히 고속도로를 달리다가 휴게소에 들러 화장실을 찾아가면 음악이 흐르고, 청결하며, 쾌적해서 용무를 보는 데 어려움이 없다. 또한 용변 후에도 손을 씻고 말릴 수 있어서 기분까지 상쾌해진다. 화장실마다 화장지를 걸어 두고, 청소가 잘된 세면대 가까이에는 비누와 손을 씻은 후에 닦을 수 있는 핸드타월이나 손을 말릴 수 있는 건조기까지 있어서 사용하기에 편리하다. 우리 속담에 '뒷간과 사돈집은 멀수록 좋다'고 했는데, 오히려 화장실과 처가는 가까울수록 편리하다. 그래서 고속도로를 이용할 때는 휴게소에 자주 들리게 된다.

전에는 우리 학교 화장실에 화변기가 놓였었다. 양변기가 아니어서 불편했고, 학생들도 깨끗하게 사용하지 않아서 불결했으며, 냄새도 많이 나서 화장실에 오래 머물 수 없었다. 그런데 2009년에 화장실을 리모델링 하면서 모두 양변기로 바꾸어 설치하고, 난방시설까지 갖추어 놓았다. 그랬더니 겨울철에는 아이들이 교실보다 아늑하고 따뜻한 화장실에 모여서, 이야기를 나누는 우리 학교의 새로운 명소가 되었다.

화장실을 고치면서 대변소를 찾는 학생들을 위해 칸마다 두루마리 화장지를 걸어놓자, 학생들이나 선생님들도 모두 손뼉을 치면서 좋아했다. 그런데 학생들이 화장지를 헤프게 사용해서 도저히 감당할 수도 없고, 주변이 너무 지저분해지니까 화장지를 각자 갖고 다니도록 하자는 행정실과 선생님들의 건의를 받고는, 어쩔 수 없이 화장지를 놓지 않았다. 직원용 화장실에 있는 화장지도 학생들이 마구 가져다 쓰는 바람에, 비치하지 못하고 지내니 좀 부끄러운 일이 아닐 수 없다.

미래사회를 이끌어갈 인재를 양성하는 교육기관에서, 학생 교육을 제대로 하지 못하는 것 같아서 마음이 아프기도 했다. 만일 학생들 가운데 미처 화장지를 준비하지 못했거나, 갑작스럽게 배탈이 나서 급하게 용무를 봐야 할 때는 어떻게 할까 하는 데까지 생각이 미치면서 화장지를 걸어 두고 싶었지만, 우리들의 수준이 아직도 거기까지는 미치지 못하는 것 같아 안타까웠다. 그러면서 오래지 않아 화장실마다 화장지를 걸어 두고 쓸 수 있는 날이 오기를 고대해 보았다.

학생들은 학교에서 실내화를 신고 생활한다. 교실에 들어가기 전에 현관 입구에서 등교할 때 신었던 운동화를 실내화로 갈아 신는다. 그러니까 학교 밖으로 나갈 때는 실내화를 가지고 다닐 수밖에 없다. 그래서 등·하굣길에 만나는 아이들이 어깨에 가방을 둘러메고, 한 손에 실내화를 들고 다니는 모습이 여간 꼴불견이 아니다. 그래서 선생님들과 상의해서 학생들이 실내화를 밖에 들고 다니지 않도록, 교실 앞 신발장까지 운동화를 신고 들어가서 실내화로 바꾸어 신고 생활하도록 하자는 이야기를 꺼냈더니 반대의견도 만만치 않았다. 등·하교뿐만 아니라 체육 시간이나 운동장 조회 시간까지 학생들이 운동화를 신고 다니면, 복도가 더러워져서 청소하는 데 어려움이 많고, 비나 눈이 오는 날에는 학교 전체가 지저분해져서 안 된다는 것이다.

학생들이 실내화를 들고 다니는 것은 미관상 좋지 않으며, 위생상으로도 불결하기에 학생들이 신발장 앞에서 실내화를 갈아 신도록 했다. 그리고 대신 청소 지도를 잘해서 지저분하지 않도록 만들자고 반대하는 선생님들을 겨우 설득했다. 그러면서 학생들이 실내화를 교실 앞에서 바꾸어 신도록 홍보하고, 밖으로 들고 다니지 않도록 지도하기로 했다.

그 후 여러 날이 지난 뒤에도, 여전히 등·하굣길에 실내화 주머니를 갖고 다니거나 실내화를 들고 다니는 학생들이 있어서 물어보니, 값이 비싼 실내화를 분실할까 봐 집으로 갖고 다닌단다. 물론 자신의 물건을 애지중지하며 잘 관리하는 것은 좋은 일이지만, 어떤 학생들은 관습적으로 그냥 갖고 다니고 있었다. 이런 일을 보면서 우리들의 습관이 얼마나 고치기 어려운가 하는 것을 다시금 느낀다.

나도 좋지 못한 습관이 있다. 집에서 밥을 먹고 차를 한잔 마시면서 휴식을 취할 때, 가끔 크게 트림을 한다. 그러면 이를 못마땅하게 생각하는 아내가 잔소리하지만, 언제나 마이동풍이었다. 그런데 어느 날인가 딸아이가 에티켓에 어긋나는 일이라고 거들면서, 젊은 사람들은 엄청나게 싫어한다고 덧붙이는 바람에, 아빠는 밖에 나가서는 트림을 하지 않는다고 변명을 하며 슬그머니 꼬리를 내리고는 조심하지만 나도 모르게 어쩌다가 트림을 할 때도 있다.

우리 식구들은 아침형 인간이다. 아들아이가 아침 6시에 식사를 하고 출근하기 때문에 남들보다 일찍 하루를 시작한다. 그래서 내가 학교에 출근하는 시간은 대개 7시 10분 전후가 된다. 처음에는 만나는 선생님마다 교장선생님이 너무 일찍 출근하면 다른 선생님들이 불편하다고 이야기하지만, 여전히 아침에 출근하는 시간은 바꾸기가 어렵다. 아침식사를 마치고 조간신문을 다 읽고 출근해도 이른 시간이다. 마음먹고 사설까지 읽고, 늦장을 부려도 거기에서 10분이나 20분을 더 넘기기가 힘들다.

이제 학교생활도 새 학기를 끝으로 마무리하게 된다. 그렇게 되면 아침마다 갈 곳이 없으니 여간 걱정이 아니다. 이른 아침부터 산에 올라갈 수도 없고, 무엇을 할 것인가 가끔 고민하기도 한다. 무언가 새로운 대체 기재가 나타날 때까지는 아침형 인간의 삶을 바꾸기는 어려울 것 같다.

손가락이 가리키는 의미

선생님이나 어른들의 감정이 섞인 훈계나 엄한 체벌은 학생이나 자녀를 교화하기가 어렵다. 오히려 그들과의 관계를 형성하는 데 더욱 장애가 될 뿐이며, 더 나아가서는 어른이나 선생님을 불신하는 지경까지 이를 수도 있다. 그러므로 아이들이 잘못을 범했을 때는 꾸짖기보다 먼저 그들을 이해하고 가까이 다가가려는 마음과 노력이 필요하다.

어른이나 선생님이 자녀나 학생을 대할 때, 한 사람 한 사람의 이름을 다정하게 불러주는 것이 가장 바람직스럽다. 화가 날 때는 "야, 너!"라고 부르면서 손가락질하기도 한다. 이때 손 모양을 보면, 인지 혹은 식지(食指)라고 부르는 집게손가락은 상대방을 가리키지만, 무지(拇指)인 엄지손가락은 밑을 향한다. 그리고 중지 혹은 장지(長指)인 가운뎃손가락과 무명지라고 부르는 약지(藥指)인 약손가락 그리고 계지(季指)인 새끼손가락은 자신을 가리키는 것을 볼 수 있다.

이처럼 우리가 다른 사람을 지적해서 가리킬 때, 손 모양을 보면 펼쳐진 한 개의 손가락은 상대방을 향하고 있다. 그런데 안쪽으로 구부러진 세 개의 손가락은 자기 자신을 가리키고 있는 것을 보게 된다. 이런 손가락 모양을 보면 지적당한 사람에게는 책임이 하나밖에 없지만, 오히려 자신에게는 그 책임이 세배나 더 많은 것이 아닌가 하는 생각을 해본다.

자녀들이 간혹 거짓말을 하는 경우가 있다. 그럴 때 부모는 매우 불쾌하고 화가 날 것이다. 이때, 손가락질하면서 "너, 왜 거짓말하지!"라고 꾸지람을 한다. 거짓말을 하는 아이들을 보면 위기를 모면하기 위해서 거짓으로 둘러댄다. 자신이 분명히 잘못을 범했지만, 부모님이 엄해서 심한 책망을 받거나 돌아오는 책임 추궁을 면하려고 임시변통으로 둘러대는 것이다. 이런 현상을 보면 아이들이 거짓말을 하는 것은 그 부모에게도 책임이 있다는 것을 알 수 있다.

요즈음은 수업 시간에 휴대폰을 만지는 학생들이 많이 있다. 수업 도중에 그런 학생을 보면 선생님이 다가가서 "너, 뭐 하고 있지?"하고 지적을 한다. 이때에도 선생님 자신을 향한 세 개의 손가락을 보면서 가르치는 선생님에게 책임이 더욱 중한 것이 아닌가 하는 생각을 해본다.

첫 번째 손가락은 먼저 확인하는 일이 필요하다는 것이다. 선생님은 학생에게 다가가서 정말로 휴대폰을 사용했는지 파악할 필요가 있다. 흔히 어른들이 범하기 쉬운 오류 가운데 하나는 성급한 일반화이다. 아이의 말이 미심쩍으면 거짓말을 한 것으로 믿거나, 휴대폰을 만지작거리면 무조건 사용한 것으로 단정한다. 그러면서 틀림없이 전화를 걸었다고 믿고 일반화하여 꾸짖는 오류를 범한다. 이럴 때는 먼저 아이들에게 다가가서 휴대폰을 사용했는지 사실 여부를 확인해야 한다.

두 번째 손가락은 학생에게 공감하는 태도를 보여야 한다. 휴대폰을 만진 학생으로 인해서 다른 학생들의 학습권을 침해하여 수업을 방해해서는 안 된다. 그러므로 별도로 학생을 만나 대화를 나누는 것이 바람직하다. 왜 수업 시간에 휴대폰을 사용하게 되었는지 알아보고서 아이들의 행동에 공감하려는 태도를 보이는 것이 필요하다. 어쩌면 그에게는 피치 못할 사정이 있을 수도 있을 것이다. 수업 시간에 전화기를 사용해서는 안 되지만, 집에서 어머니가 편찮으시다던가 공부하는 것보다 더 중요하고 시급한 일이 있어서 전화기를 사용할 수도 있다. 그러므로 선생님은 먼저 아이들의 태도에 공감하고, 이해하려는 자세를 보여야 한다.

세 번째 손가락은 자신에 대한 점검이다. 왜 학생이 공부하지 않고 휴대폰을 만지고 있는지 혹시 자신의 지도 방법에 문제가 있는 것은 아닌가 살펴볼 필요가 있다. 수업을 진행하는 교사는 학생들이 수업에 열중하지 않는 것이 자신의 책임일 수도 있다고 생각해야 한다. 자신의 수준에 맞지 않는 수업이어서 흥미를 잃고 휴대폰을 만질 수도 있다. 수업 진행이 서툴고 재미가 없어서 딴짓할 수도 있다. 즉 수업을 이끌어 가는 교사 자신에 대해서 평가하는 일이 먼저 이루어져야 한다.

요즈음 아이들이 거짓말을 한다고 걱정하거나, 휴대전화를 사용하는 학생들이 늘어난다고 탄식하는 어른들이 많이 있다. 여기에는 부모나 선생님의 책임도 크다는 것을 말해주고 싶다. 자녀는 모든 것을 부모에게 솔직하게 이야기할 수 있어야 한다. 진실한 부모를 거짓으로 속이려는 아이들은 많지 않다. 그리고 배우는 학생들은 가르치는 선생님을 신뢰하고 존경한다. 학생들이 수업에 적극적으로 참여할 수 있도록 이끌어가거나, 배우고 싶어 하는 부분을 잘 가르쳐주는 선생님의 수업 시간에는 딴 짓하지 않는다.

다른 사람을 향해서 꾸짖는 손가락 모양을 보면, 실제는 자기 자신에게 더 큰 책임이 있다는 교훈을 생각하면서 조용히 자신을 돌아본다.

설립자 '백암(柏巖) 이기억' 선생

　백암(柏巖) 이기억 선생의 1주기 추도식이 지난 7월 7일에 있었다. 백암 선생은 대전대신 중·고등학교의 설립자이시다. 추도 예배를 드리는 동안 고인을 생각해보니 좀처럼 보기 드문 훌륭한 분이셨다는 것을 다시금 깨닫게 된다.

　오늘 아침에 배달된 신문을 펼치니 지면 하단에 커다란 「교사채용 공고」가 눈에 띈다. 사립학교 가운데 재단이 열악한 학교들이 많이 있다. 그런 곳에서 학교를 운영하며 재정을 축내거나 공금을 유용하는 사례도 있다. 간혹 교직원을 채용할 때에 부정한 방법으로 선발하여 여론의 질타를 당하기도 한다. 육영사업에 이바지하려는 사람들은 학교를 개인의 사업체로 생각해서는 안 된다. 내가 근무하던 대전대신 중·고등학교에서는 교사를 채용하기 위한 공고를 해도 설립자가 이력서 한 통 내려보낸 일이 없었다. 면접이 끝나도 재단 이사진으로부터 부탁하는 전화를 한 통 또한 받은 일이 없다. 학교는 교장과 교감 선생님이 경영하는 것이라는 설립자의 확고한 교육관이 밤하늘의 별빛처럼 분명했기 때문이다.

백암 선생의 손자인 이사장의 장남 혼례식 때 있었던 일이다. 결혼식 청첩장을 받고서 축하한다는 전화를 드렸다. 고맙다는 인사와 함께 당일 먼 길이지만 참석해 달라는 당부의 말씀도 덧붙이셨다. 행정실장의 이야기로는 대전에서는 중·고등학교 교장, 교감 선생님 네 사람에게만 초대장을 보냈단다. 축의금은 받지 않기로 했다는 말도 전해주었다. 지금까지 많은 청첩장을 받았지만, 축의금을 받지 않는다는 이야기는 처음 들었다. 또한, 축의금이 없는 결혼식에는 지금까지 참석해 본 일도 없었다. 마치 동화 속에나 나오는 먼 나라의 이야기를 듣는 것만 같았다.

결혼식 날 서울 양재동에 있는 엘 타워(L-Tower) 예식장을 찾아갔다. 그래도 혹시나 하는 생각에 하얀 봉투 속에 축의금을 준비해서 주머니 깊숙이 찔러 두었다. 이미 예고해서인지 접수대는 찾아볼 수 없었고, 식장 입구에는 호위병처럼 늘어선 화환도 보이지 않았다. 안내자의 인도를 따라 식장으로 들어서니 테이블 위에는 또렷한 글씨의 이름표가 우리를 맞이했다. 신랑·신부 양가의 하객 이백 명씩 사백 명만 초대했단다. 하객들은 모두 사회자가 인도하는 대로 신랑 입장부터 신랑·신부의 행진까지 참관하면서 기쁜 마음으로 뜨거운 축하의 박수를 보냈다. 이런 경험은 처음이었고, 상상도 하지 못하던 결혼식에 참석했다. 예식이 끝난 뒤에 관현악단의 연주가 이어지면서 하객들이 앉은 자리로 음식을 가져다 주었다. 식사는 양식으로 샐러드와 스테이크, 포도주 그리고 후식과 차까지 식사 시간을 고려하면서 천천히 테이블 위로 음식을 올려놓았다. 정말 뜻깊고 멋진 결혼식에 참석하는 영광을 누렸다. 아마도 이런 예식에 참석하는 것은 처음이자 마지막일 것이라는 생각이 들었다.

나도 평소에 우리들의 관·혼·상·제가 바뀌어야 한다고 친구들과 이야기를 나누곤 했다. 그러나 막상 자신 앞에 일이 닥치면 어쩌지 못하고 지금까지 해오던 대로 관례를 따르게 마련이었다. 두 아이를 결혼시키면서 나도 여러 날 책상 앞에서 마음을 졸였다. 청첩장을 보내야 할까 아니면 그만둘까, 혹시 나중에 섭섭하다고 이야기하거나 욕을 하지는 않을까? 망설이다가 이름 석 자를 적지 못하고 건너뛰거나 그래도 보내야지 하면서 주소를 써 내려갔던 기억이 있다.

결혼식장에 찾아가면 접수대에 축의금 봉투를 내밀면서 혼주와 인사를 나눈 뒤에 식당으로 건너가 아는 얼굴을 찾아 어울린다. 그런 곳에서라야 오랫동안 보지 못한 선·후배나 동료들을 만나게 된다. 특별한 경우가 아니면 예식에 참석해서 신랑과 신부의 행진을 축하하고 식이 끝날 때까지 가족들과 기쁨을 함께 나누지 않는다. 대부분 식장에 들어가지도 않고 낯익은 얼굴들과 자리를 같이한다. 그리고 장례식장에서도 빈소에 들어 조문을 마친 뒤에는 지인들과 만나 근황을 물으면서 소식을 교환하고 담소를 나눈다. 고인의 명복을 빌거나 유가족들과 슬픔을 함께 나누기보다는 평소에 만나기 어려운 사람들과 합석하여 이야기를 나누는 것이 우선이다. 때로는 예를 갖추는 것이 너무 형식적인 것 같아서 고인에게 송구하기도 하고, 주객이 전도된 것 같아 유족들에게 미안한 마음이 들기도 한다.

지난해 대전대신 중·고등학교 설립자이신 백암 선생께서 구순의 연세로 돌아가셨다. 오랫동안 투병 생활을 하시다가 하나님의 부름을 받으셨다. 장례식 때에도 예전에 살아계실 때와 같은 분위기였다. 조화와 조의금도 모두 사절한 채 고인을 애도하는 경건한 분위기가 식장을 뒤덮었다. 평소에 고인을 존경하던 많은 분이 장지까지 따라나섰다. 문상으로 예를 마친 것이 아니라 하관 예배를 마치고 유족들의 슬픔을 위로하면서 아쉬운 작별을 고했다. 장례식을 마치고 나오면서 우리는 몇몇이 자리를 함께했다. 이구동성으로 백암 선생께서도 훌륭하시고 그 자녀들도 아버지의 유지를 잘 받드는 분들이라고 칭찬을 아끼지 않았다.

노블레스 오블리주라는 단어가 떠오른다. 바르고 올곧게 살면서 사회적 책임을 다하신 분들 곁에서 학교경영을 맡았던 나 자신도 한없이 복 받은 사람이라는 생각이 들었다. 돈이 있다고 해서 모두 그렇게 할 수 있는 것은 아니다. 백암 선생과 그분의 자녀들이 학교경영과 관·혼·상·제를 통해 우리에게 가르쳐 주신 무언의 교훈은 우리 모두의 가슴 속에 더 크고 무겁게 자리 잡았다.

(그린에세이 제23호, 2017년 9·10월호)

우리들의 보석

　초등학교 시절 교과서에서 읽은 이야기가 생각난다. 어느 날 로마의 귀부인들이 모여 담소를 나누다가 자신이 아끼는 보석을 자랑하기 시작했다. 부인들은 지니고 있던 다이아몬드나 패물을 뽐내면서 조용히 앉아있는 집주인에게도 가진 보석을 보여 달라고 말했다. 그때 여주인은 어린 두 아들을 불러 양쪽에 세웠다. 그리고는 둘러앉은 부인들에게 이 아이들이 자신의 가장 소중한 보석이라고 소개했다. 이 글을 읽으면서 여인의 남다른 자식 사랑에 크게 감동했는데 그 주인공이 누구인지는 몰랐다.

　지난 연말에 수필가 윤월로 선생님께서 출간한 수필집『고마운 일상』을 보내주셨다. 책을 펼치니「코르넬리아의 보석」이란 작품이 첫 페이지에 실렸다. 읽어보니 귀부인들에게 자기의 두 아들을 보석이라고 소개한 현숙한 여인이 바로 코르넬리아라고 소개되었다. 그녀는 포에니 전쟁에서 카르타고의 한니발을 물리치고 로마를 구한 스키피오 아프리카누스의 둘째 딸이다. 그리고 로마의 호민관으로 대로마 건설에 공을 세운 그라쿠스 형제(티베리우스 그라쿠스, 가이우스 그라쿠스)의 어머니이기도 하다.

고슴도치도 제 새끼는 함함하다는 말이 있다. 모든 부모는 자기 자식을 사랑한다. 그러나 패물 자랑을 하는 여인들이 모인 자리에서 자기 아이들을 가장 소중한 보물이라고 내세울 수 있는 사람들은 극히 많지 않을 것 같다. 아마 함께 자리했던 여인들이 속으로 비웃었을지도 모를 일이다. 코르넬리아의 두 아들은 어머니의 기대에 어긋나지 않게 로마의 역사를 장식한 훌륭한 인물이 되었다. 옛날 어른들도 가장 귀한 보석이 인보석(人寶石)이고, 제일 아름다운 꽃이 인화초(人花草)라고 말씀하셨다. 세상에서 정말로 소중한 것이 바로 사람이다.

연말부터 언론에 오르내리는 충격적인 사건을 접하면서 아픈 마음을 금할 수 없었다. 5살짜리 고준희 양을 친아버지가 폭행하고 살해한 뒤에 암매장한 일과, 술에 취해 새벽녘에 귀가한 어머니가 방화하여 어린 세 자녀의 목숨을 잃게 만든 끔찍한 행동에 경악하지 않을 수 없었다. 차마 사람으로서는 상상도 할 수 없는 일이 연달아 일어났다. 아무리 경제적으로 어렵고 자녀 양육이 힘들다고 해도 있을 수 없는 일이 벌어진 것이다.

2010년 이후 젊은이들이 실업 증가와 생활고 때문에 연애와 결혼과 출산을 포기(抛棄)했다고 해서 삼포(三抛) 세대라고 부르고, 그 위에 인간관계와 주택구매까지 포기하여 오포(五抛) 세대라고 일컫기도 한다. 우리가 살아가는 세상이 젊은이들에게는 암울한 것만 같아 서글프기도 하다.

그런데 조선일보 신년 1월 1일자 기획 기사에서 출산·양육과 행복도의 상관관계를 읽으면서 마음이 따뜻해지고, 우리 사회의 앞날이 밝다는 것을 발견할 수 있었다.

결혼 및 육아 세대인 25~45세에 있는 1,004명을 대상으로 조사한 결과를 보면 우리들의 염려와는 아주 달랐다. 「아이가 행복입니다」라는 제목이 여러 사람의 우려를 깨뜨렸다. 자녀를 낳아서 기르는 대다수의 부모가 아이들을 '귀한 선물'이자 '행복'으로 여기고 있었다. 자녀가 있는 기혼자들의 97%가 '아이가 있어서 행복하다'라고 답했고, 아이를 키우는 것이 얼마나 가치와 의미가 있느냐는 물음에는 95%의 사람들이 긍정적인 평가를 했다. 아이가 생긴 후에 삶의 질이 어떻게 바뀌었느냐는 물음에는 78%가 출산 이전의 삶의 질과 비교해 출산 이후 삶이 좋아지거나 비슷하다고 답했다. 다만 혼인하지 않은 여성의 39%만이 아이를 낳아 키울 자신이 없다고 응답했다.

요즈음 젊은이들이 결혼하지 않는 이유가 아이를 낳아서 기를 형편이 안 되기 때문이라고 한다. 결혼해도 양육비와 교육비가 너무 많이 들기 때문에 출산을 꺼린다고 한다. 인구가 감소하는 우리나라의 장래를 생각하면 매우 암울했는데, 조선일보의 기획 기사를 통해 우리들의 염려가 기우(杞憂)라는 것을 알게 되었다.

기혼자들은 부부의 행복을 위해서 아이를 낳겠다는 생각으로 출산하고, 아이들이 커가는 속에서 삶의 가치와 의미를 찾는다는 성숙한 마음으로 생활하고 있었다. 참으로 반가운 일이 아닐 수 없다. 행복한 대한민국의 미래를 보는 것 같아서 마음이 든든하다. 아이들이야말로 우리들의 보석이다.

(금강일보 2018. 02. 12.)

박 영 진 수 필 집

나만의
은신처에서 누리는
행복